此生如信

阿　飞⊙著

新华出版社

图书在版编目（CIP）数据

此生如借/阿飞著．—北京：新华出版社，2009.6

ISBN 978-7-5011-8804-8

Ⅰ．此…　Ⅱ．阿…　Ⅲ．长篇小说-中国-当代　Ⅳ．I247.5

中国版本图书馆 CIP 数据核字（2009）第 075015 号

此 生 如 借

责任编辑：尚惠敏
出版发行：新华出版社
地　　址：北京石景山区京原路 8 号
网　　址：http：//www.xinhuapub.com
邮　　编：100040
经　　销：新华书店
印　　刷：北京市梦宇印务有限公司
开　　本：700mm×1000mm　1/16
印　　张：15
字　　数：251 千字
版　　次：2009 年 5 月第一版
印　　次：2009 年 5 月第一次印刷
书　　号：ISBN 978-7-5011-8804-8
定　　价：29.80 元

本社购书热线：(010)63077122　　中国新闻书店电话：(010)63072012
图书如有印装问题，请与印刷厂联系调换　　电话：(010)69675038

梗概

本书是一部用散文诗歌构筑的网络小说。

故事发生于2005.1-2009.12期间。通过阿飞、冰、红茶等几个网名展开故事叙述。阿飞和冰在不同时期由不同人操纵,由此演绎出一幕幕现实的情感交错,揭示了现实社会人性的多面性,以及中年男人和年轻女人之间的情感纠葛。

阿飞背后的阿鸿(作者)和晓飞是哥俩。晓飞是逃犯,被捕前与网友冰(最初是梅子,晓飞的堂弟妹,后来由乡村教师晶操纵),有一场纯美的网恋;阿鸿与女建筑师小柔,因工作产生了一段婚外情;阿鸿离婚后和女诗人红茶若即若离。

1

北京。冬日。我最喜欢的事,莫过于在阳台晒太阳。

大抵说来,中午吃了些啥,记不起来了,但午后慵懒地半躺在阳台里那张孤独的藤编摇椅上,心情放松的有些懈怠,迷迷糊糊的,差不多被窗外的阳光催眠了。

这个阳台是我心灵的港湾。地台铺满钢化玻璃,架在原朴粗壮的木梁上,下面是浅浅的水池,自由随意,没有鱼虫,没有青草,但我总能感受到盎然的生命,在我脚下生长。我知道,是棚内那些花草,在和我呢语。

紧贴玻璃窗的杜鹃,在阳光呵护下,一年四季吐出夺目的花儿,白的、紫的、绛红的,朵朵花蕾,在我面前总是笑个不停;顶棚的吊兰,与绿萝各不相让,长长的枝蔓,姿态悠然,在我眼前晃荡、臭美,想叫我忘却昨日见过的美人的腰姿;脚边的兰草,最平实,躲在藤椅的阴影里,吸收很少的水分,却还我365天的青绿;还有君子兰,不是那种高贵的品种,但与我正好般配,我经常从她张开的叶片里,读出她对我的喜欢……

我最爱傻躺在这里,尤其是午后,阳光下,还有夕阳下山之前。那缕夏日刚被我诅咒过的阳光,根本不与我计较的温暖,踏着寒风的藐视,越过冰凉的玻璃,斜斜的散落在我的四周,紧紧包裹住我。就这样,我与阳光磨蹭、撕扯、呢语,直至皮肤滚烫。

当然,流淌的歌声,我喜欢的那些旧词陈调,是不会甘守寂寞的,总要在我躺下之前,充满阳台,不想给我一丝缝隙,我是费了很大劲头,才挤进去的。

茶几上的书,是不会随手翻的,我懒得去思考那些复杂的问题。宁愿什么也不做,什么都不想,半躺着。但事实上,不想什么事是不可能的。被暖意点燃的回忆,轻轻地抚平生活留给我的伤痕;绿叶反射回来的那束光芒,也许正在告诉我明天前行的方向;花儿把太阳搅拌,浓浓的咖啡香,浸透我的身心,洗涤上午刚刚升起的欲望。

我甘愿一个人傻呆在这里,除了阳光,除了绿意,除了花香。顶好是,不要叫上情人,或者老婆,或者别的人,他们会搅乱这里的平实,夺走阳光的温暖。

就自己一个人,半躺在藤椅里,合上双眼,够了。

但,这样的日子被QQ聊天毁坏了。起源于2005年底,好友晓飞和我在应酬场合后的几句玩笑话开始的。

晓飞和我是中学同学,来自云南丽江宁蒗县,我们都生长在贫穷的乡村,成绩很好,在全校名列前茅。1979年一起考上大学,他到北京读书,我在昆明上大学。后来,我也辗转来到北京,我们成了最亲密的朋友,几乎无话不说。加上我们对文学和自然的共同爱好,我们经常结伴开车上山,观景、吟诗、码字。连我们的老婆都嫉妒,说我们更像是"同志"。

当时晓飞构想了一个很有商业价值的地产企划书,交给郝总开发,口头讲好,项目利润的15%归晓飞。

郝总在收到晓飞的策划书后,反悔了,不想跟他合作,敷衍他,而晓飞又没有充分的证据来主张法律权利,他也不想那样做,一个臭文人的所谓教养。但他的确咽不下这口恶气,想给郝总施加点压力。

晓飞与我商量办法。威胁他,不好,毕竟大家今后还可能要合作,把关系搞僵了,肯定合作不好。我想了想,建议搞一顿公关饭局合适些。

那顿饭定在香山的一家私人会所,是一个非常私密,相当有品位的场所,位于半山腰,有名的双清别墅边上。这里原是破庙,我的朋友大奇看上了,从香山管理处租用过来,稍加装修,变成纯私人的高档会所,只有几间包房,生意特火,要提前十几天预定,客户都是朋友的朋友。在那里请客,主人有种自家的感觉,请客的面子足足满满的。

晓飞请了我们的同学——主管郝总的某部副部长作陪,他又带上了一位北京市的分管领导。为了增加气氛,晓飞还要我请来了红茶的朋友小柔,一位年轻漂亮的女建筑师,歌唱得好,还是古筝好手。小柔带来了中央台的一位女主播。

时间定在周六晚上。

会所很难找,我和大奇在香山饭店的停车场迎候。然后,从香山饭店南侧的一条小路,蜿蜒上坡,大约5分钟的车程,就到了。

他们是第一次来,一下车,香山的美景尽收眼底,都说是个好地方。在停车的时候,我说会所里面没厕所,先在这里解决,省得待会来回走这崎岖不平的山路,又没路灯。这是会所的特色,专门设计的,让客人感受另外一种情调。我每次尿急，就随便撒在野坡上，才不管那么多呢。

晚饭很简单，野生甲鱼、土鸡和菌类熬制的清汤，两只刷鲍鱼，几碟时令蔬菜和凉盘。主食是用蔬菜汁和出的手擀面。

刷锅很有特点。用河南独山玉特制，在电磁炉上垫了一块精美的橙黄绣帕，把炉子严严实实的遮盖起来，微微的飘扬的热气，诗意由然而生。

碗、筷、碟、杯等按皇宫要求定制，座椅是明式风格。另外布置了茶艺和古筝，还有背投OK。

酒和饮料放在专门的酒柜里，由客人随便取用，品种不少，有高档的洋酒和国产酒，还有原度烧酒，也叫泾流酒，直接从酒桶里出来，没有勾兑，我喜欢喝的那种。

吃饭前，我让小柔先唱了俩曲，活跃氛围。

他们都喝红酒，我独自喝着原度烧酒，别有一种味道。后来，我们那同学经不住我的诱惑，也喝了几杯，连说有点大学时的滋味。这自然地勾起我们对大学生活的回忆。话题悠远而热烈。

这种场合，无需我们说什么，我们那同学能和我们一起喝这破烧酒就够了，何况他还专门敬了一杯郝总，其用意无须言表。

其间，小柔弹了几曲古筝。女主持人在台上挺利索的嘴，在饭桌上不灵了，估计是我们的谈话内容不够高雅，她提不起精神。让她唱歌，很是推辞，没法子，唱了一首《同桌的你》，说是送我们几个同学的。说心里话，唱得不咋地。我们那同学还说唱的有感觉，非要同她合唱《夫妻双双把家还》。

送走了客人，晓飞、小柔和我留下来品茗聊天，喝的是云南滇红，茶香残留唇边之际，我和小柔调侃："今天晚上，我们哥俩可把你和红茶，全装进肚子里了。"小柔拿眼瞪我，还顺带给了一拳。

提起红茶，便又是一个话题。

我和红茶是在一次笔会上认识的，挺乖巧的江南女孩，本名叫菡菡，从事旅游工作，诗歌很有味道，在同行有点小名气。获得2005年搜狐10大写手称号，出版过诗集《踩月集》。我们之间只是认识，并不熟识，她看不起我那些白话式的文字。就这一点，反而使我产生了较深的印象：一个感性、率真并在坚持着什么的人。

小柔是红茶介绍给我的，她知道我在做房地产，小柔的设计很有品位，希望我们合作一次，我答应了，并和小柔见了面。后来，我同小柔倒混得很熟，几个项目都请她来主持设计，时不时一起聚会，还进山发呆。

提起网络，晓飞还真来了精神，说这些年在商场和社会上打拼，那本就快干枯的创作溪流，差不多枯竭了，也许在网上能找到些源泉。

小柔开玩笑说："可以呀，红茶是网络红人，是个美女诗人哟，没准你和她还能在网上找到一份别样的情感呢。"因为晓飞已离婚多年，我们都想他找个伴。

"不错，这比我介绍给你好玩多了。这样吧，我们打个赌，假如能通过网络，你把红茶追到手，我送你一套新房，外加一辆路虎。"我对晓飞说。

"此话当真？"晓飞来劲了。他是一个不服输的人。

"怎么？真接招啦。"

"一言为定。"

"好！小柔，为我们保密哈。"我补充说。

小柔点头应诺。

2

晓飞和红茶在网上的事，我很快淡忘了。但我和小柔却发生了不该发生的事。对此，红茶写成《碎心》一文，后来改为《这个男人该不该死》，算是对我表达了强烈的不满和愤慨，她写道：

"一个浓黑的夜晚，周围是茂盛的悲伤，狂奔在森林的深处，周围只有树，没有花香和人烟，当我清醒地抬头，树上却挂着只有头发的头颅。""一个女人赤裸地坐在园子里，群狼正虎视眈眈。"我一再责怪自己，不要去想这些残酷生冷的梦境，回到阳光煦暖的三月。呵，如果上帝对我仁慈一点，应该教会我怎样遗忘。

小柔是阿鸿的女人，而阿鸿是偶尔会住在小柔屋子里的男人。

凌晨三点，我的手机、小灵通同时响起。打手机的是小柔，极痛苦的声音："菡，过来，快过来，救救我……"接着就是长时间的忙音，我可以想象那边痛苦无比的场景。小灵通是阿鸿打的，急促浓重的鼻音，似乎是有意掩饰着某种无奈："菡菡，快去小柔那里，她没有朋友，她快生了……"

我已经忘了是怎么样赶到小柔屋子里的，只知道当时：夜浓黑，风急，天高，去郊区的路上，有好多被我忽略的声音，比如乌鸦的鸣叫，和虫子爬过地面细碎的伤痕，以及扑面而来的阵风。而小柔却被安置在离市区很遥远的一幢别墅，此时，她正在和死亡争斗。

“小柔，小柔……”抵达她宅子的时候，小柔已经处于昏迷状态。我死命掐她人中，我害怕，我也手足无措，除了哭，我不知道还能干些什么。

凌乱的双人床，大片的血。

接着小柔开始咳嗽，似乎整个屋子开始有了生气，有了可以让人恢复思考的能力。“小柔，要坚持，医生快来了，一定要坚持……”“菡，菡，别担心……”“菡，我一定要生下来，我要生下我的宝宝，一定要……”“菡，孩子叫念鸿，无论男女，都叫念鸿……”我只是抱着她，尽量让她感觉温暖，大片的汗和血，我似乎是拥抱着一团血泪。似乎，我比她哭得更凶，似乎，我比她更疼。

窗外，风声依旧，似乎还能听到鸟兽缠绵的声音。小柔开始进入短暂的睡眠，可是，我必须不停地呼唤她，怕她再也不肯醒来，我给她说笑话，说让自己都会泪流满面的笑话。

接着，医生来了。听胎心，帮小柔量血压。我已经忘了用什么样的句子去形容，一个即将做母亲的人的伟大疼痛。“产妇精神已经接近崩溃，她已经没有力气把这个孩子生下来了，需要立即送往医院，紧急剖腹产。”

早上八点，我听见了婴儿的哭声，我觉得整个世界都在歌唱，我兴奋极了，仿佛这个孩子是我自己生的。接着就是小柔没有再醒过来的噩耗。或许这样对她来说是好的，谁又分得清什么是真正的天堂和地狱？小柔走的时候，没有留给我任何一句话。

一个小时后，孩子的父亲阿鸿赶到医院。我只告诉他，小柔已经为孩子起好名字，叫“念鸿”。接下来的一切，我都不再关心。

这就是今年的情人节。小柔是我的高中同学，而阿鸿是我介绍小柔认识的朋友。玫瑰再漂亮，不过是一朵花，择时凋零。谁也给不了它再生的魂魄。

这既是文学的，又是纪实的，这一点，我比谁都明白。

红茶和小柔并不是最好的姐妹，但因为我和小柔这不该的结果，红茶专门来北京陪小柔。那天，正好红茶与朋友聊天至深夜，便在朋友那里住下了，刚好小柔临产。

其实，小柔没死，她还住在北京，辞掉了设计师的工作，她自己也厌倦了那种生活，曾经作为梦想的生活。

小柔对我既有怨恨，又割舍不掉心中的牵挂，好在整天守着“念鸿”，日子并不算痛苦。而我就难了,一时还不能离开我现在的家庭,两份责任煎熬着我的内心,加上红茶的鄙视,我过着苦痛的日子。

还有,这段文字中,红茶隐藏了对小柔那份真情实感的支持,要不,她不会设定小柔为孩子取名为“念鸿”这个情节。

红茶的这段文字,我读了很多次,每一次的阅读,都是断断续续的,泪总要模糊双眼,心紧的一阵又一阵。但就因为这点,我和红茶之间,反而有了一种奇怪的感觉。

3

2006年夏天,我接到一个陌生电话,本不想接听,那段时间心里正恼火,为两个女人:老婆和小柔。

电话那端是晓飞的声音,我感到很奇怪,他说有事要找我,约在老地方老时间。

我挂了电话,一头雾水,晓飞怎么了?但肯定有很重要的事。这才想起,因为忙于小柔的事,我俩很久没见面了。

抵达我们经常小聚的“怀旧酒吧”时,晓飞还没到,我点了一壶我们爱喝的红茶和几碟小菜,等着。

心里涌动一抹诗意:

穿过悠悠的灯影,
远离茫茫的尘世。
你在山的那边,
我在水的这边。
掬一捧旧日的笑容或叹息,
今夜,
你和我走进一个相约已久的梦……

听起来像远旅者的一怀愁绪,仿佛又像落魄人失恋的追思。其实,这是“怀旧”酒吧里一位“孤独的歌者”的心灵颤音。

我正望着窗外遐思,晓飞急匆匆地赶来了,很慌张的样子。我急忙问:

“怎么回事？手机关机。”

“出了点事，一时跟你说不清，假如还当我是朋友，把你身上的钱全部给我，好么？别问为什么。”

“我兜里只有几千块现金，这点钱管个屁用。喔，对了，我把建行龙卡给你吧，那上面有20几万，如果不够，我再汇。”

然后，我告诉了他密码。

既然晓飞不愿说是啥事，我也没再多问。彼此像陌生人，各想各的心事，一时没了话语，静静地喝茶，酒也没要。

没过多久，上来几个陌生人，说是昆明公安局的，并出示了拘捕证，把晓飞带走了。晓飞回头看我的眼神是绝望的，痛苦的。我呆若木鸡，好半天才缓过神来。

心里念叨，晓飞被带走了，在我眼前……

第二天，我从朋友那里打探到，晓飞被美国人杰克告了，是十几年前的事，罪名是：职务侵占罪，相当于国家干部的受贿罪。

晓飞这件事，我大概知道一点，他真是冤到头了。怎么说呢，十几年前，晓飞在昆明帮杰克打工，算总经理。当时我国的法规不健全，做事也没那么些规矩，那笔钱根本不是他自己揣进了腰包，而是为了办事方便，行贿给主管的官员了。晓飞给杰克解释不清，又不能说出给了谁，更不能把受贿的人找来对证。杰克一直想告晓飞，苦于证据不充分，加上我们在昆明官场的关系还行，这事一直给压了下来。

谁知，这次真把人给抓走了，想必是有充分证据的。我真为晓飞担心，太不值了。我了解晓飞，他无论如何也不会吐出真相，说出是谁拿了这笔款子。

那天，昆明公安在北京抓到晓飞，就因为我的手机被监听。之前好几天，晓飞已得到圈内朋友的通报，就躲了起来，他知道他的手机已被监听，所以，他是用公用电话打给我的，想见一面，我们约好了碰面的地点和时间。其实，当时公安不仅仅监听了他的手机，所有与他通过话，待在一起的手机，都被24小时全程控着呢。

晓飞被拘押后，我托朋友，专程到昆明的看守所，见了一面，毕竟处于调查取证阶段，我们是在看守人员监督下会面的。我们都明白，没什么可说的，事情到了这个份上，任何的努力都是徒劳，毕竟纸包不住火。

我们随意地说说话，尽管我们的心情都不轻松。他没有要求我做任何事情，因为我们心里都明白，该做的，不用晓飞交代，我自己会帮他做。换了晓飞，也是一样的，这就是哥们。

最后，他主动提起了，我们曾经在香山那次拿红茶打赌的事。我问他进展如何？他说："也没什么，但还是在网上找到了不一样的快乐，的确与现实不一样。"

临别，他把自己在搜狐论坛的ID、QQ号和密码偷偷给了我，什么也没说，转身，走了。

4

回酒店的路上，看着手心上的纸条，心里很不是滋味。上面留下的QQ号，不是我们之间通信使用的。

我急切地回到酒店，打开手提，迅速链接上网，着急地进入他的QQ，只有冰和竹馨两个好友，当时不在线，但闪烁的冰的头像告诉我，有冰的留言，我点开了：

2006-9-14

冰 21:30:16　　飞，我等你3个小时了，我想你，很想你，你快点上线吧，我什么事也没心思干，坐在电脑前发呆。

冰 22:38:58　　飞，你真那么忙？

冰 23:28:40　　等不到你了，我下了，晚安，做个好梦。

2006-9-16

冰 18:28:21　　今天下午上舞蹈课时，心不在焉，不小心摔了一跤，现在膝盖青了一块，有点疼，但没有大事，你不用担心。我们跳舞的人，总有小伤的。

冰 22:28:07　　你怎么了？今天晚上还不来，想死我了：)

冰 23:27:54　　飞，你在哪里？手机关机，给你留言，也不回。快点跟我联系或者留言，好吗？急死人了。难道你想躲我，不理我了？你好坏哟，搅乱了我的心情，把我一个人丢这里。你不是说好了10月14号来见我的吗？怎么变了？怕了？不来了？

冰 23:58:29　　我流泪了，心里好难受……

读了这两段留言，我知道晓飞与这个叫冰的网友，肯定有一段故事，并且是说不清楚的，要不，他怎会不在我面前提起？更不会在这个时候才把这个秘密给我。

这个冰会是谁呢？是红茶吗？他们真的在网络恋爱了？怀着强烈的好奇心，

我把他们之间的聊天记录和邮件全部调了出来。

我这个对网络毫无兴趣的人，读起来也津津有味，连午饭也忘记了……

5

2006-8-8

冰 19:18:08 嗨！

阿飞 19:25:24 Hello，你谁呀？

冰 19:26:42 你的名字跟我的一个朋友相同，我就加你了。

阿飞 19:28:27 不会吧？亲戚？是弟妹？别骗我。

冰 19:35:11 你叫我什么？

阿飞 19:35:27 真的不是弟妹？那怎么知道我的QQ？

冰 19:35:51 不是。我加的昵称，结果就是你。

阿飞 19:37:04 我查了你的QQ资料。丽江哪里？对丽江，我太熟了！

冰 19:38:03 我是刚毕业出来工作的，我新申请的第一个QQ。

阿飞 19:39:06 哦，我刚刚电话确认了，这不是我弟妹的QQ，抱歉。

冰 19:39:43 没关系。

阿飞 19:39:38 丽江哪里？哪个学校毕业的？

冰 19:40:14 市里。川师大，舞蹈专业。很重要吗？

阿飞 19:40:48 我去过丽江，尤其是泸沽湖，好多次，还有很多亲戚在丽江。你是老师？

冰 19:42:17 是。

阿飞 19:42:23 丽江人？

冰 19:42:37 是的。

阿飞 19:43:26 学什么舞？

冰 19:43:42 民族舞，现在教语文和舞蹈，你干什么的？

阿飞 19:44:36 下岗了，在家呢。

冰 19:44:53 哦，那你过的开心吗？你可以找工作啊。一个人没有事，是很无聊的。

阿飞 19:46:10 谢谢关心，我很快乐的，因为有时间写点东西。

冰 19:46:29 哦，那很好，朋友。你还写文章？

阿飞　19:47:20　　这是谁的诗?

再别康桥

轻轻的我走了,正如我轻轻的来;
我轻轻的招手,作别西天的云彩。

那河畔的金柳,是夕阳中的新娘;
波光里的艳影,在我的心头荡漾。

软泥上的青荇,油油的在水底招摇;
在康河的柔波里,我甘心做一条水草!

那榆荫下的一潭,不是清泉,
是天上虹揉碎在浮藻间,沉淀着彩虹似的梦。

寻梦?撑一支长篙,向青草更青处漫溯,
满载一船星辉,在星辉斑斓里放歌。

但我不能放歌,悄悄是别离的笙箫;
夏虫也为我沉默,沉默是今晚的康桥。

悄悄的我走了,正如我悄悄的来;
我挥一挥衣袖,不带走一片云彩。

冰　19:48:32　　你写给一个你喜欢的人的?

阿飞　19:48:58　　伟大的诗人的诗,肯定不是我。

冰　19:49:27　　谁的?快告诉我。

阿飞　19:49:44　　你不是教语文吗?嘿嘿~~

冰　19:49:58　　只是小学语文。你经常上网吗?

阿飞　19:50:40　　不常上。

冰　19:51:54　　我也很少聊天，周末上舞蹈兴趣班，平时也很忙，天天有课。现在放假了，有空闲，在家上上网，和朋友喝喝茶。

冰　19:52:42　　哦，你是我加的第一个网友，但这么久了才见你上网。

阿飞　19:53:10　　我很少网聊，要不，你加了这么久，我也没主动和你打招呼。

冰　19:53:42　　你空闲时怎么玩？

阿飞　19:54:17　　去山里头，看山影、观溪流、听虫鸣鸟叫。

冰　19:54:48　　很有情调呢。我也很喜欢浪漫。

阿飞　19:55:10　　那很好。明天我要到丽江，你信不？

冰　19:55:37　　不信。你在北京哦。

阿飞　19:56:02　　QQ 地址你也相信？我明天一早的飞机，到丽江。

冰　19:56:29　　你到丽江干什么？

阿飞　19:57:00　　逗你玩的。到昆明是真，估计去不了丽江，嘿嘿~~

冰　19:57:18　　下岗的人还这么潇洒？你是哪里人？

阿飞　19:57:55　　应该叫"下课"。猜猜。

冰　19:59:00　　猜不出来。我不喜欢和陌生人聊，你和我的朋友同名，所以和你聊上了。

阿飞　19:59:00　　喔。刚才那诗是徐志摩的。

冰　19:59:15　　哦。你喜欢他的诗？

阿飞　20:00:00　　说不上，更喜欢林徽因。

冰　20:00:15　　我喜欢舞蹈和音乐。

阿飞　20:00:37　　什么样的音乐？

冰　20:01:50　　我喜欢孟庭苇的歌。纯纯的，又带忧郁感。

阿飞　20:02:20　　我也喜欢，那些老歌，很有味。

冰　20:02:36　　哦。你喜欢她的歌，不会吧？你多大了，喜欢老歌。

阿飞　20:03:36　　老人了。有事，得下了，886。

冰　20:04:56　　明天我要排节目，会很忙的，有空再聊，拜。

6

发件人：冰　<123456@qq.com>　查看添加　拒收

时　间:2006年8月8日(星期二)　晚上09:12

收件人:阿飞　<8888@qq.com>　更多信息↓

你和我有共同的爱好,喜欢伤感情歌,这首《彩云伴海鸥》,你定喜欢。

发件人:冰　<123456@qq.com>　查看添加　拒收

时　间:2006年8月9日(星期三)　上午10:19

收件人:阿飞　<8888@qq.com>　更多信息↓

主　题:《朋友》

你很喜欢写诗吗?可以把诗发给我欣赏吗?你别见怪,我已把你当我原来的朋友了。

告诉你一个故事吧:在一所大学有俩很要好的朋友,我们共同的舞蹈爱好,使我们亲得像姐妹。长得也差不多,像双胞胎。但她性格活泼,我性格文静。

大四快毕业的时候,一件事情发生了。她和她的男友吵架了,她的男友生气说了一句:你的性格太霸道了,哪像?? 那样温柔……她误会了,之后一直对我冷漠。

毕业时,她发了信息给我:"有那么多人追你,难怪你一直不要男朋友,你也在喜欢他,你欺骗了我。"看了短信,嘴角有了咸的味道,我真没有骗她。我没有男友,是因为没有找到让我心动的感觉,虽然有很多追求者,但都不是我想要的那种。爱,在我看来是慎重的,美好的,我一定要等到缘分的到来。

我一生气,便回到了宁蒗,她回到了卧龙。我给她打电话,她换了。她以前的网名叫"阿飞"。

我刚出来工作时,没有钱买电脑,一有空就去网吧挂QQ,想见她上网,但她始终没有出现。由于在网吧挂,我的QQ被盗了。后来我买电脑了,但不知道她的QQ号,只记得她的网名,所以我查询了所有上线的"阿!飞""阿飞"的网名,包括男的和女的,万一她……但没有一个是的,包括你昨晚的谈话,你也不是的。好在有两个女网友兴趣相投,成了网上的好友。你喜欢诗,我想你也是个性情中人吧?

好了,朋友。如你愿意和我在网上交流,就发诗过来欣赏,可以吗?

(背景音乐《朋友》)

发件人:阿飞　<8888@qq.com>　查看添加　拒收

时　间:2006年8月12日(星期六)　晚上10:22

收件人:冰　<123456@qq.com>　更多信息↓

感人的事儿,我那些诗歌散文,春节左右能印出来,到时,送你一本便是(也可能是骗你的哈)。

谢谢你给我上传的歌,很喜欢听。但我不明白,假如你真是小女孩,为何爱听孟庭苇的歌?这可是我们老人的专利。

发件人:冰　<123456@qq.com>　查看添加　拒收

时　间:2006年8月14日(星期一)　晚上11:17

收件人:阿飞　<8888@qq.com>　更多信息↓

我传的歌,你喜欢,对吧?我好好高兴。因为我的朋友们都喜欢周杰伦、阿杜那类的歌,我一点也不喜欢,她们现代派的是在说歌,不是唱歌。而你和我喜欢的是一样类型,谢谢哦。

我喜欢的歌和她们不一样,朋友们说和我的性格多愁善感有关,我想可能是吧。这是受我家庭环境的影响。我也不想提及的往事……它影响我对感情的执著与慎重。

发件人:冰　<123456@qq.com>　查看添加　拒收

时　间:2006年8月14日(星期一)　晚上11:21

收件人:阿飞　<8888@qq.com>　更多信息↓

听《爱我的人和我爱的人》。

发件人:冰　<123456@qq.com>　查看添加　拒收

时　间:2006年8月14日(星期一)　晚上11:24

收件人:阿飞　<8888@qq.com>　更多信息↓

远方的朋友,听《独角戏》。

发件人:冰 <123456@qq.com> 查看添加 拒收
时 间:2006年8月15日(星期二) 下午03:14
收件人:<woainihanbing8888@qq.com> 更多信息↓
主 题:《完美》

阿飞,你真正的爱过一个女孩吗?你得到过真爱吗?如果有,你就是幸福的。我要等待一个非常爱我的和我也非常爱的,那种刻骨的爱。你懂的,是吗?因为我相信你也是高情商的人……

你看过《一帘幽梦》吗?我很喜欢片子里面爱的场景,真的好美,好美……

发件人:冰 <123456@qq.com> 查看添加 拒收
时 间:2006年8月15日(星期二) 下午04:10
收件人:<woainihanbing8888@qq.com> 更多信息↓
主 题:《真爱》

阿飞,我的朋友们都说我的恋爱观太完美,还说什么一个大美人以后等成了老姑娘了,看谁要。叫我找个有钱的嫁了。我真受不了她们每次聚会时给我的压力。但我又不甘心,我不看钱财,地位,只看他的修养与才能,还有最重要的是他能在社会上有很强的生存能力,并和我有共同爱好,能疼惜我的人。你说这点要求高吗?没有办法,没有一个男人能打开我冰冷的外壳。

前面我说了,这些都是家庭的影响。在我的记忆里,我父母经常吵架,摔东西……我每次面对他们的这种场面,又怕又伤心。我的心灵深处,就一直有个向往:我要找一个我爱的又十分爱我的男人。所以我一直不敢轻易去爱,不敢轻易去接受爱,相信只有自己的纯真才能找到真爱。

自从在这里认识了你以后,我仿佛找到了知心朋友。总想把心里的想法和你说说,你愿意做我的听众吗?

可能你会觉得我太那个了,在QQ只聊了一次,就给你发了这么多的邮件,我也不知道这是怎么了,但……

听《真爱一世情》

阿飞对《真爱》的回复:

往往
美丽清高的女孩,在
现实中,会成为
失败者,所谓
红颜薄命

要相信有真爱存在
除对他真诚外
也别要求太多,还有
必须自立

说不定,我
也是有钱的人哟
另:非常感谢你对我的信任和坦诚,我应该是一个不错的听众哈。

发件人:冰 <123456@qq.com> 查看添加 拒收
时 间:2006年8月15日(星期二) 晚上06:46
收件人:<woainihanbing8888@qq.com> 更多信息↓

你错了,我不想找有钱的,如我只看有钱的,我早就嫁人了。我要找的是感觉。我要有自己的事业,我不会寄生于他人!你把我看成……晕死!

7

2006-8-15

阿飞 19:23:35 我出差了,刚回来,问好:)

冰 19:35:19 我今天晚上休息一天,没有排练节目。你辛苦了,这么几天才回。

冰 20:29:48 我在网上收明天主持的稿子。

阿飞 20:30:13 喔,厉害,主持什么节目?

冰　20:31:40　　教育局明天下午要举办教师培训汇报晚会,我去主持。

阿飞　20:32:10　　市教育局?

冰　20:32:21　　不是。我是丽江一个县城的老师。

阿飞　20:32:48　　一定长得很乖?

冰　20:33:58　　漂亮只是一个女人的外表,内在才是女人真正的美。

阿飞　20:34:16　　哪个县?

冰　20:34:52　　干嘛告诉你。你都不讲实话。

阿飞　20:35:25　　我说的都是实话,没骗你,包括发的邮件。

冰　20:37:28　　我也没有骗你,包括一切,我是丽江的。

阿飞　20:38:16　　知道。因为丽江,我才加你的呀。

冰　20:39:29　　你是有钱人,我跟你做朋友不合适。你邮件里讲我爱财,是吗?我难过了很久。我是个爱钱的女孩,你就这意思。

阿飞　20:40:51　　怎么会这样去理解?

冰　20:41:10　　我被你辱骂了,知道吗?先生!

阿飞　20:42:11　　你真的理解错了,也许是我没表达清楚。

冰　20:42:17　　我把你当成朋友,你知道吗?而你……

阿飞　20:42:39　　朋友?凭什么?

冰　20:43:07　　你喜欢的音乐,还有纯朴的大自然。

阿飞　20:43:10　　喜欢音乐的人多的是。应该因为阿飞这个名吧?

冰　20:43:31　　开始是,现在不。

阿飞　20:43:57　　喔。

冰　20:45:31　　你等我一会,我下楼去拿稿子。

冰　20:54:54　　你真是北京的?普通话肯定好。选我去主持不是因为漂不漂亮,是要普通话过关哦。

阿飞　20:57:02　　我的普通话,说得一般。我并不是真正的北京人。

冰　20:57:58　　那是哪里的?

阿飞　20:58:20　　相信吗?丽江的。

冰　20:58:38　　不信,怎么这么巧?

阿飞　20:59:03　　网络呀!我好像还叫过你弟妹呢。

冰　20:59:40　　丽江哪里?

阿飞　21:00:02　　不告诉你啦,留点空间。怕了吧?

冰 21:02:29 谁怕？我又没做亏心事。

阿飞 21:03:37 嘿嘿，没准，我还在你那所学校读过书。

冰 21:03:54 呵呵。

阿飞 21:04:11 老师好。

冰 21:04:28 呵呵。

阿飞 21:04:57 漂亮的女老师，学生都喜欢。

冰 21:09:03 ni xia gang le hai you qian? zhen dou!

阿飞 21:10:14 为什么不可以？

冰 21:10:57 你爱寒冰？谁是你的寒冰？你的梦中情人？你的女朋友？

阿飞 21:11:30 “寒冰”？不懂。

冰 21:12:52 你的邮件名“woainihanbing8888”呀。

阿飞 21:13:31 不懂！wo bu ming bei。

冰 21:14:18 诗人，别兜圈子，她是你的女朋友吗？讲讲你的情感故事。

阿飞 21:15:19 Nv peng you yi da dui, xiang ting na yi duan? 吼吼~~

冰 21:17:40 Ni ni…zhuang hu tu!

阿飞 21:18:08 刚去 QQ 邮箱查了一下，“woainihanbing8888@qq.com”这是怎么回事？不是我的 QQ 号呀，这你是知道的，我很少用 QQ 邮件。

冰 21:19:19 是你发给我的邮件名。

阿飞 21:19:28 怪了？

冰 21:20:09 别装了，伟大的诗人！

阿飞 21:20:15 怎么会这样？实话：给你是第一次发 QQ 邮件。骗人是小狗。

冰 21:21:38 我也是第一次给你发邮件。

阿飞 21:21:34 我的邮箱显示怎么会是那个名？

冰 21:22:07 这还能骗你？

阿飞 21:22:07 这个 QQ 以前肯定别人用过。

冰 21:23:05 你开始发的邮件就没有。后来收到的就是了。

阿飞 21:23:13 啊，估计是中毒了。

冰 21:25:12 不会的，老乡。你真不会用 QQ？你查看一下你的邮箱设置吧。

阿飞 21:26:17 好的。喔，老乡？

冰　21:26:27　　我相信你是丽江的。

阿飞　21:26:32　　对嘛。

冰　21:26:53　　我既然当你是朋友,你发的邮件又显示的“我爱你寒冰”,我的昵称又叫“冰”……

阿飞　21:28:34　　天意!

冰　21:28:51　　天意?那谁是寒冰?

阿飞　21:29:37　　就算你呗,但别当真。

冰　21:29:53　　你戏弄我?但不是我。是你的梦中人。

阿飞　21:30:10　　好吧,梦中人。

冰　21:30:21　　今天发的歌好听吗?你最喜欢哪一首?

阿飞　21:30:49　　都喜欢,我其实不大懂歌呢。

冰　21:31:57　　不懂歌并不代表你不会欣赏啊。我最喜欢的是《月满西楼》,也喜欢唱这首歌。

阿飞　21:33:46　　我也很喜欢,很有味道,擅长什么舞?

冰　21:34:05　　我最喜欢的是藏族舞蹈。我发的歌你都保存了吗?下载一首很麻烦的哦。

阿飞　21:34:42　　保存了。雪域高原,神奇的地方,伟岸的西部汉子,我很崇拜。

阿飞　21:36:21　　下了,有事。与你交流很开心。明天你还要主持,早点休息。

冰　21:37:16　　好的,拜6。晚安。

2006-8-16

冰　21:42:58　　我在外面吃饭刚回来,问好。

阿飞　21:44:54　　说说你们那个演出吧。

冰　21:45:34　　还可以,就是我感冒了,声音有点不对。

冰　21:48:19　　你现在在忙吗?

冰　21:54:30　　你不和我说话,我下线了,我……

阿飞　21:54:58　　喔。

冰　21:56:07　　你收到“场景”了吗?怎么还没回答。

阿飞　21:57:03　　没有,不明白,但看到飞翔的鸟了。

冰　21:57:30　　你打开音响，就明白了。听到了吗？我发的歌。

阿飞　21:59:13　　我的音响不能打开。

冰　21:59:32　　为何？告诉你一个遇巧的事，我的真名里有个冰字。

阿飞　22:02:01　　啊？

冰　22:02:56　　所以我昨天问你 woainihanbing 是什么意思，你说天意。

阿飞　22:03:05　　千万别再提了，这样我会经常上 QQ 的。但我真的不明白。

冰　22:03:46　　为什么？

阿飞　22:03:43　　怎么会这样？

冰　22:04:16　　我也不知道？我问谁。

冰　22:05:32　　你别着急，我没有其他意思，你慌什么。这不是天意，是巧合。

阿飞　22:06:17　　唉，网络呀网络。

冰　22:07:27　　对了，你怎么开始叫我弟妹，为什么？你昨天又提到她，我觉得好奇。

冰　22:09:12　　你在干什么？今天不想和我聊了吗？

阿飞　22:10:44　　我一个老家的堂弟妹，说要链接我来着。但我求证了，应该不是你。

冰　22:13:12　　你太好笑了，问都不问清楚就乱叫。

阿飞　22:14:22　　当时，就一个链接，又是丽江的。我弟妹是丽江的。

冰　22:15:13　　那认识我，你高兴吗？

阿飞　22:15:47　　不知道，说的是实话。

冰　22:19:50　　你别紧张。我只是想和你真诚地交网友，可以向你说心里话的朋友。你别怕我。

阿飞　22:19:43　　因为我不希望动感情。

冰　22:20:33　　我也没有要你对我动感情。

阿飞　22:20:59　　有些事，不是自己可以控制的。

冰　22:21:08　　你昨天说的那些，就当开的玩笑了。你如果和我交往有压力，而不是轻松，你可以有选择朋友的权利。

阿飞　22:25:04　　哈哈哈，很高兴。

冰　22:25:21　　即使你对我动了情，我也不会的，我根本就没有真正认识你。

冰　22:27:00　　你说过你的爱已成过去，是为什么？可以说来听听吗？

阿飞　22:27:21　　叫我叔叔，好不？

冰　22:27:49　　叔叔？你多大了？

阿飞　22:28:54　　我真的是老男人了，我不想欺骗小女孩，尤其是丽江的，但做朋友，我非常欢迎。

冰　22:30:17　　你在说什么，我又不是和你……不管你多大，我们只是普通朋友。

阿飞　22:30:35　　好。我真的很少在网上玩，其实网络也很好玩。我可是一个很认真的老人哈。

冰　22:31:25　　你很坦诚，我欣赏。我也是第一次与陌生人聊这么多。

阿飞　22:31:57　　任何东西都怕认真。

冰　22:32:10　　真的好奇怪的感觉，你的真诚有点让我感动。你可以把你家的故事说给我听吗？你能信任我吗？

阿飞　22:34:40　　我相信，就因为我相信你，我才告诉你这些。

冰　22:35:15　　你以后还会和我聊天吗？嘎嘎。

阿飞　22:35:35　　会呀。另外，我想告诉你，我也喜欢音乐舞蹈。

冰　22:37:39　　哦，是吗？真好！

阿飞　22:37:59　　得拜拜了。

冰　22:42:19　　晚安。朋友。祝你永远是幸福的。

8

发件人：冰　<123456@qq.com>　查看添加　拒收

时　间：2006年8月17日（星期四）　上午11:09

收件人：<woainihanbing8888@qq.com>　更多信息↓

主　题：《知己》

阿飞，谢谢你的真诚。这是我第一次在你身上找到喜欢上QQ的理由，你也是一样的感觉，对吗？以前我的确不喜欢上QQ聊天。自从第一次你说到徐志摩的诗和喜欢什么样的音乐，我开始觉得你是有内容的人，我想在你身上可以提高自己。因为我觉得一个女人除了美丽的外表，还应有内在属于自己的东西。你还是个性情中人，对吧？应该和我很投缘，否则我和你今生可能只聊一次的机会了。我第一次在网上有了一种开心的感觉，每次打开电脑就想看到你发的邮件，这成了我的一种寄托,真的。

阿飞,每个人都有自己的秘密,你和我的交往就是我今生的秘密,我们都彼此藏在各自的第六感觉中,彼此不需要有任何压力和承诺。你无需慌张,我们并不需要认识对方的容貌,把对方都想象成完美的人,你可以放心想象,我的容貌不会让你失望的哦。

当有一天,我在现实生活中找到真爱后,会好好珍爱他的,也会珍惜我们的真诚秘密。你如不喜欢这样,也就算了。

对了,今天上午我到书店去借了两本书:《汤姆家的小木屋》和《徐志摩的诗集》。前者是因为我一直喜欢读名著,后者是受你的影响,就像我发歌给你一样。这也许就是真正朋友,相互受益吧。

一起听《天意》。

发件人:冰<123456@qq.com> 查看添加
时 间:2006年8月17日(星期四) 下午03:55
收件人:<woainihanbing8888@qq.com> 更多信息↓
主 题:《zhencheng》

阿飞,我不想向你索取任何感情,我也知道不现实,但我可以做你的红颜知己吗?就凭你的真诚和你的文采。你可以把我当成泡沫的幻影,说什么我都愿意听,就当你的……可以吗?

发件人:<woainihanbing8888@qq.com> 查看添加
时 间:2006年8月17日(星期四) 晚上10:59
收件人:冰 <123456@qq.com> 更多信息↓
主 题:《为你写的诗》

(1)凝固的纯净

纯净与寒夜遭遇,冰赤裸地摆在了我面前。
晶莹透亮,是你的眸子和心灵,静静的洗涤我世俗的头脑。
翻过寒夜,你是那柔情的水波,在我心头荡漾。

假若，你那柔波里满是杂念，即使寒夜再寒，你也不会晶莹。

(2)你是水做的

你是水做的
只一夜严寒
柔情与冷酷
只一夜间

你曾经亲抚过我
用你的柔波
也曾不小心吞噬我
在你的内心深处

你怀念过去那
纯真的日子
随便一抹微风袭来
你欢快的柔波
舞皱了一汪平静

儿时牧牛，我
见过你过去的样子
你是那样静静的守着
身边的山梁，还有青绿
不分白昼，不与
奔流东去的大河
争辉

(3)春天来了么

寒与冰

情深深
春天来了，寒不情愿地离去
再没有什么，除了一汪清水。

我听到了
春雷的响动
冰哟，告诉我
春天来了么

9

2006-8-18

阿飞　14:55:09　　在？给你发了几篇文章。

冰　14:55:58　　刚午睡起来，你没休息吗？

阿飞　14:56:36　　没有午休的习惯，"场景"曲调很优美！你是QQ高手？这是我第一次在动画和音乐陪伴下聊天。

冰　15:06:20　　ni cuo le, zhe shi wo mei mei qian ji tian cai fa gei wo de

冰　15:06:52　　wo you zhuan fa gei ni

冰　15:07:31　　sui ni xin bu xin, wo bu xiang jie shi

冰　15:08:22　　我在查语文课资料。

阿飞　15:08:41　　你忙吧。

冰　15:10:48　　对不起了，我暂时打不开你发的邮件，我打开看了一切就明白了。

冰　15:13:59　　我这边系统可能有问题。我还是打不开。

阿飞　15:14:20　　我现在再发几篇给你吧。

爹

(一)种田好手

爹是农民，不管日出日落，总是忙碌，一年四季，就一个样子，忙个不停。

爹耕作的田土，禾苗青绿壮实，秋收时，比邻家的粮食总要多几粒，我知道，那是他用汗换来的。当然,他确是一把种田好手,知道怎样培育种子,也晓得啥时施肥,未等病虫袭来,早请来了虫子的敌人。

当别人只顾种粮食的时节,爹已开始在一亩三分自留地,堆砌经济作物的种子,烟叶、辣椒、果树,巧妙地变成了,维系一家生计的铜板。所以,我是幸福的,生在那么贫穷的乡村,肚子却总没空过,连肥腻的猪肉,那可是穷人的最爱,而我,一块也咽不下去,因为肠子不缺油水。

大年初二,爹就急匆匆下地了,他心里正盘算着,来年春节,多置一件新衣,给我。

(二)渔家

村子前面,有条大河,叫洪鸿河。沿河两岸,全是农民,河水自是没有污染的,水里的鱼儿,味道鲜美极了。

爹,不是专业的渔民,但捕鱼很在行。春天刚过,洪水泛滥,庄稼地遭了殃,但那些在清水里游荡惯了鱼儿,胡乱地跑到玉米地或者麦田,撒野。爹是不会放过的,手握一杆渔叉,出了门,待半夜归来,从没空手,一连几天的鱼鲜,像东山头的朝阳,迎着我灿灿的笑脸。

有时,弄点香料,随便撒在河湾内的水田,堵上缺口,淘干田里的水,那一池鱼儿,还能跑掉?

还有,秋收前的稻田,总要干枯,水稻底自然生长的鲫鱼,大多游到田埂缺口下的洼地谋生,这种鱼,最好捞。我也会,打小就从爹那里学的,法子简单得很。

我是爱吃鱼的,这,都是爹宠的。

(三)竹编

我们那个村,叫斑竹林,竹子还少得了?

郁郁葱葱的竹林,把每家的门前屋后,罩得结结实实,从远处望去,难得见到灰瓦屋顶。一派田园景致,盛满了我纯净的心灵。

爹,憨厚,话很少,但竹编的活计,在我们村是有名的。家里一切用具,只要能用竹子,都留下了他的骄傲。睡觉的竹席,是带花样的;背篓,粗细兼搭,结实美观;簸箕,更是他的拿手,不仅造型乖巧,还特好使;箩筐的样儿,就更多了。

邻居很喜欢爹编的竹器,只要有闲暇,他总是忙着编织,不取分文,那种情感，在现代都市，再也找不到了。

当然，最得意的还是爹给我编的小玩意儿，那是他内心的独白，比他的话语温馨，至今还留了几样在身边，不时拿出来，瞧瞧，心里美滋滋的。

爹编的小竹笼，专门装知了的，发黄的笼子，正摆在我的电脑旁，上面新覆了几滴泪痕。

阿飞　15:16:38

长斑的苹果

那一年，春节过后，阴雨不停地落。返乡的昆明女知青小霞，送我家俩苹果，很小。爹娘视为宝贝，筹划了多日，也没先分我一瓣。

每次回屋，总要去柜子里瞅瞅，口水止不住下咽，像窗外的细雨。心想，这玩意会是啥味儿？

苹果起了皱，长出暗褐色的斑斑，娘仍是不发话，我心里急，但没有用。

终于，夜正浓的时候，在爹耳旁嘀咕半天的娘，从案板上取来菜刀，我的心情像切开的苹果，乐成了几瓣。

一瓣，两瓣，我以最快的速度扔进嘴里，整块地往下咽，除了一点酸，啥味也没留下。

但，娘一块也没动，说牙疼。

冰　15:18:51　　让我有流泪的感觉。

阿飞　15:21:04

洪鸿河

洪鸿河，我的母亲河，奉献千里甘甜，养育万众儿女。

没有一丛苇丝，不生一束杂草，纯净，有如她明坦的胸怀，缓缓地淌在我心田，滋养青草、庄稼，还把鱼儿的鲜美，留在我记忆的深处。

离开她，无论远隔千山万水，总有一缕暖意，牵着。她用母亲的慈爱，告诉我，飞吧，上到蓝天，和云朵作伴，累了再回来。

是的，我是要回去的，但，我拿什么装点您，我的母亲河？愿思恋醉了云儿，化着一夜春雨，归去。

冰 15:22:17 你的诗藏着浓浓的故乡情，让人感动的话语，但有一丝忧郁。

阿飞 15:22:59 以前读书时写的，现在写不出来了，被复杂的社会弄傻啦，嘿嘿~~

冰 15:24:36 邮件里是这些吗？

阿飞 15:25:03 不是。

阿飞 15:25:11

小英子

久别的家乡，总是令人挂肚牵肠的，儿时的琐事，想忘也忘不了。人还未抵达老屋，但小英子曾经在堂屋里的样儿，却是那样清晰地在脑海跃动。这次回老家，除了老宅，便是想看一眼小英子了。

放下包裹，来不及细瞧陪我度过了15个春秋的木梁圆柱，我就丢下随行人员，说想独自出去转转，这哪是随便转转呢，目标唯一得很，那就是小英子的家。

她那座木头房子还在，只是破朽得有些说不过去了，更像是在展览一座古旧的云南民居。门前的一笼竹子，还在节节拔高，粗略看来，与从前并无二致。大门是关着的，一条小黄狗在屋檐下，懒散地晒太阳，我走近时，只汪汪几声，就不理我了，像小时候去她家那样。

周围很安静，一个普通的农家向晚，不见炊烟袅袅，农家的晚饭可能还是老样子，晚些，白天还未完全褪下明亮的罩衣。

敲门的声响很轻，我怕惊扰了儿时的梦和想法。不大一会，门吱呀一声，向我打开了，一位“老妇人”站在眼前，我一眼就认出了她来，尽管我努力往那方面去想，但怎么也想不到，会是眼前看到的这个样子，扯得心肺剧痛的样儿！

“找谁？”她的声音还是年轻的。我一时语塞，先前精心构筑在胸中的话语，被憋在了这道门槛的外边，慌乱地迸出一句：我是阿飞！顿时，她眼里掠过一丝惊喜，很快又回复了平静，一抹笑挂在脸上，“啊，你是阿飞，真的是你？啊，进屋吧。”

小英子变了，变成老英子了。脸颊苍老蜡黄，皱皱巴巴，头发夹杂着白丝，背有点驼，俨然一个干瘪的农村老太，可她才40刚出头呀，即使成了俗称的豆腐渣吧，也不该这样，我宁愿不相信自己的眼睛，但却是事实。

互相的问候，很简短，我们坐在一起，是那样的不自在，一丁点没有了从前随意打闹的影子，我们像两个陌路人，偶然相遇，彼此的内心隔着岁月的悲凉，还有生活的艰辛。我没有久留，怕她看出我低落的情绪，或者说，我不敢再留下了，心底还是想抱一抱她的，像小时候玩耍时，她撒娇在我怀里那样。

小英子的事，我之前是多少听过一些的，这次回来，幺娘又仔细说给我听了，字字句句落在我心头，像吞进肚子里的缝衣的小针，深深地刺痛了年轮包裹的想法。

小英子是我的青梅竹马，儿时最要好的朋友。我高考后，离开了老宅和她，她留在家里照顾她病残的娘；大学期间，我没有忘记娶她的海誓山盟，但她婉拒了，说准备和虎子过日子，我知道虎子一直也很喜欢她，但她一点也没有喜欢过虎子呀；在我考上研究生后，我又专程回去过，她却说，在当年春节就和虎子成婚，这也是她娘的意思，我失落地抱着堂屋的柱头哭了，那根柱头是我俩磨蹭最多的地方，光滑的表面记载了我们的两小无猜，还有全部的童年旧事。

然后，我就再也没回去过，但心里一直记挂着。这次回来，才知道，小英子依旧孤身一人，送走了她娘后，自己一个人守着那间破旧的木屋。幺娘还说，常常看到她坐在门边的那块石板上，有时一坐就是整个上午，手里的针线活，一针也没动。

离开老屋之前，我想再去看一眼她，但最终还是忍住了，我害怕看到她现在的样子和我的心情。

走的那天上午，细雨蒙蒙，和我的心情一样，落在心头的伤感，湿润了我的眼眸。我绕道从她家门前路过，当然是想看到她的身影，哪怕就一眨眼功夫，也行。

她依旧坐在那块石板上，手里握着针线，但没有动，像在等什么似的，我只说了声“再见”，便转身跑开了，对于其他熟人的问候，一句也没有回应。

出村很远了，我感到身上缺了点啥，是的，切切实实有样东西，掉在她家门边的石板上了，也许，一直就放在那里的。

阿飞　15:26:28　　知道我该是老人了吧？

冰　15:28:13　　zhe suan ni de chu lian ma?

阿飞　15:28:47　　嘿嘿~~

冰　15:29:07　　你看过《一帘幽梦》吗？

阿飞　15:29:41　　以前看的,忘的差不多了。

冰　15:30:07　　现在版的。

阿飞　15:30:43　　是那个《又见一帘幽梦》么？没看,怕流泪。

冰　15:31:04　　我想,你现在的妻子真幸福。

阿飞　15:31:42　　不知道该如何回答。

冰　15:31:57　　云帆比紫灵大20岁,但他很青春,你也可以和你妻子保持青春的节奏。

阿飞　15:32:43　　嘿嘿,我再老也会是玩童。

冰　15:33:08　　那好哇。我看《一帘幽梦》是湿着眼睛看的。

阿飞　15:34:35　　天性如此,不守规矩,好玩,想体会不一样的感觉,比如现在,有一种说不出的味道。

冰　15:34:52　　但我不知道你多大?

阿飞　15:35:21　　看我的文章,能推算出来的。

冰　15:35:47　　你说下岗了,是怎么回事?

阿飞　15:35:59　　真的下岗了,自己退下来的。

冰　15:36:19　　呵呵,你前几天还说出差了。

阿飞　15:36:37　　下岗了就不能出差？烟瘾犯了,先去抽一根。

冰　15:38:20　　你到底干什么的,文章写得不错,应说有才,怎会下岗?你在隐瞒什么?

阿飞　15:41:05　　知道股东吗？我现在只做股东,不干具体事了,这不是下岗么?

冰　15:41:52　　不明白。

阿飞　15:42:09　　上半年就不干具体事了,所以才来上网的。也就是说只当老板,明白了吧。这是不是骗小姑娘的伎俩呀,吼吼~~

冰　15:39:21　　啊,老板!真的吗?我要确切地问一下,你真实回答。你喜欢和我聊天吗?

阿飞　15:40:10　　喜欢呀。

冰　15:46:40　　等一会。

冰　15:59:55　　你的邮件我全看了。你过火了,阿飞。你给我的诗,你说过的话。

阿飞　16:04:41　　那只是一种诗意,什么话？那一段?

冰　16:05:18　　你说你不想动真情。

阿飞　16:07:13　　喔，动真情，是很麻烦的事儿，知道么？但好些事，是说不清楚的。

冰　16:08:12　　诗里说的是你的真实想法？

阿飞　16:09:21　　一种想法，一种感觉，一份期盼，比得到还会美好。

冰　16:14:20　　我也期盼，但我还是很怕，你开始就在隐瞒我。算了，你有妻室，我不想做第三者。那太残忍。

阿飞　16:17:41　　啊啊，你凭什么说我现在有妻呢？最好，你就是冰：一个漂亮的舞者，喜欢音乐，热爱生活。我哩，一个阿飞：喜欢诗意，居无定所，热爱大自然。

冰　16:19:26　　挺完美，但我们相见太晚。

冰　16:23:10　　你有妻子儿女吗？

阿飞　16:23:21　　肯定有过的，好了，不讨论这个，没啥意思。

冰　16:24:22　　那你的妻呢？孩子呢？

阿飞　16:24:52　　不愿说这些，在网上。

冰　16:25:20　　你叫我冰，可以吗。你的名字也有个飞字吗？

阿飞　16:28:04　　嗯纳，再上传一篇关于大海的散文给你。

阿飞　16:30:56

夕阳下的东海岸

海，就在眼前。海风卷起的白花，镶嵌在一望无际的湛蓝上。渐渐西沉的太阳，没有了灼人的光芒，和蓝天嬉戏的白云，泛漾起微微的红晕。海岸孤礁上，斜斜的影子，正与浪花呢语，这就是我，在普通的不知名的海滨，一个平常的秋日向晚。

关于大海，太多的文学艺术作品，把她讴歌颂扬，几乎穷尽了所有的文字和笔墨。但，坐在夕阳下的东海岸，发呆，遐思，我还是那样的喜欢。

白浪在眼前翻滚，诗意油然而生：

风正浓，海浪
你推我，我挤你

互不相让，澎湃地朝
海岸撞了过来

岸崖平静的看
海浪消散
没有一滴泪花
只有一丝苦涩和
海腥味

夕阳映红了蓝天，给云儿披件紫红的衣裳。光脚走在沙滩上，踩碎了沙粒泛起的银光，也许还惊醒了她的一场美梦。

浪，仍是不知疲倦地向我袭来，偶尔沾湿脚板，凉凉的。她在拒绝我投入她的怀抱，她不喜欢我。

然而，浪可没我那么些悲哀，是笑着离去了，笑声不如刚才撞击礁石那样爽朗。她在笑什么？我低头沉思，噢，原来是对海沙说的，你看呐：

细细的沙粒，在浪的亲抚下
乖巧的排列着，像一行行诗句
回应着，浪的洗礼

我脚下的沙粒，给了我柔滑的感觉，但她以前可不是这个样子：

他们是一整块巨石
大到整个地壳
海浪没有消散，而是
慢慢的侵蚀着巨石的身躯，使她
变小，变小……
小到我脚下的样子
浪仍在敲打着
沙一直滴血的心

也许，夕阳是最了解沙的，只一瞬，白浪亦浸透了海沙的血红。

夜已展在我跟前。我仍在沙滩上信步，浪呢？却扭头，走了，留下的声音没有一丝的笑，是哭泣，咸咸的味道和冰凉。

夕阳下的东海岸仍在眼前，但我什么也看不见了，只有海潮的声音，不见星星点点。

等，来日的夕阳，我还来。

冰 16:45:56 很喜欢你的文笔，亲切自然。你现在在家，还是在……

阿飞 16:46:49 在家。

冰 16:49:04 你在家干什么？在忙其他的吗？我们还有十几天就集中了，要忙了。

阿飞 16:49:55 今天下午就与你聊天了，很高兴的，一会要出去应酬。

冰 16:50:22 我也很高兴，我起床就来看邮件了。

阿飞 16:51:05 高兴就好，现实生活总会有不如意，网上轻松些。

冰 16:52:22 你如果第一个遇到是我，你会选择我吗？

阿飞 16:52:38 不知道。记住，我只是一个大哥，或者大叔，很乐意与你在网上聊。

冰 16:53:19 不可能，开玩笑的。

阿飞 16:53:39 我说的是实话。可能没有小年轻那样，尽说些你爱听的，我在网上从来不伪装。

冰 16:55:25 我是说假如在你没结婚的时候，不过那时我还太小。

阿飞 16:56:12 要是漂亮，又是舞者，心地善良，我会追你的，在过去。

冰 16:57:26 你不相信我？我对你不会说谎！

阿飞 16:57:36 我宁愿相信的。

冰 16:58:19 我想找的就是那种说不出的感觉。

阿飞 16:59:12 什么感觉？叫你冰美人，可以不？说实话，你和丽江这份怪怪的感觉，在网上给了我不少码字的源泉。

冰 17:00:18 的确追我的人很多，但他们要么是公子哥，或者就是把我当成炫耀品，很反感的。

阿飞 17:01:05 公子哥也有好人，有钱人并不都是坏人。

冰 17:01:55 但我遇到的，就是靠父母的家伙。

阿飞 17:01:30 问一声:多高?

冰 17:02:07 你猜。

阿飞 17:02:27 163,100 斤,对不?

冰 17:03:09 为什么这样猜?

阿飞 17:03:16 不为什么。

冰 17:04:03 差不多吧,你呢?

阿飞 17:04:39 娇小玲珑的小乖乖。我 173,112 斤。

冰 17:05:54 你好瘦,多吃点,要注意身体哦。

冰 17:06:30 你喜欢高的还是娇小的?

阿飞 17:06:59 苗条漂亮的,嘿嘿~~

冰 17:07:25 你猜我苗条吗?

阿飞 17:08:03 舞者一般身段不错。

冰 17:08:12 我又不是专业的,只是爱好,主要还是教语文的。周末才上一两节舞蹈兴趣课。我们家穷,所以显得没别人爱炫耀,爱张扬。有空就喜欢待在家里看书,听音乐。

阿飞 17:18:15 这很好,对不起,我出去有应酬了,886。

冰 17:18:59 拜拜,应酬少喝点酒。

10

2006-8-20

冰 15:45:51 阿飞,我越来越怕,怕你因为我的存在,对你的家人产生莫大的伤害,这样,我会有一种说不出的负罪感。我越来越怕,怕自己的感情真的陷下去,我不知道,我只想哭:为什么?你会是我一直找寻的人?为什么?老天会捉弄我?我真的找不到答案。我以前去嘲笑别人无知,谈什么网恋。我没有玩过这种游戏,我也不需对你撒谎。而如今的我,知道我们是不可能的,你有妻有孩子,我更不想破坏别人的家庭。

冰 16:55:59 飞,你我真诚相对,我并不在乎自己寻找的那个人的年龄,而我万万没有想到的是,我会在网上遇到。飞,现在你想要的湿润,不是我的唇而是我的双眼。

冰 17:30:07 我在听音乐《最浪漫的事》、《真爱一世情》还有孟庭苇的专集,快到3个小时了,一直坐在电脑前呆呆地听。我是流着泪听《真爱一世情》。啊,不该,啊不该!不该的情,不该的爱……

阿飞 17:43:56 上线后看到这段文字,感动,感染,心跳加快了。

阿飞 17:49:32 你想得太多了,我们最多算知己……

2006-8-20

冰 21:58:24 你读懂了我,飞。你的出现打破了我的生活,一个大家公认的乖乖女的平静生活,所以,我害怕背上"第三者"的罪名,还有心中的不安。我也希望不会这样,永远做你的红颜知己。如果老天捉弄,我们以后会有那么一天,我想会天下大乱。

冰 22:02:55 飞,早点休息。在你耳边轻轻地说一声:"晚安,做个美梦。"还要说上一句:"谢谢你,飞,你带给了我快乐。希望我也能带给你快乐。"

冰 10:54:53 我又在听你喜欢的《最浪漫的事》。

阿飞 10:54:58 第三者?想得太过了吧?网络,什么事都没有,我其实不是一个好男人,更不可能是好丈夫,这一点,我自己很有自知之明,所以才有我早先告诉你的。从我性格来说,也许,没有哪个女孩能陪我一辈子,所以,早就不奢求一辈子的承诺。

冰 10:57:00 真的没有一个让你真正心动的女孩?你不是好男人,怎么会对我说实话,怎么开始时,你快把握不住了,就决定离开我,证明你还是有责任的男人。

阿飞 11:00:04 至今,还没有一个女孩能长久地钻进我的心扉,叫我永远忘不了,可悲吧?我知道是自己的问题,也许是心中的诗情在作怪。

冰 11:00:38 不懂。

阿飞 11:01:08 也就是说,我这男人缺乏责任感。

冰 11:01:26 "没有一个女孩能长久地钻进我的心扉"是什么意思?

阿飞 11:03:14 我自己认为的,找一个一身相守的人,太难了,尤其是我这种男人,所以不期盼了,嘿嘿~~

冰 11:06:16 那你是什么样的男人?你经常晚上不回家吗?难道有钱的人都是这样吗?看来我以前的判断没有错了:有钱的男人都很坏。

阿飞 11:08:05 倒不是说有钱的男人坏,我也算不上有钱的人,只是够我自己花了,其实没钱的时候,我玩的更那个。

阿飞 11:10:16 你想多了,我绝对不是到处玩女人那种。当然也不算好男人。好玩,凭感觉做事,经常与朋友疯,还时常一个人进山,独守静穆。

冰 11:11:07 我真的不懂？你为什么不和自己心爱的人,甜蜜的过生活,要一个人静穆呢？难道这就是诗人的另类？

阿飞 11:12:51 我说的玩是由着兴致,怎么高兴就怎么来,不管官位高低,不管钱多钱少,也不管是男是女,只要愿意,大家又能疯得起来,就干我们想干的事,嘿嘿~~

冰 11:113:19 你们的生活我读不懂,诗人!

阿飞 11:13:48 我不是诗人,只是喜欢诗意。

冰 11:14:29 那,有一天你真的遇上心仪的女人,你会为她改变吗？不是改变性格,而是生活方式？

阿飞 11:15:34 不知道能不能改变。我只是要告诉你,我是一个真实的男人,好的,坏的,都有,真见了面,没准两天就烦了。

冰 11:18:56 你能告诉我你爱过你的妻子吗？你到底喜欢什么样的女人？

阿飞 11:20:44 爱过呀,只是现实生活慢慢地磨灭了我的爱,我是爱想象的人,她太具体,生活化。

冰 11:22:27 你喜新厌旧？

阿飞 11:23:01 说不上,只是我比别的男人敢于承认。

冰 11:23:49 你可以和她好好聊聊啊,也许会回到从前的感觉。你和别的女人疯,当然你的她会伤心。诗人,夫妻有时是应该有浪漫的,但也应有现实的生活吧？

阿飞 11:26:51 早就没疯了,哈哈,没别的意思,我不会轻易再追女孩的。

冰 11:27:15 包括我吗？开玩笑。我知道是不可能的。

阿飞 11:27:42 我想应该算吧,吼吼~~毕业几年了？

冰 11:28:20 吼吼,什么意思,你很喜欢说这。三年了。

阿飞 11:28:45 一个感觉,说不上具体。

冰 11:29:07 再等几年也快老了,对吗？嗯纳,又是什么？你也喜欢说。真逗。

阿飞 11:30:24 年龄总会增加,心态靠自己。

冰 11:30:45 我正在听许如云的《独角戏》,发给你了的。你没把我放在心上。

阿飞 11:35:02 要说100%,不可能,这是网络呀,我没骗你,但要说,没感觉,那也是骗人。

冰 11:35:24 你到底多少岁?阿飞,我有很多故事,说出来,你可以写一本书了。

阿飞 11:35:51 好呀。

冰 11:36:34 从家庭开始,到学生时代,又到现在。

阿飞 11:37:14 我非常愿听。

冰 11:37:16 一个多愁善感的我。

阿飞 11:37:39 林妹妹型的?

冰 11:38:19 你感受到我是一个什么样的女孩吗?包括一切,你回答正确,就说给你听。

阿飞 11:38:57 内心丰满,外表冷漠。

冰 11:39:11 也不完全是林妹妹型的,那只是我的一面。我不是冷漠的,你答错,扣十分。

阿飞 11:39:22 追求完美。生活在理想中。

冰 11:40:19 也不对。又扣十分。

阿飞 11:40:32 80,已很高了。

冰 11:41:06 若扣到60以下,你就没有听的希望了。

阿飞 11:41:43 我可以争取加分呀。

冰 11:42:06 我的外表是微笑、开朗、甜美的,公认的哦。

阿飞 11:42:37 那内心是冷漠的,像冰。

冰 11:42:54 只是很多人读不懂我忧郁的一面,你读懂了。

冰 11:43:01 加10分,90。

冰 11:43:42 但我敢爱,爱上了,就是火样的……

阿飞 11:44:23 这点能感觉得到,以前也火过?

冰 11:44:43 你好坏,我什么时候对你火过?

阿飞 11:45:18 没有哇,我倒希望呢。我说火一样的爱情。

冰 11:45:54 可能只对你……乱了,乱了。我在说什么啊。

冰　11:47:12　　我在听《我爱的人和爱我的人》。爱我的人对我还火，火得我逃，我也发过给你，听过吗？

阿飞　11:47:58　　当然，好多遍。

冰　11:48:22　　初中的男生们叫我什么？你猜，答对了，加分。

阿飞　11:49:12　　杨钰莹。

冰　11:49:26　　不是。我是很受人关注的那种哦。

阿飞　11:49:58　　自我感觉良好那种？

冰　11:50:56　　不是。高中的男生呢？

阿飞　11:51:51　　小甜甜？

冰　11:51:04　　错。你想不想知道我的真面目。

阿飞　11:51:18　　想呀。

冰　11:52:07　　真的？别人要这样来关注，其实以前我把这种关注当烦恼，多想平淡一点。

阿飞　11:52:49　　明星都这样想。

冰　11:52:55　　你全答错，还有 70。

阿飞　11:53:20　　那就称你为流氓兔吧。

冰　11:53:57　　你很好玩哟，我不是明星，是有种种原因的，那是痛苦的。

阿飞　11:54:19　　可以慢慢讲，我愿听着。

冰　11:54:22　　中午了，我的感冒刚好。

阿飞　11:54:49　　要出去吃饭了，你好好休息。

冰　11:55:01　　飞，拜拜。

11

2006-8-21

冰　13:30:14　　在吗？

冰　13:30:55　　哦，你可能不在吧。

冰　13:31:10　　那，我去午休了。

阿飞　13:31:55　　嘿嘿~~

阿飞　13:32:10

想

——给封存久远的校花小妹儿

藏了10来天的伊妹儿,一位曾经的校花小妹儿发的。我有些被动地打开了,其实,就几行字,几句简单的不能再简单的平常的同学问候,在我眼前,竟有了些味道,透过灰白色闪着荧光的,几行字幕,我自醉了,像刚饮下的,妹儿那浅浅的酒窝,温出的小烧。

平静的,日常的生活,变了滋味,平地增添了一份牵挂与想法,残存的儿时躁动与激越,即便融入学校前面那条小河,也是热的。在一个满月不再的荷塘岸边,望望有些模糊的弯弯月牙,我自问,这是怎了?

我想,用我的想法,把你抱起,带回到学校那条小河的岸边。掷一块石头,看看依旧的涛声,让我的思绪,亲亲你就是好看的面颊,还闻一闻那小窝窝中,留下的醉意。

我还想,集合一位自卑小男生的崇拜,还有对小妹儿的那种,怎么也挥不去的感受,把你带进小河,变成梦中的鱼儿,在水中感受这份炽热的温度。

我又想,好好看看小河岸边对着的,那几间校舍,校舍背后的操场,以及操场背后,那个小村庄,还有村庄里有间小屋,小屋里不再长大的妹儿。

我更想,这是一封封存了几十年,有些发黄的信件,是妹儿当年要给我的。我更加急切地想要揭起,妹儿那依旧的邮花,以及邮花背后的,唇印。

冰 13:34:59 这都是你的心里话?我快醉了,飞。

冰 13:36:03 我还是到卧室午休好了。

冰 13:38:07 你还是去休息一会,好吗?整天和我聊,不累吗?

阿飞 13:38:07 拜拜,好好休息吧,本来是发邮箱的,进不去。

冰 13:38:15 哦。

冰 13:38:31 飞,拜拜。

冰 13:38:46 你可以叫我冰吗?

阿飞 13:39:45 去睡吧。尽快恢复。

冰 13:40:02 为何送9朵花?你还没叫我。

阿飞 13:40:33 多点不好。我再写点关于冰的感觉。

冰 13:41:06 你还是没有叫我哦。

阿飞　13:41:38

谁在叫

谁在叫
冰,冰冰……
没有人哩,除了我
喔,是心儿

谁在叫
冰,冰冰……
没有人哩,除了我
喔,是热血

谁在叫
冰,冰冰……
没有人哩,除了我
喔,是想法

冰,冰冰……
听到了么
(但你得注意,我写的冰有自然意思哈)

冰　13:42:24　　我现在不要诗人的拐弯。

阿飞　13:42:25　　甜甜的,香香的。

冰　13:42:44　　再叫我一声,轻轻的。你想见我吗?

阿飞　13:43:22　　实话说,暂时不想,片片的说,来一张?

冰　13:44:24　　算了,还是不见的好。可能我们彼此这生只能作为秘密。

阿飞　13:45:02　　见面有啥好?想象和过程最让人难忘。

冰　13:45:19　　好吧。午安了。

阿飞　13:45:31　　我是一个很老很难看的老头哟,吼吼~~

冰 13:45:39 呵呵。我又不想见你。你到底多大？没有别的意思。

阿飞 13:46:39 我十分之丑陋，40 多了，真的。

冰 13:46:55 丑陋？你在骗我？40 几了？实话。

阿飞 13:47:51 我的文章已经告诉了你呀，肯定没骗你，难道我会70 多？

冰 13:48:09 你又在说谎，你不说实话，我就不去睡了。

阿飞 13:49:36 好吧，我真实地告诉你，我的过去——生在贫穷的农村，15 岁上大学，25 岁戴上博士帽，然后留洋镀金，10 年后才发现，我的根在中国。回归后，打过工，后来自己做老板，从事房地产策划，对小建筑，情有独钟，现下岗，码字。

有 10 年了，没再写过像样的东西。今年再提笔，一发不可收，一本自传体散文诗歌集，明年付印，正在写两部长篇情爱小说。吼吼~~

阿飞 13:51:36 下面这篇随笔是我回国后的工作场景片断：

路过温榆河

温榆河是北京东北的一条大河，孕育出北京文明的三条古河之一，现今，只有她还在满满当当地述说古老的传说，潮白河与永定河，只留下了枯竭的卵石和伤痕迹迹的野草。正因为如此，温榆河成了高档居住区的代名词，沿机场高速上下游几十公里范围内，勃勃的中国经济催生出数不过来的豪宅别墅，坐落在沿河两岸。就连那些文人骚客，也对这湾涓流，怀念备至，刘心武的“温榆斋”、黄永玉的“万荷塘”……散布在那一带碧水青绿之中了。

古时的“温榆远树”是令人难忘的。该景呈现出沙漠无限，杂林幽邃。东西十里许，春意生新时，枝扬叶密，绿阴森森，群鸟潜飞，鸣声悦耳，是为一景。现在那里也极美，有桥有水，林木幽深，波光倒影，更非昔日可比。宋人杨桂山咏诗可以看出昔时情景。“温榆北望大平芜，十里烟波沙半铺。往事蓬茅争秀色，今朝杨柳系征途。春来候鸟枝头闹，秋到寒蛩叶底呼。满地浓荫笼不住，夕阳斜挂上军都。”

我之于温榆河，是格外亲的。因为她给予了我人生的第一桶金，使得我可以活得纯粹从容些，所以就有了一堆所谓的情调文字，要不，我也只能为了填饱肠肚而无止境地奔忙，还得和同桌的伙计争夺某个职位或者养家糊口的铜板。

今年的秋色，很是浓艳，这得感谢即将举办的北京奥运会，全方位的环境整治，叫醒了沉睡多年的蓝天白云，多少洗净了这么些年来，北京的喧嚣在我内心留下的蒙蒙灰色。这时，我又想去看看曾经的水塘，还有摇曳的苇丛，以及翻飞的鸟儿，我知道，过不了几天，这些暂时歇脚的鸟儿，都得南行，去找寻生的希望。我呢？再来这里干啥，一种莫名的情绪在体内膨胀。

从机场辅路，过了温榆河大桥，沿河堤柏油路右转，依然是密密麻麻的杨树林，河畔的野草，枯黄瑟瑟，微风吹过，几片叶子飞落，荒草也点了点头，这是欢迎我的入侵么？就像2000年4月9日上午，飘进我骨子里的泥土芳香。但，我今天的目的地得稍微向东延展，是宋庄艺术区，其实，我对艺术是门外汉，但多少为宋庄的发展，增添过砖头瓦块，正因为如此，在新规划的宋庄艺术园区，特批给了我几亩地，用于建造所谓工作室，还美其名曰：艺术家某某，当我签订那一纸入住协议时，脸上泛起一阵红晕。

路边，几个白色的影子，在荒草里晃动，哦，那是专程来这里拍婚纱照的。我不知道，为何这么多影楼，都选了这一片荒野，作为外景地？水并不怎么洁净，更没有一堆山丘，就连河畔的树枝杂草，也是这一堆，那一簇的，完全自然地随便显摆在癞头般的泥土上。但，有人喜欢，就是有人喜欢！

当然，来这里拍婚纱的人，也是有景可借的。精巧的格林马会，自是有情调的，也许还能勾起骏马疾驰般的初恋激情；天竺高尔夫，弯曲有致的绿，更是难得的背景；还有，生产了无数国产大片的华谊兄弟，其简约现代的灰色盒子，放在那一抹深绿之中，还能没有拍头？

道路两旁的林子确是浓密的，我这个走了无数回的常客，也经常找不到去我的月湖的岔路口，我不知道，是我真的迷了路呢，还是被丢在了乡村景色里，反正，我走在这条只有4米宽的小道上，总要走神的，常常是，眼里看到些啥，很难记起了。

从这里，走了这么些年，但也只是路过而已。

冰　13:54:04　　奇才哦。我今生有幸，认识了。

阿飞　13:54:36　　别取笑我，那样就没意思了。

冰　13:55:21　　为何？

阿飞　13:55:41　　我只是希望在网络得到另一种快乐。所以，我真诚。

冰　13:55:56　　什么样的快乐？你的真名中有飞字吗？

阿飞 13:56:25 有飞字呀。

冰 13:57:20 在网上,曾经有多少人给过你快乐吗?老实说。

阿飞 13:58:51 QQ没有。主要在论坛玩。

冰 13:59:06 QQ上除了我,没遇到?我不信。

阿飞 13:59:14 信不信由你,我很少来QQ。QQ上的朋友都是论坛链接的。

冰 13:59:31 那现在怎么天天来?别说谎。

阿飞 14:00:03 因为你呀。让我产生了写作的冲动。

冰 14:00:30 那我给你的感觉还不错哦。你只是把我当写作的工具吗?

阿飞 14:01:08 也不全是,谁叫你勾引我的呀?

冰 14:01:38 我什么时候勾引过你?

阿飞 14:01:38 难道没有吗?你的故事,你的歌,你的舞姿。其实,有感觉就是好事,我喜欢这种感受。

冰 14:02:06 好了,越说越露。你又没听过我唱歌,看我跳过舞。

阿飞 14:03:25 我相信你的话,我也宁愿相信。

冰 14:03:52 那我骗你呢。

阿飞 14:03:55 睡去吧。

冰 14:04:22 如果你真的喜欢,我可以亲自唱给你听。

阿飞 14:04:38 好哇。

冰 14:04:57 你怎么听。

阿飞 14:04:59 用心呀,第六感。来张片片?

冰 14:05:04 不。我去午休了,女人不休息好,会变丑的。飞,拜拜。

阿飞 14:06:41 估计你本来也不美,吼吼~~

冰 14:06:55 啊?

阿飞 14:07:14 去睡,走。

冰 14:07:38 我不美就是了。我很丑。你见了,会吓跑的。

冰 14:08:43 我们一起喝下午茶,我喜欢这种感觉。

阿飞 14:08:46 从来不惧丑女,嘿嘿~~

冰 14:09:11 那你喜欢丑的了。拜拜,丑女我要去休息了,主要是午睡习惯了。飞,我……说不出来了。

阿飞 14:10:43 想你?

冰 14:10:53 不是。

阿飞 14:11:15 要你?

冰 14:11:24 也不是。

阿飞 14:11:32 KISS。

冰 14:11:37 也不是,你好坏。想不到你……

冰 14:12:01 我讨厌你……拜拜

阿飞 14:12:50 “我讨厌你”? ……hahaha。

冰 14:13:14 笑什么? 实话。

阿飞 14:14:48 当女人说这话的时候,就表明那个了。

冰 14:15:01 什么? 哪个?

阿飞 14:15:43 嘿嘿,就不告诉你那个。去睡吧,不聊了。好了,抱一个,去睡吧。

阿飞 14:18:11 再抱一下。

冰 14:18:35 你别想歪了,我不是你想的那种人。告诉你,我会把我的第一次给自己的丈夫。这点,我是比较传统的,我想,要得到真爱,这也是最好的守护。

阿飞 14:19:49 谁说要那个了? 你想多了,快找个好男人,嫁了吧。

冰 14:20:13 不是所有漂亮的女孩,都是玩世不恭的。我很讨厌。

阿飞 14:20:58 哎,无语了,你太敏感。

冰 14:21:25 你说话太露了。

阿飞 14:21:47 这是在网上? 有什么问题吗? 我不懂。

冰 14:22:12 你再这样,我以后就不理你了。

阿飞 14:22:31 去睡吧。

冰 14:23:21 我被你说得没有了睡衣。

冰 14:23:29 打错了。

阿飞 14:23:38 没有了睡衣? 又是天意?

冰 14:23:56 睡意。

阿飞 14:24:13 好了,我得下了。

冰 14:24:20 拜拜。

阿飞 14:24:50 拜拜 那个 冰 睡衣!!!

12

发件人:冰 <123456@qq.com>;

时 间:2006年8月21日(星期一) 下午02:59

收件人:阿飞 <8888@qq.com>;

主 题:《我的中学时代》

别人都说中学时代是最难忘的,而我最不喜欢的就是中学时代。那时,我被笼罩在"痛苦"中。

中学的时候,情开始萌动,包括我,我是爱想象和做梦的女孩。我明白,父母要的是学习而不是早恋,但事与愿违,我不找别人,别人却找上门来。刚上初一时,初三的大哥哥就开始给我写信,我天真到不知所措,紧张地打开信,不说你也明白了,我匆匆地把它扔到垃圾桶里。他的信接二连三地叫人送来,我都回绝,没有收,我脑袋里根本没那根弦。这事也就平息了。

没多久,事情又来了。与我同桌的男孩,扬言说他喜欢我,一定把我追到手。我要求老师换位子,我只想好好读书。调了位子,那男孩原本拔尖的成绩一落千丈,老师也当着全班批评他骄傲自满,但同学们心知肚明。平静了半个月的时间,突然班长的妈妈找到我班的同学来访我,想要认识我,他的妈妈是一位老师,还算有修养,她间接地告诉我,她发现了她儿子的日记,写的全是我,我蒙了。我要求老师把我的位子调到靠窗边,这更糟糕,邻班的男孩,一下课,就到窗户旁来"找茬"……在别的女孩看来,我是幸福的,很是羡慕,而我,却感到心烦。

真的,飞,现在回想,就觉得自己很好笑。我有时下晚自习回家,就有男孩在后面跟踪,弄得我哭笑皆非。我没办法,高三时,只好恳求父亲转学,我又到了另一个学校,也发生了同样的情况。还好,我的班主任知道了,找我谈了一次心,他说了一句让我开心又难忘的话,"别人喜欢你, 因为你优秀……不要把它放在心上,作为负担……"从此,我又快乐的学习起来,异性的喜欢,就当着自信吧。

飞,你听了,也许会笑我,你有多美哟。的确,我也觉得自己不是非常漂亮的那种,直到去年几个老同学相聚时,有个男同学笑我:"你呀,是我们的梦中情人,大家打赌,谁把你追到,算狠。"我笑了,说:"你们只是把我当赌注,比我美的女孩多的是,你们那时为何抓住我不放。"他说:"因为你有女孩的才艺,有女孩的温柔，你不像那些女孩张扬，你有说不出的那种含蓄，反正，你身上有我们男孩喜欢的东西。"我不明白是什么，直到现在。你明白吗？飞。你可能会笑话我。我没有说谎，所以，也无须怕你笑。

回《我的中学时代》：

很真实呀，怎么会笑话你呢，应该算校花妹儿哟。看看我的高中：

高中那个女孩

好多年前，有两年的时光，我们是在一间教室度过的。

同样的老师，一样的同学，呼吸同样的空气，看一样的月落日出。就600多天。你那时14岁，我也14岁，是不大懂事的孩子。

记得，有一张可爱小女生的脸，深深地印在脑海，这么些年不曾褪色，那是你两只羊角辫前的小脸，清晰得很。

记得么？我那时的学习成绩是不错的，在全校也前几名吧。只是总也拿不了第一，有些落魄。现在想来，也许那样更好，有明确的方向，有追赶的动力。还是遗憾的，为了学业，为了走出那片土地，为了向往的城市节奏，加上我的那份自卑。我只把那张小脸藏在心里，一直都没有该有的行动，哪怕是一点点，也好。

我们那所学校建在乡村。把一所中学建在那么偏僻的山丘上，不知领导是如何决定的，是那一方水土让人忘怀？还是那里能滋养出优秀的思绪？况且，那时是不讲学习的，只讲政治，所谓的政治，学工学农。你说咱本是农村娃，还有啥农可学。干脆放学回家，天天跟父辈一起劳作，在田间地头，不就结了，还用在教室里弄那花架子，干啥？至今不懂。

乡里的学校，也有她的好处，清静，安逸。就说学校门前那条小河，清澈，蓝蓝的，蜿蜒在山峦之间。你是知道的，沿这条小河，顺水而下，大约30里，有一个小村庄，是我现在最爱记起的地方，也是咱们那时极力想逃出的地方，不是么？

小河里的水，在山洪暴发前，很清很清，河床上的小石头，能看的十分真切，水中游荡的小鱼儿，也是看得着的。只是在我们共同看那小鱼时，河中的鱼儿太少太少。

那河里的渔船你该见过？你们上游很少。在我们下游，多得很。我们村里有专门的渔民，日子过得蛮好，一年四季赶着小船，在河里飘来荡去，随手撒出几网，捞上来的，不论大鱼，还是小虾，既可兑换大米，亦可自己美餐。

我是爱吃鱼的，因为有那一方水滋养出的鱼儿，味道鲜美极了。现在，我时常要去北京密云水库的边上，品尝不带土腥味的鱼，像我们那条河里长的。

你的那两只羊角辫还依旧么？时不时总要在我眼前飘荡。

我又在想你了。

13

2006-8-22

冰　19:02:50　　如果我今生用你，你会……我不知道怎么了，我要的生活，只有你能给，其他无人能给。我不看你的钱财，因为开始我并不知道你的这些，即便你现在身无分文，我也无怨无悔。

冰　19:09:19　　飞，前面打快了，应该是“如果我用一生来等你，你会……”前面发的那句别乱想。

冰　20:13:16　　飞，今天我在网上看到一个农村小孩的笑话作文，我笑死了，也发几篇，让你开心开心。

笑话一：奶奶上次从城里回来，说在电视上看到许多人争一个球，打得火起，为什么不一人发一个？我也觉得很好笑，但奶奶是没文化也没见识，现在我们国家还穷，一人发一个太浪费了。（老师批语：你奶奶可以理解，你不可原谅。）

冰　20:14:35　　笑话二：我们学校修了新房子，我们都感到成了新人。真喜欢那个大操场，至少可以容纳五十头水牛。（老师批语：“新人”有专门的意思，操场是人活动的，不是给牛修的。）

冰　20:16:53　　最好笑的是老师的批语。呵呵。呵呵。

冰　20:40:01　　飞，你还没回来吗？我……不说了，你去猜吧。想怎么猜都可以，我不生气了，因为我答应过你的。

2006-8-23

阿飞　13:30:17　　知道你睡了，但下午有事，只好独自来这里看看。其实我是可以随时上网的，但我把无限上网功能取消了，我更喜欢这种牵挂的感觉，说不上是为了什么,但我明了,太容易的获取,快乐就少些……

冰　15:01:29　　飞,现在,你的出现也成了我的期盼和牵挂……

冰　15:03:32　　飞,我的故事还没写完,当你听完我所有的故事,你有可能不会和我做朋友了。至少,我是这样想的。

冰　15:05:05　　当我知道你的学识和才能后,我这个在小县城的井底之蛙,难免有些自卑了。

冰　15:07:09　　我也不知道是怎么了?会对你深信不疑。这是网络啊,但我还是……希望你是真实的,飞。

阿飞　18:20:44　　我肯定是真实的,因为我在这里只想找到与现实不一样的快乐,彼此不需要伪装,想说点啥就说点啥,自己很轻松,彼此不负任何责任,没有压力。

冰　18:21:45　　你还要出去应酬吗?

阿飞　18:22:02　　没必要自卑,不管你的过去怎样,即使你是"坏女人"。但我们永远是朋友了,没问题。

阿飞　18:22:16　　刚回来,不出去了。

冰　18:22:20　　你想到哪去了。你昨晚没有回家吗?

阿飞　18:22:46　　很晚了,主要是不想上网。

冰　18:23:13　　你经常很晚回来吗?我想你的妻子肯定受不了。

阿飞　18:23:50　　以前是,现在应酬少多了,我下岗了呀,嘿嘿~~

冰　18:24:30　　好了,等一小时后,再聊,好吗?等我。

冰　18:25:19　　可以吗?

阿飞　18:25:24　　你去忙吧,也该吃饭了,好。拜。

阿飞　20:49:38　　在吗?

冰　20:50:35　　zai,wo zai gei ni fa you jian,kuai le

阿飞　20:50:58　　等着。

冰　21:04:05　　飞,收到邮件了吗?

阿飞　21:04:22　　没呢,马上去看。

冰　21:04:55　　会给你惊喜的。

发件人:冰　<123456@qq.com>;

时　间:2006年8月23日(星期三)　晚上09:01

收件人:阿飞　<8888@qq.com>;

主　题:　飞,真实的告诉你,我是宁蒗县的人。

中学毕业了,我以优异的成绩考上了川师大。

在大学时,我认真学好每门课程,不但文化成绩优,文艺也突出。在那些日子里,我过得非常开心。

那时,虽没有其他同学优越的家境带来的充足的物资消费,但我不羡慕,我以自己的辛劳拿到那份奖学金,为家里省了些生活费。我在学校快乐的参加各种活动,过得很充实。

我的舞蹈身影无拘无束地在师大生活里展现,为每台晚会主持,也忙得不亦乐乎。

毕业后回到宁蒗任教至现在,工作也受领导的赞赏,还算快乐。

飞,你我的学识相差甚远,你觉得我还有朋友可做吗?

阿飞　21:08:06　　宁蒗县的人!!!

冰　21:08:33　　是,我骗你干嘛。

阿飞　21:08:42　　不是指你在骗我,而是,太有戏剧性了。不久前,我刚去过那里。

冰　21:08:56　　真的吗?你来这里干吗?莫非你……

阿飞　21:10:13　　我一直就认为你是宁蒗的,我猜对了。

冰　21:10:22　　为什么?我开始紧张了。

阿飞　21:11:16　　因为我弟妹是宁蒗的,莫非你就是弟妹,跟我闹着玩?可别开这种玩笑。

冰　21:12:08　　谁跟你开玩笑?你的弟妹干什么的?

阿飞　21:12:37　　也是小学老师呀。

冰　21:12:59　　她叫什么名字?或许我认识。

阿飞　21:13:34　　我也知道不像,真是弟妹,也不该这样!!!对不?我没见过她,听说长得还算漂亮喔,但我连她的名字都记不得了。

冰　21:15:29　有我漂亮吗？你对她有好感啊，经常提起她。

阿飞　21:16:18　不知道。

冰　21:16:45　说实话，你对她有好感啊。

阿飞　21:17:07　是我弟妹！！！

冰　21:17:44　你叫她弟妹？她年龄也不小了吧？

冰　21:23:09　说话啊。

阿飞　21:23:09　来人了。

冰　21:23:30　客人吗？

阿飞　21:23:33　嗯纳，得接客啦，嘿嘿~~

冰　21:24:39　去忙吧。

阿飞　21:24:58　会牵挂这里的。

冰　21:25:15　我也是。

阿飞　21:25:22　感谢你的真诚。

冰　21:25:42　彼此。

阿飞　21:25:39　我相信你。

冰　21:25:54　我也相信你。

阿飞　21:26:21　会成为朋友的，有若干理由。

冰　21:26:40　我想听，想听理由。等一会你还有时间吗？

阿飞　21:26:57　可能不成，朋友约我出去吃宵夜。

冰　21:27:09　你……

阿飞　21:27:07　会有时间的，慢慢来。

冰　21:27:14　我……

阿飞　21:27:41　拜，一块冰。

冰　21:27:46　你回来把理由发给我，好吗？啊？拜拜，飞。

阿飞　21:28:34　不急，总体说来，你很像我喜欢的高中女生的样子，但她嫁给了别人，886。

冰　21:29:09　我吃醋，如是这样，不交往了。

阿飞　21:29:24　Kiss。

冰　21:29:51　我不是她的影子，我是我！再也不和你聊天了。

阿飞　21:54:42　我也不知道该说什么，看邮件吧，是天意？还是……

2006-8-24

冰　15:19:07　　你有时间陪我了啊?

冰　15:20:09　　你又走了吗? 空高兴一场。

冰　15:25:39　　飞,我有一件关于我们的事,还没告诉你,但这件事有缘见了面,我才告诉你。那时,你就有决定是否继续交往的权利了。我期待那一天……

冰　15:38:56　　好了,我没说完的故事,以后真的有缘,见面再叙吧,不然,我在你心中一点神秘感都没有了。你不在,我也下线了。我今下午约好了朋友,去她家里拿钢琴曲,帮她编一个伴舞,她要参加才艺比赛,顺便去挖几株我喜欢的芦荟来种。对了,你喜欢种花吗?我种了两盆棕榈、三盆吊兰、四盆芦荟,还有一盆,我也不知道它叫什么,因为,那是我悄悄从学校的花坛里拔回来的,或者,就取名叫"飞回来",你意下如何呀? 嗯?

冰　17:41:36　　飞,我回来了。

阿飞　17:48:25　　"飞回来"?很好哇。提起花,我倒想起以前进山时,杜鹃花给予我的感受:

杜鹃花——从山坡飘来的黄手帕

小时候,只知道映山红,长大了,才晓得它就是杜鹃花。杜鹃花美艳耀人,随便置于何处,分外夺目。正如清代女词人杨槿华的《夺锦标》词曰:"开遍枝头浓润,一片丹霞。又记鹤林仙境,烂漫千房把露。宫烛凝光,晓阳留影,愿朱颜久驻。"充分地描述了杜鹃花的色彩、形态与风韵。

关于杜鹃的记忆,更深的还是来自于川西高原。那是我一个年轻的春天,翻过了几个小山峦,再越过一道小山梁,眼前的景色让我惊呆了。远远望去,在对面的高山坡上,满是紫的、红的、白的,簇拥着山峦的青绿,互不相让,连绵延展到天际线我看不到的地方。

烈日映照的汗珠依然往下流,没有了刚才的烦闷,阳光下的花簇,把我年轻的心定格在那里,脚没往前移动一步,呆呆地立那儿,那是我从未见过的花海。

这是仙境? 我自问。努力在大脑中搜寻,眼前的都是些什么花儿? 杜鹃,是杜鹃! 正是杜鹃花绽放的时节! 这景致像极了苏陆在《杜鹃花》里写的:

那么多那么多的绣花手帕
晒在山坡上
再大的风来都不给

谁是那个可以掖它入怀的人
谁的眼泪
可以为它斟酒共醉
……

我急切地想投入杜鹃花的怀抱，想捡起一方，我心爱的女人丢在山坡上的绣花手帕，拭去满脸的汗水。加快了脚步，顿时不觉得累了。还想起了曾经喜欢的电影《闪闪的红星》，嘴里轻轻地哼："若要盼得哟红军来，岭上开遍哟映山红……"

从山脚再往上走，夷平面上覆被着广袤的灌丛和草甸，明暗相见，错落有致。灌丛绝大多数是杜鹃，在春末，高山上的积雪尚未溶化，杜鹃花已悄然开放。层层叠叠，成片成簇，像幽暗的森林中燃起的火把，鲜明耀眼，如火如荼，若云若霞。植株高的达十米以上，呈大树状；矮的只有十公分，呈匍匐状贴地而生，形成地毯状景观。花的形状更是千姿百态，花影在新绿中摇曳，流光溢彩。满山的杜鹃树，多姿多彩，静静地开放着，阴凉处的花儿由于背景比较暗淡显得愈复浓艳，阳光照射下的花朵由于背景明亮显得格外清纯。

再往上，森林不见了踪影，但杜鹃灌丛却长满了起伏的山坡，成了这里的主要植被。这是另一种杜鹃了。叶子变小了，植株也矮化了。有的长在砾石上面仅有的10几厘米的一层薄土上，我不得不赞叹他们极强的生命力。

我唱起了曾经听过的山歌：

"春日里来，满山是杜鹃花。
杜鹃花呀，开得像朝霞。
远方的客人，歇一歇吧，
带上一朵花，让花香伴你转回家……"

歌声未完，余音缭绕。

我搜肠刮肚地想，杜鹃花的来历，隐约地记起喋血杜鹃的传说：

古蜀国的国王名杜宇，很爱他的百姓，禅位后隐居修道，死后化为杜鹃鸟，但仍然念念不忘自己的百姓,每到春季,便以自己的叫声提醒百姓耕作:快快播谷,快快播谷,日夜辛勤的鸣啼,口中鲜血洒在地上,染红了满山的野花,这花便叫杜鹃花,民间又称映山红。还有传说,他死后其魂化作杜鹃鸟,劝说继承他王位的昏君鳖灵,体恤百姓,不停地叫着"民贵呀,民贵呀",日夜悲鸣,口角啼血,鲜血滴入土中,染红了满山的野花,后人称为杜鹃花。

那时,虽然脚步很沉重,但是偶尔抬头欣赏一下杜鹃花,偶尔驻足回头远眺,蓝天白云映照下的雪山,脑子里似乎什么都不想。美极了。那一刻,我几乎忘了要去的地方。

不仅如此,这么些年了,杜鹃的颜色在我心头依然鲜亮。尽管我算不上真正喜花之士,但无论多么繁忙,在室内总要摆上一盆杜鹃花。它显摆在窗台,红红的、满满的花蕊长久地开着,还是很能愉悦心情的。侍候起来极简单,每周浇一次水,每年施一次肥,花盛时再洒点水,长的蛮好,心底甚兴,时不时呆立花前凝视,看新芽、品花蕾、赏花姿,尤其在阳光陪衬下,色彩晶莹透亮。有点相依为命,有点彼此慕恋,还有点互不相让,为了争夺日出之晨的朝阳,以便结出更美的花儿,让我记在心间,装在脑海。

特别是在暖暖的午后,阳台的盆栽杜鹃,仿佛是曾经那块晒在山坡上的黄手帕,被年轻的风儿,吹落在我心头,泛起涟漪一串串……

阿飞 17:49:05 关于你的样子,我猜想的样子,已写完了,刚刚发给你,嘿嘿。

发件人:阿飞 <8888@qq.com> 查看添加
时 间:2006年8月24日(星期四) 下午05:43
收件人:冰 <123456@qq.com> 更多信息↓
主 题:《一个叫冰的女孩》

冰是她的名字,是她告诉我的。后来,她说在乡村教书。

我们认识得很缘分,林林总总的大千世界,我们居然能很巧地相识,很快就没了男女那份戒心,彼此袒露心声,没啥遮掩。

我们至今没见过面。我不晓得她是啥样?她说她长得乖巧,我真的信,但并不认为是美女,毕竟我见过的美女太多了。但,不知怎了,总有一份牵挂在心头。

她究竟是啥样儿呢？让我猜猜看——

她那所学校不大，但一定很有乡村味，该是平顶的砖砌楼房，外墙刷白，带有浓浓的淳朴，这点与她的外表，该是般配的。

房子门前有大树，足有碗粗，夏日一片浓荫下，有她苗条的身子，最多着连衣裙，露洁白好看的小腿。超短裙也穿过，是在家里，估计还要在镜前摆弄，充满自信和羞臊。

冰是微笑平和的，善与人相处，同事、同学、领导都喜欢，属大众情人，但不归哪一个，这其实是她的悲哀。

学生最爱听她的课。倒不是她讲得有多好，而是她招惹眸子的外表，着实令人喜欢，像我读小学时那样，最爱听漂亮女老师的课。也许，她讲的课就是好！

有很多单身的男老师和她套近乎，她用优雅的淡定，界定了很合理的距离；还有官少或富家后生，投来多情的赞许，她只用后转身的舞步，尽管与当时的乐音不合拍，还是得以保持了现在的样子。也许某个有妇之夫，也可能是某个领导，也打过她的主意，她用清高，退却了那个男人到了嘴边的话语，顶多留下含情的物品，我知道，冰是不会打开的。

冰是柔柔的，如水的柔美。随便一抹风儿，就用她的笑，还周遭以微澜。那是她心灵的舞波，尽情地欢喜，和着孩子们的灿烂，还有初升的太阳。

冰是完美的，至少在他们学校是那样。就因为这，她多了一份孤独，这份柔美压得她喘不过气来。即便是泪，也从不挂在眼角，往心里流走了。

冰的内心有一把火，其实她是想男人的。是那种拨动她心灵音符，舞动她浑圆性感的臀部的男人，但她没碰到，抑或有，也擦肩错过了。她就这样等着。

心底，有个声音，想轻轻问冰：是在等我？等我用文字，推开这扇紧闭的情扉？

哈哈~~~

关于冰的具体描述：

身段苗条，外表甜美，具艺术气质，微笑常挂脸颊。

对了，眸子有神，拟或是勾男人魂魄的，瓜子脸，浅浅的酒窝，长发。

皮肤嘛，偏白，但不是洁白，光滑柔软。

腿很有线条，腰是风骚的，屁屁外翘，两座山峦不高不低，恰恰好。

其他的，说不出口了，我害羞，吼吼~~

冰　17:49:23　　看了，文字太露。

阿飞　17:49:26　　有点乱吧？

冰　17:49:52　　我在你心里真是这样的？

阿飞　17:50:19　　随便想的，对不？别忘了，带有文学味哈。

冰　17:51:09　　呵呵，你下午哪去了？为啥不回答我？

阿飞　17:52:10　　在办公室呢。

冰　17:53:01　　我的文章不好，你别笑话，我写了有六本日记了，全凭感觉。曾经有人偷看过我的日记，为这件事，我对他有点反感。不过，他紧张得只看了几页，被我撞见了。

阿飞　17:53:24　　真实是最感人的，文笔其次，当然还要有思想，比如我刚发给你的这篇，我自己认为写得不错，对不？

冰　17:56:29　　我很看重自己的东西，你知道了一些，你明白你在我心中的……

阿飞　17:56:58　　如果你的日记有价值，你可以用心整理，我帮你出版哈。

冰　17:57:17　　哦，我不想，谢谢了。

阿飞　17:57:49　　当然，核心的东西可以不公开。

冰　17:58:02　　不是的，我没有想过这些，其实，日记里的大概你已知道了。

阿飞　17:57:49　　只能聊一会，我还有事。

冰　17:58:02　　你又要去应酬？

阿飞　17:58:17　　嗯。有 MM 陪哟，嘿嘿~~

冰　17:59:37　　你真坏，你有 MM 陪，就不理我了。

阿飞　17:59:55　　坏吗？可能还要进山几天，那里没信号，上不了网。

冰　18:00:40　　哦，对不起，那是你的自由，我没有权利。什么时候进山？

阿飞　18:01:09　　男人和女人总要在一起的，关键是为了什么。可能明天吧。

冰　18:02:13　　去几天？你们男女在一起，会？

阿飞　18:02:49　　吃个饭而已。

冰　18:02:57　　我感觉很不舒服。

阿飞　18:03:02　　完了。我说过嘛，我不会给女人带来长久快乐的。

冰　18:04:21　　告诉你，我不是土气的乡村女形象，打扮还有点时髦哦。

又不是六七十年代的人了,还说我土。

阿飞 18:04:53 没说你土气呀,是说淳朴。

冰 18:05:08 哈哈。笑你的。知道。

阿飞 18:05:23 乡村味,不是农村味,明白?

冰 18:05:46 我知道。你少喝点酒,答应我。

阿飞 18:05:49 好呢。

冰 18:06:28 有人追我,你心里怎么想?

阿飞 18:07:13 我要没人追的女孩干啥?

冰 18:07:24 那你想不想我等你来找我?

阿飞 18:07:30 想呀。只要想,肯定能找到你。怕了吧,嘿嘿~~

冰 18:08:17 "飞回来",我的一盆花。

阿飞 18:08:35 "飞回来",你等着。拜拜6。

冰 18:09:00 万一我不是你想象的那种类型,你会……不过,我的模样还不会让你失望的。

冰 18:10:10 你找到我以后,万一喜欢上了我。那你的妻子和孩子怎么办?我好担心他们,你为什么不早认识我?免得这么多麻烦。

冰 18:11:30 我心里好烦,飞,你知道吗?

冰 18:24:13 飞,你进山我会牵挂的。

14

看到这里,我知道晓飞和这个自称为宁蒗女孩的冰,在网络里相爱了。这个冰会是红茶么?从他们之间的QQ聊天来看,应该是冰主动,不像是晓飞去勾引红茶,何况聊天的话语和邮件的文字,根本不像红茶的风格,应该不是红茶。难道他真的在网络找到了知己?还是老家的妹儿。

就在这时,丽江朋友何彪来电话说,知道我在昆明,专程从丽江来看我,晚上一起吃饭喝酒。我只好丢下晓飞的事,去见何彪,毕竟他和我们都是儿时要好的朋友。

我抵达"小鹿"野生菌火锅店时,何彪先到了。我们首要的话题是晓飞。其间,我在心里思衬着是否把晓飞与冰的事情,也告诉他,但我还没读完邮件,还是算了吧。

因为心里挂念着晓飞与冰的事，只与何彪简单饭饭后，说有要事处理，就急匆匆地回来，想知道他们之间究竟发生了什么。

我进到了晓飞的邮箱，却先看到了他发给竹馨的邮件，竹馨会是谁呢？本想点开看看，但还是被他和冰的QQ聊天吸引了。

2006-8-25

冰　21:09:50　　在吗？

冰　21:10:37　　今天陪我久点，好吗？我有重要的事情告诉你。

冰　21:11:31　　在吗？回答我！

阿飞　21:12:12　　在。

冰　21:13:07　　我有一件事瞒着你，我想了很久，还是告诉你，不然，我会很难受。

阿飞　21:13:28　　说吧。

冰　21:16:17　　我已经是结了婚的女人，但年龄24岁，我的故事，包括我对你的感情，还有我每天做的事，都是真的。唯有说没结婚是假的。

冰　21:16:39　　你生气了，是吗？

阿飞　21:16:34　　哈哈，没事哩，只是很失望喔。想象中的乖妹儿，没有了。

冰　21:18:18　　我不想欺骗你，因为，我找到了那种从没有过的感觉。

阿飞　21:18:40　　他，他对你还好吧？

冰　21:19:10　　他非常爱我，真的。只是，我……

阿飞　21:19:32　　好好珍惜哟，宁蒗小妹。

冰　21:20:01　　你在笑我吗？

阿飞　21:20:02　　找个爱自己的人不容易。

冰　21:20:15　　对不起，阿飞。

阿飞　21:20:24　　你很真实呀，能告诉我这些，我应该感谢你才对，至少是把我当朋友看的，对不？

冰　21:20:40　　我欺骗了你的感情。但实话，我真的喜欢你。

阿飞　21:21:04　　谈不上的，我收获很多的。凭什么喜欢我？

冰　21:24:09　　只是我不是单身的女孩，不能。不能。我出来工作时，就像你说的，追求者很多，有权的，有钱的，什么人都有，但我选择的他，一没钱，二没有权。我说过，我不看重这些。

阿飞　21:24:48　　认识你这个网友很高兴哈，你不后悔自己的选择吧？

冰　21:26:17　　我找的是那种让我刻骨的爱，但没有，你的出现，一切都乱了，你就是我要找的感觉。

冰　21:27:03　　你别紧张，你无需给我什么，我全是心里话。你不会再来找我了吧？但我真的把那盆花叫“飞回来”。

阿飞　21:27:04　　我也给不了你什么呀，我已经说过的。别怕，我不大可能去找你。

冰　21:28:19　　你找我也没什么，我们之间又没有什么。

阿飞　21:28:14　　你知道，我为啥会因为你产生那么些文字吗？

冰　21:29:20　　为什么？

阿飞　21:29:40　　我有一首叫《洪鸿河》的诗，你读了吗？该知道为什么了吧。

冰　21:30:06　　没认真读。

阿飞　21:30:18　　知道洪鸿河吗？

冰　21:30:31　　知道。

阿飞　21:30:38　　那是我的母亲河!!! 离开她，几十年了，很想念。

冰　21:31:30　　啊，你也是宁蒗人？

阿飞　21:32:01　　你勾起了我对过去的很多美好回忆，要不，我不可能会与网友聊这么多呢。这些天，我真的非常快乐，真诚地谢谢你。

冰　21:33:54　　哦，原来如此。你所描述的我，已经很接近了，真的，我很感动。你以后没有必要会花那么多的时间，浪费在我身上了，对你不公平。

阿飞　21:34:50　　没有哇，我收获很多呀，别想那么多，好吗？

冰　21:35:21　　你我都非常真诚，你真的是我的第一次网上产生过感情的，聊得也最多的。

阿飞　21:35:54　　记住：我们是一方水土养育的哈。

冰　21:36:11　　我把我的第一次完整的给了我的爱人，所以他非常爱我。

阿飞　21:36:16　　现在，在网吧？

冰　21:36:32　　不，家里。

阿飞　21:36:48　　不怕老公知道？

冰　21:37:37　　他很宠我，也很信任我，我也有点内疚，但你给我的感觉，我不能自拔。因为，他是我在和父母赌气时，选的，没有我想找的感觉。

阿飞 21:37:59 那就不对了哈,不方便就别聊了。

冰 21:39:26 你不想和我聊了吗?

阿飞 21:39:42 不是呀,怕你不方便。今后还是愿意与你聊的,因为你能给我创作的源泉。

冰 21:39:55 没有。我今天约他谈了心,推心置腹地谈了。

阿飞 21:40:25 你们谈什么呢? 认识一个网友,还喜欢?

冰 21:41:09 谈我的事,没谈你。我说了结婚这两年对他的感觉。本来早就想告诉他了。他很难过,但又说,我不爱他可以,他爱我就好了。天,这是怎么了?

阿飞 21:43:10 两人都爱,很难的。

冰 21:44:01 我哭了,为我们的这段网恋哭,也因对不起他而哭,我一向很乖乖女,所以第一次和你聊得这么有感情,有些害怕。

冰 21:46:12 就像你说的,我一直被乖乖女,好女孩的头衔包裹,也想剥开外壳,轻松。

阿飞 21:47:38 现在呢?

冰 21:48:11 我陷进去了。

阿飞 21:48:20 对我的情感?

冰 21:48:39 对。也许我会离开他。

阿飞 21:49:11 我是不可能给你幸福的男人,我已经多次说过了的。

冰 21:49:21 我知道。我也不会来找你,放心。

阿飞 21:49:58 找我也没事,其实我是离了婚的男人,还怕 PLMM?

冰 21:50:35 什么? 你离了婚?

阿飞 21:50:37 5 年了。

冰 21:50:48 啊? 你的父母知道吗?

阿飞 21:50:54 他们不知道,我也不想再结婚了。

冰 21:51:20 你喜欢的,也不可以吗?

阿飞 21:52:01 我说过,我给不了女孩幸福的,何苦呢? 不谈这个,好么?

冰 21:52:25 我的老公很实际,而我很浪漫。我和你一样的感觉,看邮件。

阿飞 21:53:25 好,看完再说,我得下了。

冰 21:53:59 我真的要谢谢你,你给了我从没有过的感觉。

发件人:冰　<123456@qq.com>;

时　间:2006年8月25日(星期五)　晚上10:12

收件人:阿飞　<8888@qq.com>;

主　题:《关于我》

飞,我给你讲的一切都是真实的,没有必要骗你。

我知道,把结婚说出来,对你是一种伤痛,如我没有结婚,我会义无反顾地嫁给你,做你快乐的新娘,也会让你快乐。

你在《一个叫冰的姑娘》中描述的我,已很接近了,让我很感动,你带给了我不一般的感觉。真实的我是这样的:中等身材,胖瘦恰到好处,瓜子脸,大眼睛,高鼻梁,丰满的双唇,不长不短的直发,爱戴各种不同的压发。臀部,腰,肤色,你全答对,有酒窝也是真的。表面爱笑,内心爱哭的女人。但怎么也藏不住从小写在脸上的淡淡忧郁。曾经有位同事这样评价我:"你溶入了传统女人与现代女人的味,大眼睛透露出的忧郁,让男人见了就想来怜惜你。"我想我老公如此深爱我,也是这个原因吧。

暑假,为了一位朋友,无意中加了你,开始的你,真诚,打动了我,你的文采,吸引了我,最重要的是,我们都是感性的人,对吗?

飞,我会依旧想你……

你会吗?

阿飞回《关于我》

说实话,那天写《一个叫冰的姑娘》的时候,还是很动情的,很久没有那种感觉了,也许是因为宁蒗,也许是因为你。别笑我哈,一个老男人了的,还这样。

又看了一遍,心头热热的,有种说不出的味道。我想,我会更想的,会很具体地想,比如嘴,比如屁屁,又比如眼睛……

15

2006-8-26

冰　21:57:24　　我知道一说出真相,你的感觉就不一样了。对吗?

阿飞　21:59:28　　的确不一样，但不碍大事，我说过，主要是宁蒗，明白么？其实我对你并不了解。

冰　21:59:42　　结了婚的女人，就不能为自己的幸福冲出去了，是吗？

阿飞　22:00:00　　很难的。

冰　22:00:56　　那你还有想见我的冲动吗？没了，对吧？

阿飞　22:01:11　　见呀，只要你愿意。

冰　22:02:02　　见了又怎样？还是要回归原始的。

阿飞　22:02:11　　本来也没想怎样呀，我是宁蒗人呢，还算有点身份哈。

冰　22:04:14　　要想得到你的感情是很难的，我也是在奢望。

阿飞　22:04:40　　我不是一个好男人。

冰　22:04:53　　怎么可能，一个博士，我算什么？

阿飞　22:05:12　　我是不值得别人为我付出感情的人。其实，人活到一定程度，更愿意真实地活着，那些虚名，没有价值了。还有钱，够花就得，多了，有啥意思，对不？

冰　22:09:13　　我不看重金钱，我要是要的话，早就背叛他了。你今晚有事吗？

阿飞　22:12:15　　没有呀，你有事？那就别聊了吧。婚姻在这个时候最危险，要注意，过了就好些，听大哥的话喔。

阿飞　22:16:42　　下线？

冰　22:18:02　　再陪一会，可以吗？

阿飞　22:18:16　　好哇。我以为你下了呢。

冰　22:19:14　　你等我一会儿，我去上手提，那样方便些。

冰　22:19:53　　刚才有事，领导打电话来问节目的事。

阿飞　22:22:40　　喔。你真叫冰？长得乖？

冰　22:24:24　　对。

阿飞　22:24:40　　有好乖？

冰　22:25:06　　我的名字里有个字和冰有关。你看了我的故事，已能猜到我有几分乖了。

冰　22:28:11　　你今天可能是为了我，把事情都推了来陪我吧，因为你说，明天又要进山。

冰　22:29:31　　我想你见的美女多了，我在你心里算不了什么。是吗？飞，我对你的感情，绝对没有骗你。你是我一直想要找的，但我又知道不现实。我们只是匆匆地，短暂地拥有了一段美好，你会是我今生的秘密。

冰 22:37:13 对不起，飞，让你很失望了。我知道你很难受，我也一样，从没有过的难受……

冰 22:39:28 忘了告诉你，你在小说提要里写的“晶”，是我以前那个朋友的名字，当我看到“晶”时，十分惊讶，怎么会这么巧?

冰 22:40:21 我什么都说了。你不愿说话，就再见了。

阿飞 22:41:51 刚才网络出了问题。

冰 22:42:07 为了你，我可能要离开这个城市，到另一个城市去。

阿飞 22:42:13 为啥?

冰 22:42:31 我，正伤心，以为你不理我了。

阿飞 22:42:24 别这样。

冰 22:43:13 没办法，我敢爱，为了自己喜欢的人。放心，我不会去找你，你信吗?

阿飞 22:45:11 信。相信缘分吗?

冰 22:45:45 相信，你呢?

阿飞 22:46:35 信命，但不信命运。

冰 22:49:58 我的头有点晕，昨天晚上和老公谈时，我哭了2个多小时。

阿飞 22:50:24 啊，你说哭，是为他呀。

冰 22:50:40 为你。

阿飞 22:51:00 好了，先休息吧，以后有的是时间。

冰 22:51:30 你明天进山吗?

阿飞 22:51:44 也可能不去了。

冰 22:51:54 我想，以后聊的时间会少的。

阿飞 22:52:03 知道，我不会打搅你的，你有时间就给我邮件吧。

冰 22:52:40 不是我，而是你。因为，你很少上QQ的。

阿飞 22:52:49 我不喜欢网聊，与你绝对是例外，因为宁蒗哈。

冰 22:53:48 那就算了，你休息吧，我出去转转。反正心里很闷，不耽搁你了。

阿飞 22:54:53 好吧，别想那么多，我，也许只是表面看起来，还行，其实缺点很多呢。

冰 22:55:38 老实说,你对我真有过感觉吗?我想知道。

阿飞 22:55:56 有哇,没有的话,怎会写那么多东西?

冰 22:56:31 现在没有了吧?

阿飞 22:56:43 依然有哇,网友呗,还是老乡,在网上认识的。

冰 22:57:23 我想,你真的走进我的心了。但此生无缘。

阿飞 22:57:28 抱一个,嘿嘿~~

冰 22:58:11 飞,我真的离婚了,你会理我吗?

阿飞 22:58:37 我不会结婚的,我说过了。再来一个 Kiss!

冰 22:59:09 你很残忍。离了,我也不结婚了。

阿飞 22:59:36 我不能给女人带来长久的快乐和幸福。

冰 23:00:09 你说的"红颜薄命"。

阿飞 23:00:20 对呀,当初就说了呀。

冰 23:00:44 说中了吧,还是相信命!

阿飞 23:01:09 好了,休息吧,啊。希望你想我依旧,886。

冰 23:02:10 我会的,希望你也照样把我当知己,拜。

2006-8-27

阿飞 09:07:35 还是又决定上山,是去度假,不是冒险哈,祝好,快乐!

冰 09:08:07 bie mang

冰 09:08:18 kan wan you jian zai zou,hao ma?

冰 09:08:48 ma shang wan cheng

发件人:冰 <123456@qq.com>;

时 间:2006 年 8 月 27 日(星期日) 上午 09:09

收件人:阿飞 <8888@qq.com>;

主 题:《我和你》

今年暑假,你的不期而遇,一开始就让我有一见如故的感觉。然后,你的真诚,让我有交你这个朋友的决定。再后来,你的才华,让我迷恋。最后,你我的感觉就是知己。

飞,这个暑假我最大的收获是什么?就是交了你这个真诚的朋友。我想,你我有缘,在宁蒗来出差,我会来看你的。在一个只有你我的空间里,听着你我喜欢的音乐,聊着我们的心里话,吟着你写给我的诗,但什么都不做。像久别的知心朋友……我的期盼……

回《我和你》

“但什么都不做”?你以为会做什么呢?嘿嘿。

我从一开始都是真实真诚的,事实上,我在社会上亦如此,我自己认为划得来,我是靠真诚取得生意场的成功的,所以在网上,我从来也是真实的。即使有的网友说谎话,我也能理解,毕竟是网络。

我们之间,可能还是保持网络友情,更合适些,我会常来这里的,说说心里话。

发件人:冰 <123456@qq.com>;
时 间:2006年8月27日(星期日) 上午09:20
收件人:阿飞 <8888@qq.com>;
主 题:《乱了》

飞,你的出现让我的思绪又回到了少女时代。那时的我,想象我的爱情是轰轰烈烈的,是一个浪漫的,让我刻骨又幸福的,要找一个懂我的男人……他带着我游走在他想去的地方,我们在那里相亲相爱地生活。他有他的事业,我有我的工作空间。但这一切都不可能了,因为我不再是曾经的女孩了,而是有家的女人了。

实话,我也为这个家尽心地付出过。自今也不后悔自己的付出,因为女人努力、认真也是在修养自己的美,我一向这样认为的。

现在,你出现了,打破了我平静的生活,我才知道,糟糕了,我找的他出现了,怎么会在这时,为何这么晚你才来?

我不是你说的自负的女人,你完全错了。我告诉你的故事,是我从以前的日记里概括出来的,不是我的认为,而那些是发生在我身上的真人真事。

我也不自傲,你见了我本人什么都会明白的。飞,你真实地回答我:“你是把我当情人呢,还是真正想要得到的女人?”我不想做别人的情人,也不想成为男人的玩弄品。因为,我认定的事是很认真的。如我想要钱,想要当情妇,我早就变了,也不会等到你——让我心跳的男人。

我有时在想,我到底怎么了,对一个素昧平生的男人会有这种感觉,一个从不相信网络的人,居然……说回来,我还是相信了,因为你我都在真实地相对。

阿飞对《乱了》的回复:

读完,非常感动,为你的真诚。但,叫我说什么好?如果因为我,你走出这一步,而我又不能确定能带给你幸福,万一今后你很不快乐,那样的话,我会很内疚的。

假如,你不是宁蒗女人,我会对你说:跟我走吧,我带你去外面的世界逛逛,一起享受艰难和喜悦,但你是宁蒗女人啦!我的故土的女人,假若没有100%的肯定,我是不会对你说Yes的。

放心吧,我可以在外面找情人,但绝对不会到宁蒗找!

我们只是在网络彼此找到了一种感动和心跳,也许到了现实就不是那么回事了,也许你会发现,这偶然遭遇的男人,根本不值得你一生相许,也许……

暑假要结束了,我暂时不想与你Q聊,只用这邮箱,来表达我的想法。

16

2006-8-27

冰 20:58:31 ni zai?

阿飞 20:59:50 在。但话都在邮件里说了。这是我没有料到的局面,我也不知道自己怎么了?也会生出一丝丝的牵挂。同时也给了我很大的压力,产生了很深的负罪感。假如你们是一对和谐幸福的家庭,因为这网络的不期而遇,变得支离破碎,而我又给不了你什么快乐,那样的话,我会很难受的,因为我对宁蒗还是怀有深深情感的。

不知道说什么好~~~

冰 21:00:30 我已经看了。

阿飞 21:00:44 我会牵挂你的。

冰 21:01:50 只因我是宁蒗的?

阿飞 21:02:37 这方面的因素重一些。

冰 21:03:03 我也一样。10月我会很忙的,还是不见为好吧。

阿飞 21:03:24 到时再说吧,我是到丽江出差。你不愿见,也不强求。

冰　21:05:45　　我怕见了,会发生什么。

阿飞　21:06:46　　会有什么呢?我说过了,你是让我有感觉的宁蒗小妹,我不会对你过分的,相信我哈。

冰　21:07:50　　情动时,谁都把握不了的,因为毕竟我们曾有过好感。

阿飞　21:08:39　　网络哈,没事,我是个老人呢。

冰　21:16:11　　你总说你是老人,我是不相信的。

阿飞　21:16:17　　见了,不就信了嘛。

冰　21:10:05　　不可能,你给我的诗,看出了,你隐藏不住的情感。

阿飞　21:10:30　　那是文学作品,嘿嘿~~

冰　21:11:10　　没有情感不可能写出的。

阿飞　21:10:59　　这个我承认,但还有怀旧在里面。

冰　21:11:44　　看来你我今生只有做朋友的分了。

阿飞　21:12:08　　一切得随缘。

冰　21:12:26　　我不奢望了。对了,你10月什么时候回来?

阿飞　21:15:48　　你希望什么时间?我有的是时间。

冰　21:17:27　　平时不行。只有周末请假舞蹈课了。

阿飞　21:18:13　　知道了,周六日,我之前会用邮件告诉你,地点在宁蒗县城?

冰　21:18:39　　啊?什么?宁蒗?

阿飞　21:19:13　　那到丽江吧,我去车接你。

冰　21:19:53　　到时候再说了。

阿飞　21:19:58　　宁蒗到丽江很方便。

冰　21:20:34　　我知道,我经常到那学习。

阿飞　21:20:51　　好了,见面后再说。

冰　21:21:26　　见面的要求是要有音乐哦,我比较喜欢那种感觉,记住了?

阿飞　21:21:50　　没有音乐,我给你哼就是了。

冰　21:22:12　　最好是10月后面一点。

阿飞　21:22:39　　没事,我会经常到丽江,11月也成,不急这两天。

冰　21:23:01　　因为刚开学那段时间我会很忙的,我是班主任,有很多的事。但我还是期盼你的出现。

阿飞　21:23:23　　企盼,我想,我会想……

阿飞　21:23:49　　很具体哟，得，还是把写给你的诗发给你吧：

我要像土匪一样(改自红茶的诗)

我要像土匪一样，粗野地要你
用暴风雨的手段掏空你，你的骨头，你的心，你的魂魄

我要是你的王，大王，山大王
你必须鞠躬，下跪，仰视，还落下幸福的泪

抱紧你，你是我的战利，我的俘虏，我的罪孽
我可以侵略你，折磨你，撕碎你，就是舍不得丢弃你

我要像土匪一样，攻下城池，抢占山头，掠走你
我的女人

冰　21:25:13　　你今天的诗很让我……

冰　21:25:21　　飞，我不是你的俘虏，我要当你的心里头那个最心爱的女人，你爱抚我，疼惜我，宠着我。到时，你就知道我是怎样的女人了，我的一切都是真实的……

冰　21:25:32　　你真坏，很让我……

阿飞　21:25:41　　很让你咋哪？坏，还是不坏，要时间才能感受得到。

冰　21:26:15　　很感动！

冰　21:27:50　　我的脸都烫了。

阿飞　21:27:56　　咋哪？我是火？还是诗？

冰　21:28:27　　我不好意思了。

阿飞　21:28:25　　讲嘛。

冰　21:28:54　　我从没有和别人说过这些。

阿飞　21:28:59　　快说呀。

冰　21:29:22　　我想，你肯定很坏了。我说了我不想当你的情妇哦。

阿飞　21:30:17　　谁要情妇？尤其是宁蒗的。

冰 21:31:02 那你把我当什么了?

阿飞 21:30:38 网友呀,知已呀。

冰 21:31:17 我的脸烫了。

阿飞 21:31:41 怎么烫的?严重吗?

冰 21:32:27 是呀,头晕哦。

阿飞 21:32:34 怎么烫的?

冰 21:33:18 全身都烫,可以了吗?飞,我们见了面后,可以永远是真诚的朋友吗?

阿飞 21:35:24 我想是的,除非你说的假话太多了。

冰 21:36:38 你是说哪方面的假话?

阿飞 21:36:50 一切,我不是100%相信网络的。

冰 21:37:30 那你还是没有相信我了。算了,这十来天,我白交你这个朋友了。

阿飞 21:38:15 的确,没有100%,但我能产生那么些牵挂,我很高兴。

阿飞 21:39:37 我并不是不相信你这个人,只是有些话嘛,我的确没有100%信哈,实话。

冰 21:40:16 什么话?说来听听,你说你是老人我还不信呢?

阿飞 21:40:55 与你相比,就是老人!比你老的老人!!!

冰 21:41:16 我说的什么话?快告诉我。

阿飞 21:41:30 哈哈哈,急了吧?比如老姑娘呀什么的……

冰 21:42:21 你让我很伤心了,居然有点不信我。你来宁蒗接我时,我是老……你就开车走吧。

阿飞 21:43:29 我会给你发邮件的,有感觉的话,还会写诗给你。

冰 21:43:57 我期待。

冰 21:44:17 Qin qin wo。

阿飞 21:44:18 Kiss!

冰 21:45:10 你会一直想我吗?

阿飞 21:45:11 现在想,未来不知道。但会永远记起的。

冰 21:45:29 今晚你好好睡哦。

阿飞 21:45:44 嗯纳。

17

2006-8-28

冰　09:41:52　　飞,昨晚我两点都还睡不着,起床喝了一杯果汁,看了一会杂志,困了,倒在沙发上睡了……现在才起来。

冰　14:18:13　　我在这儿牵挂你……

冰　14:18:37　　好好保重身体。

阿飞　15:07:40　　忍不住问:还在么?

阿飞　15:09:44　　当晚上放不下你的时候,我告诉自己:她也许根本不好看,也许是个老太,甚至是男人……以求宽心地合眼。但还是很难,唉,真他娘的怪了,为何会这样的放不下?

阿飞　15:11:54　　再问一声:你是妖怪?

冰　15:16:34　　我是女人,是你一直想要找的女人。

冰　15:17:44　　你不是说,不和我聊了吗?

阿飞　15:18:45　　真是我找的女人? 会这么从天上掉下来?

冰　15:19:10　　我也不知道?我问谁?同样,你又是谁?把我弄成这样。等几天我们也开学了,要忙于教学和教师节的演出,那时真的没有时间和你聊了。

阿飞　15:19:55　　做你该做的事。没准,我会去看你们的演出,是县教育局么?

冰　15:22:02　　是的。你要回来? 演员那么多,你不知道哪个是我。

阿飞　15:22:07　　你不是说你是主持?

冰　15:22:40　　这次不是我了,县里主持的人也不少啊。

阿飞　15:23:00　　你希望看到台下一双深情的目光,默默地来了,又默默地离去?

冰　15:23:53　　你根本不认识我,我也不认识你呀。

阿飞　15:23:35　　哪一天晚上?

冰　15:24:31　　还没有定下来,可能10日左右吧。你干吗这么着急?

阿飞　15:24:54　　放心,我不会去找你的。

冰　15:25:22　　你不是说好了在丽江见的吗? 并且,要我同意啊。

阿飞　15:25:15　假如，我也可以站在台上呢?

冰　15:25:48　不可能的。

阿飞　15:26:56　真的不可能？也许你们局长，还得叫我叔呀舅什么的，我够老了吧？嘿嘿~~

冰　15:27:24　我想不可能，我们局长岁数比你大哦。如你要这样冒失，我会很难看的。

阿飞　15:27:52　你以为会怎样？我会在台上乱来?

冰　15:28:32　不是这意思嘛。

阿飞　15:29:11　假如我现在捐赠一所希望小学，要求那天去台上，应该可以吧?

冰　15:30:21　你别这样嘛。

阿飞　15:31:11　开个玩笑，即使那样做了，也与你无关，我还得为自己留名嘛，在我们老家那一带，我还算小有名气哩，嘿嘿。

冰　15:32:00　你真的要回来？实话。

阿飞　15:32:03　怎么？怕了？这么没自信?

冰　15:33:13　不是，你回来，我没有心理准备，有点紧张哦。

阿飞　15:33:00　算了，跟你讲了，就不会这么去做，我真后悔告诉你了，要不真的会很有意思哟。

冰　15:34:12　的确有意思呀，也很浪漫，但遇到我老公在场就不好意思了。

阿飞　15:34:37　谁知道谁是谁呀？况我也不知道你是谁呢？对不?

冰　15:35:20　毕竟你也是我仰慕的人，肯定还是得重视嘛。

阿飞　15:35:38　仰慕？我完了？没戏了。

冰　15:36:09　怎么了？飞。你不希望这样吗？万一你来我们这里问？多不好哇。

阿飞　15:36:43　我怎样问?名字?什么都不知道?况依我回宁蒗的身份，可能会那样吗?

冰　15:38:08　实话，你见了我，真的喜欢我了，你会像土匪那样，把我从他身边抢走吗？你的那首诗，太太太……

阿飞　15:38:27　会呀，是偷偷地哟。

冰　15:38:56　好坏，你。

阿飞　15:39:28　那首诗，很好哇，你读诗，不能直接去理解，要看诗意，懂不?

冰 15:40:13 我在想,我没有结婚多好,可以大胆地去做自己想做的事。

冰 15:40:50 什么诗意?你给我的诗,只有我才读得懂。惟有我,你知道吗? 飞!

阿飞 15:41:23 问:你的那么多同学,肯定有比我更男人的,为啥你不动心?

冰 15:42:06 他们怎样男人了? 不懂。

阿飞 15:42:28 那我也是从宁蒗出来的? 我有什么值得你心跳呢?

冰 15:42:57 我也说不清,反正以前没有这种感觉。那你见过那么多美女。你为何只对我放舍不下呢?

冰 15:44:06 回答啊。

阿飞 15:44:47 一半跟宁蒗那片故土有关,老了,就更留恋了,也包括那里的女人。

冰 15:45:43 那宁蒗所有的女人你都喜欢了?

阿飞 15:46:33 谁说的?我把你想象成我喜欢的样子,就是我描述的那样,那我还能放得下?

冰 15:46:46 从你的谈吐显示出你的青春,我想你也不老吧?

阿飞 15:47:07 40多岁了,告诉过你的。

冰 15:47:31 看来你对我没有什么,我自作多情了。

阿飞 15:48:25 谁叫你说过,你差不多就那样呢?

冰 15:49:07 我很丑了,一个24岁结了婚的女人,对你们男人来说也不会很……是吧?

阿飞 15:49:44 咋又没自信了? 你说过,不会让我失望的。对不? 我真的信了。

冰 15:49:57 你以前的情妇多大? 实话。

阿飞 15:50:30 我告诉你,没有过真正的情妇呢,你信不?

冰 15:51:20 哈哈,我逗你的,有的男士还以为我没有结婚呢? 我老公还为这个吃醋哦。信不信由你。

阿飞 15:51:47 小乖小乖的,是吧?

冰 15:52:39 你喜欢高的,还是小美女呢? 我也是中等身材嘛。你说没有真正的情妇呢? 为何? 我有点……

阿飞　15:53:19　我没真正动过感情呀，当时只是大家的一种需要。

冰　15:54:09　那你对我呢？实话！也是需要吗？这是我不希望的结局。

阿飞　15:54:30　肯定是动了的，要不我就有病了？我说过，即使找情人，也不会是宁蒗的。

冰　15:55:36　那你找我干吗？爱人？弄着玩？

阿飞　15:56:20　看看是不是那片泥土对我的呼唤？所谓落叶归根。

冰　15:56:46　我也不希望你把我当情人，飞，这是我的真心话。

阿飞　15:56:42　知道！！！

冰　15:57:23　见了面，假如我们认识怎么办？

阿飞　15:57:12　会么？

冰　15:57:46　你什么时候去的北京发展？

阿飞　15:57:53　我 1979 年就离开了宁蒗。

冰　15:58:06　天，1979 年我还没有出世呢。

冰　15:58:14　假如认识，你还会要我吗？

阿飞　15:58:26　那要看你是谁了？你只可能是我朋友的孩子，或老师的孩子之类……

冰　15:59:45　不管我是谁，也不管你是谁？爱没有错吧？

阿飞　16:00:17　但爱也往往会给别人带来苦痛。

冰　16:01:08　我也不知道，但自己也很痛苦啊。我真的觉得自己的处境很痛苦了。飞！

阿飞　16:01:48　快乐和痛苦是孪生的。

冰　16:03:22　那你真的爱上我了，你会为爱，为我，争取吗？飞，否则，我会很狼狈的。

阿飞　16:04:01　会的，真爱上的话，我要认真地去追一个女人，实现我也追过女人的愿望。

冰　16:05:11　如你让我难堪的话。也许，我还会消失在这个城市，让你们两个男人都没有机会得到。我只有这样了，你想好哦，我很自尊的。

阿飞　16:06:08　我本来也没有得到你呀，除了心。即使你走到再远的地方，心能带走么？为什么要让你难堪？

冰　16:08:06　你喜欢我，家人又知道了我们的事，你又因为其他原因放弃了我。我怎么办？我没有办法活下去的。

阿飞　16:08:51　　所以，在见你之前，我希望你冷却呀。

冰　16:09:30　　我也不知道怎么了？等在丽江见了面，再说吧。

阿飞　16:09:30　　只有经过发酵的爱，才醇香，吼吼~~

冰　16:10:46　　我只要你的爱。

阿飞　16:10:28　　我得准备出发了，北京经常堵车。

冰　16:11:05　　到哪去？这么早？

阿飞　16:11:06　　请一位部领导吃饭呀。

冰　16:11:33　　你不是说不和我聊了吗？怎么还来？还是牵挂我的。

阿飞　16:11:55　　正好有点时间，又要外出几天，就把持不住了。

冰　16:12:36　　你可别让我等久了哦，我见不到你的邮件会很失望的。

阿飞　16:13:03　　Kiss!

冰　16:14:16　　真急人，你会很想很想我吗？注意自己的身体哦。

阿飞　16:15:03　　嗯纳。

冰　16:15:31　　别让我担心。

冰　16:16:05　　好吧，亲爱的，一路顺风。我去睡一会觉了。我在梦中和你相见。

18

2006-8-28

冰　20:02:21　　飞，还没有回家吗？早点休息，你明天还要去上海。我会想你的，想你，想你……

阿飞　20:18:31　　在吗？他们都说我变了，快速地结束酒场，你要知道，今天喝酒的人，还是很有身份的。这点于我，很难，但我做到了。

冰　21:29:38　　我在等你，在吗？怎么不说？你怎么又走了？

冰　21:34:12　　知道啊。那是因为你想我了。

冰　21:35:20　　怎么了，飞？你走了吗？我听了，很感动，你为了我在改变你自己。

阿飞　21:37:53　　网络有问题。

冰　21:38:18　　哦。急死我了。

阿飞 21:38:23 重新启动的。

冰 21:39:53 你说过你的生活会为了你喜欢的人而改变的，你在开始了。我真的很感动。 飞，飞！

阿飞 21:40:10 谁说为你而改变了？

冰 21:40:51 你今天晚上的行动呀。明天什么时候出发？

阿飞 21:40:48 8点。

冰 21:41:18 匆匆地结束应酬啊，那不是为我好了，为别的女人，可以了吧，高傲的王子！

阿飞 21:42:11 也可以这么说哈，气死你~~是山大王。

冰 21:43:15 哦。山大王。你那么早就去上海吗？你在那可以上网吗？

阿飞 21:43:03 可能不成。

冰 21:43:17 那里没宽带？

阿飞 21:43:34 不是的，我在那里得保持风度，别忘了，我是老板。

冰 21:44:29 你不带我这个夫人吗？这个压寨夫人，山大王。

阿飞 21:44:53 下次吧，我得让他们看看我这漂亮的婆娘。

冰 21:45:54 谁是你的老婆，还没……

阿飞 21:46:08 嘿嘿，下次呢，下到什么时候，我不知道。

冰 21:46:36 何况我也没时间陪你去呢。

阿飞 21:47:10 我叫你陪了吗？

冰 21:47:34 你其实很想，是吗？你有了我，真的不会再带情人去吧？

阿飞 21:47:46 别再提情人什么的，烦~~

冰 21:48:11 不然，你那么有身份的人，会为我牵挂？对不起，以后我不提了，提我，好吗？可以吗？嗯？

阿飞 21:49:34 本来嘛，真烦人，好像我就是泡妞的人。

冰 21:50:10 因为我有点吃醋嘛。

阿飞 21:50:04 切~~~

冰 21:50:47 什么？说脏话。

阿飞 21:50:47 嘿嘿~~

冰 21:51:11 我讨厌别人说脏话，文明，小朋友！

阿飞 21:51:50 我干净过吗？一个农民~~

冰 21:52:36 在我心里，你是干净的。实话，不然，我不会对你……对了，别说这些，说我们俩的事。

阿飞　21:52:54　　好，你老公干嘛，你能这样胡来？

冰　21:53:51　　他又在玩他的网络游戏了，哎。

阿飞　21:54:22　　我从来不玩，也不会，笨吧？我今天可是喝酒了。

冰　21:56:01　　为何？我叫你少喝的嘛。

阿飞　21:55:57　　有点乱，为了快速逃离。

冰　21:56:49　　逃离什么，有我在吗？

阿飞　21:56:33　　我不喝那么多，他们会放我走？笨蛋。

冰　21:56:57　　我在你的心里。

阿飞　21:56:50　　回来与你 QQQQQQQ。

冰　21:57:29　　我很高兴，真的，飞。

阿飞　21:57:49　　老子喝多，想你呢。

冰　21:59:08　　我知道。你又说脏话。

阿飞　21:59:05　　想又怎了？我是农民!!! 记住了。

冰　21:59:36　　别这样说嘛。

冰　21:59:40　　你还和前妻住一起吗？

阿飞　21:59:45　　有时候住一起。

冰　22:00:10　　啊？

阿飞　22:00:14　　她还是喜欢我的。

冰　22:01:11　　那你们复婚吧，为了孩子。

阿飞　22:01:18　　真是这么认为的？我孩子已经上大学了，你呢？

冰　22:02:13　　我今天给老公说了一点点，我说我真遇到喜欢的了，我该怎么办？

阿飞　22:03:18　　好好过呗，对他好点。

冰　22:04:11　　你怎么这样？我可是真的想问你，我该怎么做？算了。老实回答我，假如我们今后在一起，你想要孩子吗？

阿飞　22:05:18　　不知道。

冰　22:06:49　　怎么不知道呢？你想要吗？我和你的哦。

阿飞　22:07:00　　想，但是，养个孩子不容易。倒真的想和宁蒗女人生个孩子。

冰　22:08:48　　和谁生呢？看来另有其人了。

阿飞 22:10:05 别笑我,曾经最快乐的性生活,来源于宁蒗女人。曾经!

冰 22:10:45 什么?你?

阿飞 22:10:35 所以,性是物质的,更是精神的。

冰 22:11:14 太令我失望了,我不见你了。

阿飞 22:11:10 就一次,但我记住了,你也别再问了,我已经太真诚。

冰 22:11:52 你早就跟宁蒗的女人那个了?谁,我都快哭了,你!

阿飞 22:12:00 你也别再问了,你自己忘了日记的事?一样的。

冰 22:12:41 我不聊了,我下了,去回味你的吧。你的经历还不少,说不定你把我当她了。

阿飞 22:13:29 我只是想告诉你,一个真实的我。好的,坏的,已经发生的。

冰 22:14:22 你很复杂哦。

阿飞 22:14:15 老男人了。

冰 22:15:42 对,我能接受,只要你遇到我后,会真心对我,可以吗?飞,这是我最希望的了。

阿飞 22:15:50 我知道我在干什么!!!

冰 22:16:20 干什么?说完!你总说一半。

阿飞 22:16:33 自己最清楚!!!

冰 22:17:07 我清楚什么?

阿飞 22:17:01 我现在是牵挂你的,这是真的。

冰 22:17:44 好了。说我们的事了。你想我了,想什么啊?说啊。

阿飞 22:17:54 具体的。

冰 22:18:37 说来听听。

阿飞 22:19:31 想听什么?你也坏。

冰 22:19:58 你好大胆,你会把我带坏的。飞!

阿飞 22:20:09 把一个老男人扒光,你高兴了?

冰 22:20:54 你别说老了,好吗?

阿飞 22:21:04 好,我一个小屁孩。

冰 22:21:45 小孩子,我喜欢哦,很可爱的。你就像我的孩子,又乖巧,又淘气。

阿飞 22:21:39 呵呵呵。抱在怀里。

冰 22:23:03 抱可以呀,我要我们的。

阿飞　22:23:02　　我有点恨你了，你在勾引我这个男人。

冰　22:24:23　　你的出现，什么都乱了。

阿飞　22:26:42　　有事了，得下了。

冰　22:27:05　　不嘛。又出去？

阿飞　22:27:46　　嗯，明天要走，有点事要处理。

冰　22:28:17　　那好吧。你要保重哦。你早点休息。

19

2006-8-31

冰　10:23:48　　很高兴见到你回来，累了吧？

冰　10:25:38　　你知道吗？你不在的这几天我的心是什么滋味……

阿飞　10:25:56　　累倒不累。

冰　10:26:21　　你不是说要5天才回吗？

阿飞　10:26:23　　应该明白你的心情哩~~

冰　10:26:36　　那你呢？

阿飞　10:27:07　　只能说有牵挂~~

冰　10:27:24　　飞，我也不知道自己到底怎么了？怎么了？

阿飞　10:29:38　　你以前太高傲，内心其实很脆弱，而现实的婚姻多是平淡的，就会产生一种幻想，盼望心中的人儿出现。

冰　10:29:53　　也许吧。我也不是你所说的那样，我的周边人从没有说过我高傲，你还是第一个这样说。

冰　10:52:04　　我麻烦了，不方便说，下午好吗？

阿飞　10:52:15　　再说吧，我3点有个会议。

2006-9-1

阿飞　09:03:09

我们是两节平铺的铁轨

原本，我们是从一炉钢，流出来的。可恶的扎机，活生生分开了你我，但，我一直在寻你。

离开你，我火热的心渐渐冰凉，任由风吹雨淋。脸上新增的每一处斑斑点点，都是一份对你的思念。

那天清晨，太阳没有出来，雾很浓，但我们还是很快的认出了对方，重逢的惊喜在山谷回荡。我好想一把搂定你，但，我们被冷冰冰的铺轨机，并排的放在一起了。

我，只能向前抑或向后，你也只能如此。我们是如此近的凝视着。我使劲伸出右手，你毫不犹豫地把左手递过来，但，我们什么也没抓住。

前面，一座高山，我笑了，你露出欣慰。但没过多久，黑乎乎的隧洞，把我们延展到了山的那一边。穿过洞口，我看见了奔涌东去的河流，刚升起的希望，又遭遇了桥梁的劫杀。我欲哭无泪，看着你的悲伤。什么都没改变。

我们近在咫尺，连每一次的呼吸，都听的很真。但，就是抓不着你。

我不知道，等待我们的会是什么？也不晓得，要到哪里去？

但我慢慢地明白了，无论我们怎样努力，只要我们承载列车的生命，没有了结，我们就只能这样的对望了。一辈子的对望。

我想，只要你我都把对方深深的装在心里，何必在乎那忘情的一拥？你说呢？

注定了，今生，我们是两节平铺的铁轨！

冰　20:19:18　　飞，你的话，让我泪眼蒙胧，你看得见吗？你也说到了我的心里，我也这样认为，也是这样想的。我们今生只能对望，只能相思，满足的是真心地对待过。我们的见面，我只渴望真正的紧紧地相拥一次，什么都没有。

飞，我想我们纯真的情，永远牵挂，那是更完美的……我也知足了……因为今生我有了仅仅一位读懂心的朋友。给你说一句话："牵挂你的人是我。"

2006-9-2

冰　17:28:45　　你好像没有牵挂我了，朋友！

冰　17:29:40　　我有点失望的感觉，飞！

冰　17:35:28　　你在啊。

冰　17:42:31　　你快上线，我想发照片给你，邮件发不过去了，不知怎么了。

冰　17:58:14　　飞，上线啊。

冰　17:58:26　　我照片发不过来。

冰　17:58:47　　不和你聊,只发照片可以吗?

冰　17:59:20　　我不是幽魂,你不用躲吧?

冰　18:38:32　　我得下了,看来你要封锁你自己的情感,不和我说话了。我已说过我们是知己嘛,你说什么我都愿意听,真的,飞。放心,我也会理智对待的。

你出现啊,不要这样,我会很难过的。

冰　18:38:47　　好吧。飞,再见。要快乐哦。

冰　18:45:33　　你对我很忍心吗?我好不容易摆正了心态,你却躲我,你知道我的心有多难过,有多难过……飞,飞,飞……你曾经不停的呼唤我(在你的诗里),我也很想当着你的面呼唤你。

冰　18:46:51　　想要照片吗?

阿飞　18:47:02　　想呀。刚才出去了。

冰　18:47:44　　看到了?

阿飞　18:48:22　　看到了。

冰　18:48:39　　是你想象的吗?失望吗?你不说话,我下了。

阿飞　18:50:30　　我还在欣赏。只是7k的片片,还是全身,真让人着急,想看又看不清楚。

冰　18:50:42　　失望吗?

阿飞　18:51:27　　头发不短嘛,看看我写的:

心中的舞者

只不定,正是洪鸿河,一叶小舟,荡漾在水中央。我轻轻地划桨摇橹,眼前的景色被年轻的舞者,妆点得满满当当,没给我一丝水波。

我心中的舞者,在晃悠悠的船板上,用她优美的舞姿,向我倾诉。她忘情,退去一切伪装。我呆了,眼睛定格在她扭动的身躯上,像雕塑般宁静。

放眼望去,好似高山湖泊中耸立的雪山,洁白、晶莹。在离山峰还有好一段路程的地方,活生生的挤出一对山峦,像地震要来的前昼,上上下下,左左右右地扭动,轻微的有些向外迸发的样子。半山腰有一笼翠竹或地柏或毛草,他们忠实地守卫那条幽谷,还有幽谷下面的一汪清泉。

我想,我要不是游客,是位登山家,多好!我定会在那潭水边,安营扎寨,好好歇歇,好好想想,这水可饮否?这山是我要征服的那种?

冰　18:52:31　　好那个，太露了。我现在是不会给你看正面的。要留到见面的时候，我是直发，不长不短。舞蹈课是必须盘头发的。

阿飞　18:52:46　　今夜无眠，看片片。

冰　18:52:55　　实话，你喜欢吗？

阿飞　18:53:06　　喜欢呀，很性感哟。

冰　18:53:37　　想真正见到我吗？

阿飞　18:54:03　　等你心静了，就去看你。

冰　18:54:21　　我是练形体的，当然身材……我说过不会让你失望的。我说过我在你面前是真实的，骗你了吗？

阿飞　18:55:49　　民族舞，像藏族姑娘那样？晚上再写首诗给你，刚想到的，要晚点。

冰　18:57:25　　对了，我是学舞蹈的，居然还不会跳交谊舞？你信吗？

阿飞　18:57:47　　我也不会，可我办过舞会。

冰　19:10:02　　你可以把我的第一张作为你电脑桌面吗？

阿飞　19:10:46　　不可，万一别人看到，不好吧？你说呢？况清晰度不够，才 7K。

冰　19:12:05　　对吧，我没有说错，你我都有点感性，但我有时也很理智。你见了就知道了。

冰　19:12:21　　你以后给我照片吗？可以吗？

阿飞　19:12:30　　不会！你可以从网上找到，当然我得告诉你我叫什么。

冰　19:14:05　　不，你别说名字，一点神秘都没了。

阿飞　19:14:24　　我现在肯定不会告诉你的。好吧，你先忙，我整理诗，一会发给你。

阿飞　19:16:59

假如

假如
我们的钟表可以 Reset
我会精心调校到

N年前的那个夏天，希望
太阳还是那个太阳
月亮依旧蒙蒙

那夏
我该是诗人
我要用诗行
做一件紫色的衣裳
妆点你想飞的心情

也许
我只是琴键
想随你指头一起欢唱，当然
也可能是舞蹈教室里
那块垫毯
托起你轻盈的脚板

那时
我定是你的情郎

冰　19:17:29　　你这诗，让我读起来流泪，真的好想时光倒流。

阿飞　19:17:44　　只是一种想法，嘿嘿。看你那PP，估计你不是美女。吼吼~~

冰　19:19:54　　我不是美女就算了，我老公说我是美女就可以了。

阿飞　19:20:19　　急啦，情人眼里出西施。你忙去吧。

冰　19:23:10　　算了，我是一个学生们非常喜欢的“丑老师”。你信吗？好了，我不算美女，你也无须来见我了，再见！

阿飞　19:24:22　　难道我只见美女？

冰　19:24:46　　那你见我原因是什么？说呀？说了我就下了。

阿飞　19:25:53　　没想好，宁蒗，女孩，给了我诗情的女人……

冰　19:26:13　　拜拜，飞，早点休息。

阿飞　19:26:19　　拜。

冰　19:27:01　　要开心哦。

阿飞　19:27:23　　知道了，不是还有片片看嘛。

20

2006-9-4

冰　21:06:36　　我知道你在，出来吧。

冰　21:07:19　　我老公还没有回来，陪我聊一会。

冰　21:15:16　　好了，飞。我有事，我下了。牵挂依然，等你的邮件哦。

冰　21:15:28　　晚安。

阿飞　21:40:47　　我上 QQ 从不隐身的，在就在，不在就不在。

阿飞　21:41:20　　我不会经常把 QQ 打开。

阿飞　21:45:10　　很明白你的处境和思想，所以，我不想马上去见你，也不想与你 Q 聊，希望你暂且把我当作老乡，一个大哥。多去做点具体的事情，等心情平复了，再自己掂量，多问自己：究竟要的是什么？为什么要想这个男人？他能给我带来什么？

我真的不是一个好老公，女人跟了我，肯定有不一样的快乐，但也会有很多难受的日子……

我心依旧，但也需要好好想想：假如真被你迷晕了，我该怎么办？嘿嘿~~

冰　22:32:37　　看了你的留言，心里很乱。我累了，要休息了。

冰　22:32:47　　飞，晚安。

2006-9-5

冰　14:43:35　　飞，我在想，你不是说 10 月中旬到丽江会很忙，一起的人也多，如 14 日—16 日你实在脱不开身，就不要勉强你了，工作还是重要哦。不要因为我的原因，而耽搁了你，否则，我心里很过意不去。

冰　14:44:26　　你要开心每一天哦。

阿飞　17:32:55　　知道，我看当时的情况，再定，应该没问题，给你的诗：

昨夜梦醒

昨夜梦醒
泪流满面

只能回忆曾经牵你的手
来到美丽的洪鸿河畔
我们静静地依偎着
任凭脚下河水
自由的流淌
天明，我送走了你
泪水依然挂在眼角

冰　19:23:39　　飞，你的诗好伤感，令我心痛。

今天下午你去忙什么了？我下午去书店看书了。我今天看的是哈代的《苔丝》，你肯定看过了。她的命运我很同情，她始终冲破不了思想的禁锢，然而带给她的却是悲剧……就像相爱的两个人，由于现实的种种无奈，也无法接轨……

冰　19:23:59　　好了，飞，再见。

冰　19:24:21　　牵挂的人是我……

冰　20:41:23　　我是如此平凡却又如此幸运，我要说声：谢谢你，在我生命中的每一天。（借用歌词）

2007-9-9

阿飞　09:18:29　　我要与朋友进山里呆呆，你现在可能正在演出，想象你跳舞的样子，也很美！

阿飞　09:19:42　　自己多注意休息，这段时间肯定累了，好好恢复。

阿飞　09:21:58　　我是14号，还是15号到丽江，你更方便？我在13-17号，都是方便的，能安排开行程。

阿飞　09:22:42　　希望你是快乐的。

冰　21:42:34　　我 15 号下午就没有课。

冰　21:43:01　　我希望你 15 号下午见，可以吗？

冰　21:44:29　　你关心的话，让我很温暖，飞，你知道吗？

冰　21:46:41　　我一般情况是不耽搁孩子们的课的，包括舞蹈课也是。为了我们的缘，我决定请假一次舞蹈课了。

冰　21:47:40　　我想到期盼的日子，就觉得生活很美。你呢？飞？

冰　21:50:48　　但我想到要见你，又有些紧张了……

冰　21:52:50　　不知为何，心里砰砰乱跳，这种感觉还是第一次，真的。你相信吗？飞。我和你之间已没有谎言。

2007-9-10

阿飞　11:12:10　　祝老师节日快乐——一个曾经的小学生。

阿飞　11:12:50　　演出很成功吧？你表演的啥节目？一定很美吧？

阿飞　11:14:05　　好的，我会在 16 号中午到，到时再联系，记着打开手机哟。

阿飞　11:14:36　　这周，我会忙点~~

冰　14:40:56　　你回来了。我的演出是维族独舞《美丽的姑娘》。这次我在舞台上出了一点差错，领导笑着说我："你怎么了，以前从没出过错的人，这次却晃了……"飞，我也不知道怎么回事，总在盼台下的那种给我不一样的眼神，我的思绪开始晃动，所以我出场时候，掌声响起，同时我也出了点错，别人看不出，但领导看出来了。这次，全"怪"你……

冰　14:41:50　　好了，晚上联系。我下午要开会。

冰　14:43:34　　今天，我收到了学生送的很多束鲜花哦，我很幸福。

冰　14:47:37　　不过，总的来说我的节目反映很好，应该说我的节目历来就是受到赞赏的。

冰　14:48:00　　再见。飞，我牵挂你……

阿飞　20:47:53　　想看我的博客吗？

冰　20:49:16　　想，怎样进去？

阿飞　20:50:32　　直接输入地址。

冰　20:50:47　　百度搜索吗?

阿飞　20:50:50　　http://afeiphd.blog.sohu.com.

冰　20:51:24　　好。问一句,你到底想不想见我?实话。

冰　20:52:49　　回答我的问题。

阿飞　20:53:10　　看完博客,我再回答你,现在是想。进去了吗?

冰　20:57:24　　看到了,这照片里有你吗?

阿飞　20:57:40　　有哇,嘿嘿~~

冰　20:58:33　　骗人。我想象的你一个都不像。

阿飞　20:59:05　　要看文章,好了,我下了,你慢慢看吧。

冰　21:00:32　　不和我聊了吗?我还没有找到关于我的呢?

冰　21:01:48　　乌鸦 MM 是谁?

冰　21:02:19　　陪我一会吗?

冰　21:30:36　　我都看了。也明白了很多。你的冰正是你说的,其实就在你的身边。飞,你还想见吗?

冰　21:33:21　　其实我开始怕见你,现在很想见你,因为有些事只有当面聊才会更清楚。但有一点我声明:飞,我是真实的她……

冰　21:35:52　　我的一切都被你剖析了。你向我袒露的也是真诚……好了,今晚好好睡一觉,做个好梦……

2006-9-11

冰　21:01:14　　你很守时。

阿飞　21:01:33　　等你。

冰　21:01:45　　最近你很忙吗?

阿飞　21:01:59　　恩纳。

冰　21:02:03　　你什么时候到丽江?

阿飞　21:02:15　　10月14号一早。

冰　21:02:15　　那你没有时间见我了?我们几点?上午11点30,可以吗?

阿飞　21:03:16　　12点前到宁蒗。

冰　21:03:22　　哦。我不告诉你我的特征,你能认出我吗?

阿飞　21:06:16　　没问题,老太太呗。

冰　21:06:25　　你……

阿飞　21:06:42　　你打算在丽江呆几天?

冰　21:06:58　　你想我呆几天?

阿飞　21:07:37　　越长越好,我反正要呆8天。

冰　21:07:59　　不行的。

冰　21:08:52　　我周六的舞蹈课就很难请到假了,周一有课。

阿飞　21:09:24　　说着玩的。

冰　21:09:32　　最多陪你两天。

阿飞　21:10:29　　好,周日保证送回。

冰　21:10:42　　你走之前还可以到宁蒗来看我啊。丽江与宁蒗又不远嘛。

阿飞　21:11:13　　可以呀,只要你不烦,又敢来看我。

冰　21:12:05　　没问题,你来宁蒗也没有什么。我们是好朋友嘛。

阿飞　21:12:33　　你老公不打死你,才怪!

冰　21:13:05　　放心,我又不和你怎样?他不会怪我的,我们只是朋友而已,你别想歪了。

阿飞　21:13:52　　你不是有初恋的感觉吗?这还不够?

冰　21:14:18　　初恋是纯洁的哦。

阿飞　21:15:21　　你在勾引我哩,吼吼~~

冰　21:16:35　　其实,我老公是我的初恋,但那种感觉居然没有现在的强烈,我也不知是怎么了?难道你真是我心里一直追寻的人?

阿飞　21:17:22　　应该不是的,我这个人不好。

冰　21:17:38　　我说过,音乐激不起他的神经末梢。他真是这样的。

阿飞　21:17:56　　但别的可以呀。

冰　21:18:09　　我要的是感觉。

阿飞　21:20:08　　我可不是一个有感觉的好男人哩。

冰　21:20:17　　你不好,干吗要找我,我说过我不是你的情人,我也从不会去当情人的。我是很认真的。

阿飞　21:21:23　　谁要你做我的情人,你想得美!! 嘿嘿~~

冰　21:22:02　　我才不愿做你的情人呢。你别紧张,我又不和你怎样。我只是找到了一个能说心里话的真正的朋友,什么都可以诉说的知己。

阿飞　21:22:44　　什么都可以诉说的知己?可能吗?如果这样,那就说说心里话,还见面干啥?

冰 21:23:24 怎么不可能?那我们不见就是了。

阿飞 21:23:51 吼吼~~

冰 21:23:56 你想见嘛,还嘴硬。

阿飞 21:25:11 我现在想看足球,今后见面聊,好不?

冰 21:25:23 拜拜。

阿飞 21:25:56 等着见你的那一天。

冰 21:26:00 晚安。

冰 21:26:18 你失望了怎么办?

阿飞 21:26:27 朋友!!!

冰 21:26:48 那好,属兔的大哥哥。

阿飞 21:27:22 拜拜~~ 做个好梦,关于我的~~

冰 21:27:54 你有点坏哦。那我令你不失望呢?实话。

阿飞 21:28:13 不知道~~

冰 21:28:21 好了,牵挂依旧。

阿飞 21:29:55 886

冰 21:30:16 我……

阿飞 21:30:31 咋哪?

冰 21:30:48 咳,不说了,你不是要去看足球吗?快去吧,不用陪我了,我明天有课,也该休息了。

21

读完朋友晓飞和冰的全部QQ聊天记录和邮件,我的心情很难平复,既为他们这段感情高兴,又为他们的不该担忧。

看着最近冰的留言,她没有得到晓飞的回复,心里肯定急得不成样子。我该怎么办?把自己装扮成晓飞,继续与冰交往下去?可冰是有家庭的女人哪。或者发一个绝交的留言,但依他们之间的交流来看,冰是不会相信的。况且,只要冰读完晓飞的博客,是能知道阿飞究竟是谁,她万一找来北京,咋办?

晓飞呀晓飞,这事儿,为什么不早跟我说呢?我会及早制止的,也不会闹到现在这个地步,进退两难,叫我如何是好?

我又想，晓飞为何要告诉我他的这段网恋呢？按说，他走了，也就结束了，还管这么多干吗？他肯定是对这个叫冰的女孩动了真情，还陷得很深，他应该是不想让她遭受这突然的打击，希望通过我，实现慢慢的过度，减轻冰的痛苦。

晓飞呀，晓飞，这是网络，怎么能全信呢？哎，这个冰是不是就是红茶呀，她有意假装成这个样子。这时我才想起，冰给晓飞发过照片，我找出看看不就知道了吗？但我找遍了邮箱和聊天记录，怎么也没有找到。这使我坚定了继续下去的想法。

我决定以晓飞，不，是阿飞的名义与冰发展下去。我取代晓飞，一点问题都没有，我们很小的时候就在一起，彼此太熟悉了，外表也差不离，很多人把我们当成哥俩。

还有，对他那些散文，没有第二个人有我熟悉，与冰的交流，应该不成问题，何况他们只是在网络认识的，从他们的 QQ 聊天来看，根本就不认识，所以，换了我，冰是不会觉察出来的。

我打开了晓飞的 QQ，冰不在线，我以晓飞的名义做了回复：

2006-9-25

阿飞　19:30:31　　非常抱歉，让你着急了，我被朋友拉到大山里，搞一个拓展训练，那里没有信号，也没有网络，刚回到北京，我很好，不用挂念。

阿飞　19:33:34　　看你着急的样子，好开心。你不要给我打手机，像我们之前约定的，保持一份神秘，好么？我肯定会在 14 号中午前赶到宁蒗。

阿飞　21:33:36　　抱抱，小乖乖，别哭哈。

阿飞　21:35:01　　笑一个，我想看到你笑的样子。好好休息哟，难道你不希望很精神地展现在我的眼前？明白不？我可是想看到老家的乖妹儿哩。

阿飞　21:36:51　　晚上出去有事，不能上网了。多保重。牵挂依旧。我提个建议，见面前的这段时间，我们不再联系了，好不？我希望我们彼此把这份思念，浓缩、浓缩再浓缩，这多有情调，行不？

说完这些话，我立马关掉了 QQ，我真怕与冰直接交流，目前我还很不适应晓飞这个角色。

回到北京后，我哪里也不想去，大多的时候，呆坐在屏幕前，认真仔细地阅读我下载的他们之间的口聊和邮件。一会看看屏幕，一会坐着发呆，任由思绪乱窜。

我不得不认真思量，这个叫冰的女孩和晓飞的真实想法。晓飞是动了真情的，他的文字真切地反映了出来。的确，像我们这个年龄段的人，突然从老家飘来一个妹儿，既漂亮还能歌善舞，彼此又能聊到一块，谁不认为是上天的眷顾呢？何况晓飞已离婚多年。但那个冰呢，她是真心的么？从他们的认识过程看来，应该是冰主动，或者说她勾引晓飞也不为过，她真的是被晓飞的才情打动了？像她说的，是她一直在找寻的男人？这是网络呀，水分还少得了？我总是怀疑这个冰的，也许别有企图，是什么呢？莫非真是红茶？这给了我极大的好奇，我想履约回丽江见见这个冰。

为此，我做了精心准备，包括设法重新启用了晓飞原来的手机号码。

10 月 13 号上午，我着手准备去丽江的一切，我必须在当天赶到昆明，否则就得失约。

在丽江，我有太多的朋友，毕竟那也是我的家乡，但因为这次行程的特殊性，我只告诉了最要好的朋友何彪，向他要了一辆越野车。何彪要给我定房，我婉拒了，我不希望他知道我在丽江的具体行程。我通过携程网预定了康年丽水阳光酒店，我喜欢它的外观，还有就是离束河古镇近，没有大研古镇喧嚣。

这家具有浓郁纳西民族特色的主题式五星级休闲度假酒店。位于丽江束河古镇主入口处，束河著名景点近在咫尺，可眺望雄伟、神圣的玉龙雪山，风光秀丽、空气清新、幽雅宁静、交通便利。

酒店共由八个各具特色的院落组成，布局形态与北斗七星的分布类似，并据此将各院落命名为：天枢苑、天璇苑、天玑苑、天权苑、玉衡苑、开阳苑和摇光苑。七星院落紧紧围绕大堂“月华苑”错落布置，既与纳西传统民族服饰中“披星戴月”的含意相吻合，也蕴涵着“七星伴月”这种源远流长的中国传统文化底蕴。

酒店的七星院落及花园均以丰富的本地植物群落、清澈的溪流、纳西文化浓厚的景观以及中国传统园林的造景手法，使大、小庭院有机结合，既有浓郁的地方特色，又具雅致的园林情调，达到了古朴自然的茶马文化、纳西文化、农耕文化和生态文化，相融相伴，相得益彰。

我定了一间行政套房，还有一个标间，说不上是为什么，心里有种很复杂的情感。因为这个叫冰的女孩，从她的文字看，我竟有些喜欢了，这一点，与晓飞是一致的。换作我，也可能陷入这段不合适的感情漩涡。

一路上，只要有时间，我都会打开手提，细细品味他们之间的文字，体会晓飞当时的心境和情感。

我没有在丽江作太多逗留，登记完客房后，立马到何彪那里取车，出发前往宁蒗。

说来也怪，竟有些急切，想马上见到冰了，尤其想知道究竟是不是红茶。

22

抵达宁蒗县城，刚 11 点 30 分，我才发现肚子咕咕叫，还真饿了，连早餐还没吃呢。本来打算到我以前最爱去的餐馆，但怕见到熟人，就在城边的一家旅游川味餐馆落脚，我知道本地人是不到这种地方来的。

刚准备吃饭，冰的短信来了，问我路上顺利不？到什么地方了？我马上回复说已到了县城，并问她在哪里等合适。

"12 点，汽车站，不见不散，我穿的是牛仔裙。"她回。

我提前 5 分钟赶到了汽车站，把车停在入口处，等着。不一会，从前面停靠的红色夏利出租车里，走下一位姑娘，很慌张的样子，急匆匆地往车站走去。我第一眼就认了出来，这应该就是冰，她的外表和装束在车站这种地方，很显眼。从外表看，肯定不是红茶，打消了我心中的疑问。

我看她没有找车的样子，急了，立马拨通了她的手机，电话里传来的声音是柔细的，很好听，但有些许沙哑。

我告诉她我的车就停在她刚下车的后面，并打开车的右前门，但并没有下车去迎她，我还是紧张的，只坐在驾驶室，看她一步步向我走来。

她穿的牛仔裙很合身，恰好把她苗条的身段暴露无遗，高跟靴子使她走路的姿势，像模特走台，确是招惹人眸子的，那张脸被宽大的墨镜罩住，看不太清。

她急步来到车前，看了我一眼，问：

"是阿飞？"

"嗯，上车吧。"

她很轻盈地坐进车里，跳舞的人，身子就是轻巧。随手关好车门，神情极不自然，羞怯中带点腼腆，也不好意思正眼瞧我，尽管她心里是很想与我相对的，这一点我还能感觉出来。

我说走吧，她点了点头，我便驱车往丽江赶，连句客套话都没想起问，脑袋发懵，晓飞、我和她不断交织，心里乱极了。

她也许是感到了我的这份窘迫，首先打开了话匣子，合着车内飘扬的孟庭苇的歌曲（我特意从北京带去的光盘），两本在网上很能聊的人，自然地很快就聊到一起了，彼此没有了那份戒心，像多年未见的老熟人，再次重逢那样，我居然生出一种怪怪的感觉。这丫头，着实令人喜欢，只需一眼，就很难丢下，何况我还完整地阅读过她的内心。

待到翻越第二道山梁时，我才想起问她，吃中午饭没？她说在学校吃过了，我猜想她没吃，顶多吃了点零食。

回到酒店，我们已然很熟了。但两人坐在房间里，竟一时没了话题，我能看出，她心神不定，我尽量找些话题，但始终谈不开，彼此隔着一层窗户。

我提议出去逛逛，她说，你今天肯定累了，还是歇歇的好。说完回头看了一眼那张大大的床。我终于明白了。我说：

"还有一间房，在隔壁，甭紧张。我说过，不会对你怎样的。"

"那你休息一会。"

"好吧。"

我的确困了，也需要休养一下，便来到了另一个房间，和衣倒在床上，呼呼睡着了。

是手机铃声把我叫醒的，已是晚上7点了，是冰来的电话，她怕我出什么事，这么晚了还不跟她联系。

我简单洗了把脸，来到冰的房间，我问她晚上想吃什么，她说随便，见到我就很高兴了。我推荐了几种菜系，最后决定就在酒店吃西餐，因为有安静的音乐。

来到宽敞的西餐厅，冰是高兴的，低声对我说我是第一次吃，到时得告诉我怎么使用刀叉。

我每人点了一份法式鹅肝、牛扒，外加一盘水果沙拉，一瓶红酒。

没有现场钢琴伴奏，但音响送来的外国乐曲，还是很优美的，我们轻轻地说着，喝着餐前的柠檬水。很快，沙拉上来了，然后是鹅肝，冰怯生生的样子，我说别紧张，也别管那么些规矩，我也不懂，怎么方便就怎么来，她笑了，是信任的，灿灿的。

那晚，她吃得不多，一只肥腻的鹅肝就差不多了，牛扒基本没动，她直说："太浪费了，早知道这么多，就阻止你了。"她只象征性地呷了几口酒，我也喝得不多，就半瓶。

本来想给她点几支她从QQ发给我的歌曲，但酒店服务员说没法点歌，只好作罢，但心意她是领了的，她说吃完饭到歌厅去唱吧，这正合我意。

结账时，800多块，她说太贵了，差不多是她一个月的工资呢。我笑笑说："没事的，我不是老板嘛，对于我，算不了什么，比北京便宜多了。"

饭后来到歌厅，我要的是中包，想看她跳舞。冰去点歌曲，问我想唱什么，我要她先唱。她说上次感冒把嗓子弄沙哑了，唱不好，我说没事的，随便哼哼，我愿意听。

她先唱了《月满西楼》，尽管高音上不去，但很好听，韵味很足。她没骗我，她唱歌的确不错。我来了一曲《小薇》，按照晓飞改的词唱的，她很感动，悄悄靠近了我，我的心跳加快了，结果忘了词，哼哼哈哈，总算唱完了。

我顺势用右手搂住她，她就势倒在我怀里，彼此没有任何别扭。随着《浪漫的事》乐曲，她横躺在我的腿上，双眸盯着我，在微弱的灯光下，是迷人勾魂的。我血液乱窜，情不自禁，轻轻地吻了一下她的额头。她的双手抱定我的脖子，我们近近地相对，彼此的气息很急。

墙壁的灯光，像晓飞的眼睛，看着我，我犹豫了。我违心地说想看她跳舞，她感到了我的变化，很失落的样子。轻柔地问：

"你不喜欢我？"

"很喜欢呀"。

"你骗人。"

"你真的很乖巧，我没法不喜欢呢。"

"那你刚才，咋哪？"

"我怕我满嘴的烟味把你熏晕了，嘿嘿。"

"讨厌。"

"跳一曲，我真的很想看，你为我一个人扭动的腰姿。"

冰点了一曲《大阪城的姑娘》，站到宽敞的地方，随着节拍，旋转、扭摆起来，更像是在我心里舞动，我看得如痴如醉。不自觉地站了起来，和着她的舞步，乱扭，她笑了，鼓励我跟上她的步调。

曲毕，我们拥在一起，她仰头深情地看着我，我又吻了她的额头，但这一吻就没再停歇，脸、耳垂、脖子、眼睛、鼻子全吻了一遍。最后，落到那迷人性感的嘴唇上。

那晚的歌是动人的，那夜的舞是柔情的，那一吻是令人不可抗拒的。

回到酒店,我们变成了情侣,手挽着手走过大堂,旁若无人。在无人的电梯间,我们相拥而吻,舌头的交流是湿滑的……

在房间,随身携带的手提,流出我们喜欢的歌谣,两杯淡淡的绿茶在我们面前飘绕,我们相拥而坐,轻轻地交谈,愉悦而快乐,身心俱融,俨然成了一个人。

那一晚,我的房间一直空着。

那一晚,我们都有想法,但什么都没做。

那一晚,我们的知心话儿成堆,送走了月色,叫醒了太阳。

23

很久没有熬通宵了。当太阳透过窗帘散落在我们身边的时候,我才明白,这个美妙的夜晚结束了。困倦紧紧缠绕着我,眼皮直打架。但心情仍是亢奋。

我问冰想去哪儿玩,她依然的随便。我建议到就近的束河古镇,她立马回:"好哇,有你陪,就更有味道了。"

我对束河古镇太熟悉了,来过无数次,但这次的感觉不同,是冰给我的。我们手拉手慢悠悠步入了束河镇。

在束河,从没享受过这么恬静又活力、古朴又浪漫、雅致又清新的早晨了。

时间是9月15日的7点钟,丽江还在睡呢。两个人走在去古镇的路上,怀疑自己重回童年的老家。远处雪山朦胧,近处绿野青青。闻着淡淡的青草味,听着虫鸟的呢喃声。

转过束河的大门,"铃铃",迎来扛着锄头的农人牵着挂铃铛的牧牛。门前几棵树枝随风摇曳,后面一座青瓦白墙的"江南古镇"映入眼帘。

古老的房子,红漆雕花精致的木门木窗;光滑的石板,岁月淘洗的杰作。古街未醒,兴许正做着弯弯曲曲的随时光变幻的梦吧,如同这长长悠悠的小巷弄陌。我再次被这古朴和雅致吸引了,举着相机随意地按快门,没有游人遮挡视线,也不把自己放进画面。古街不停地随着我们的脚步换景,摆足了姿态,让人手足忙碌,我干脆让相机休息了,眼前的一切够让我目不暇接,还有身边的人儿,不时送来欢笑,随我的心情跑过青瓦顶,和玉龙雪山嬉戏去了。

看,溪流转悠在街上欢快地迎接我们。水柔婉晶莹,虽不在山涧,却操守着原生的纯净质地。它们一路上从不歇脚,执著地沿着一个方向流淌,轻吟浅唱,悠闲绵长。青草在水底招摇,红鱼游荡嬉戏。

街面越来越宽，分成几道，溪水也随之分道。忽然来到一个两条溪水并流的街面，溪流间架着木桥，两“岸”亭榭楼台，我们在亭子里坐下，亭前有路标，写着“水上巴黎”。这名字颇让人有崇洋媚外的味道，不过两岸摆放的客栈，虽是纳西族式的房子，里面却氤氲着咖啡酒吧之类的洋味。

这里的客栈很有韵味，要不是见冰，我宁愿住在随便一个里弄的小客栈里，那里充满了随意与闲适。

其一，客栈向顾客打“招呼”绝不马虎，大多是门前故意写着懒懒散散的字句，诸如“发呆、看书、喝茶、听音乐。”或“绿林客栈急召老板娘。”等俏皮话，而漂亮活泼的东巴文更是这里独特的景致，几处影视剧拍摄地就大挂剧照（如《一米阳光》、《玉观音》）来吸人眼球。

其二，窗棱处一定挂东西，绿色藤蔓、鲜花瓜果、工艺品……有的干脆是草帽、蓑衣、铃铛、马刀。

其三，是柜台桌椅的陈设，有茶有洋酒有咖啡，再配上音乐和书籍。总之，主人把自己的性情，在这小小的客栈淋漓挥洒。有的很民族，有的很西洋；有的很古典，有的很时尚；有的很朴素，有的很玩酷。但有一共性，就是“自然质朴”，奢华矫饰是没有发挥余地的。花草尽其原生态地生长，不同于城市宾馆内的盆景，即使是工艺品，质地也是草、木、竹等，房子的墙面、桌椅一律是未经油漆的原木。

还有，大多的客栈，穿过茶酒室，就是天井。云南四季如春，纳西人家更是“满园春色关不住”。令人狂喜的是，溪水有时穿过一些院子，那院子不但绿树成荫或匍匐满枝，还溪水潺潺，真是一个居家过日子却不离尘世的桃源之院！

正想着小院客栈的美妙，不经意间，被溪水招引到一个四方形的街，这就是镇中心的四方街。

往前走几步，是一座桥面滑溜溜的石板桥，传诉着古镇作为茶马古道之驿站和纳西族最早的定居点的沧桑。桥下一条十多米宽的溪河，这就是束河。站在桥上看风景，另是一番天地——“绿树村边合，青山郭外斜”。

走下桥，一排街坊，依山傍水。一阵“叮当”响，马车载着游人毫无忌惮地在门前划过，溪水淙淙间，河岸一边躺着一块块菜地。分割菜地的小道照样是石板路，我们情不自禁地在菜地间转悠，忽看到几个人在一长方形的水池边洗菜。水池约半米深，从高到低分三层，每层为一个正方体，这就是“三眼井”！看着井里清澈的水从高到低流着，不得不佩服纳西先人的聪明。

走出菜地，在街的尽头有一潭水，是“九鼎龙潭”，又称“龙泉”。潭周绿柳垂地，翠柏高耸，泉水碧澈，游鱼悠悠。从潭中溢出的流水蜿蜒于村中道旁，远近汩汩有声。原来，就是这潭里的水，被疏引到整个古镇，赋予古镇以灵性。漫游纳西人家，智者乐水，“为有源头活水来”，这是多么的柔美温馨和纯净灵动啊。

一路的心情，是难以言表的，想象着冰昨夜的歌声，随溪流，浸润着我的身心。

中午，我们徜徉在咖啡吧，我想静静地听冰低吟。她真的轻轻哼了起来。

阳光宁静而灿烂，浮云悠然。门外流淌不息的清泉中，点点浸泡，漫淹时光。

我身旁有一扇可以看到屋檐斗角、远山春树的宽大玻璃窗。矮矮的围墙上和院子的大半个上方，爬满了我喜欢的植物，喇叭、爬山虎或是蔷薇，花必然是开过了的，所以只有一墙一院的绿，绿得人的眼睛都要滴出水来不可。

此时，我想到秋天圆润纯白的云都散完了后，冬天一阵寒似的风就循着鸟的翅羽从遥远的西北方吹过来了。围墙上的绿已经开始枯黄了，于是有许多鸟停在了上面。

鸟群们叽叽喳喳，绕着屋顶排着队一圈圈地飞，翅膀扑扇的声音响遍整个天空。我自己多么像这些鸟儿，带着无限渴及的自由和梦想，从天的这一头到那一头，来来往往，一年又一年。每次回家过年，在老家的屋顶上，我总是在夕阳落下最后一抹余晖的天空中，看鸟群们绕着圈，排排归家的样子。

这心灵的鸟语，与冰的轻吟，是那样深深地感染我的心田。

冰给我的感受，是一个用心灵歌唱的人，用心深入到极致。歌唱，仿佛她的呼吸，那样贴合而融入。我始终认为，能够不计利害始终执著于一件事情的人，都有简单的信念、洞明世事的心，他们通常保持着孩子一样纯净的生命底色，例如喜欢音乐或文字的人，只有经历过比别人更多的苦难，他们才懂得用心去演绎和表达那些生命不能承受之重，比如爱、苦难、宽恕和悲悯。

我是简单而又爱憎分明的人，所以喜欢一些纯粹到极致的东西，喜欢一些又洞明练达却又心性含真的人。不虚伪、不造作，不口是心非，不轻许诺言，是对世间生命存着悲悯的、旷达而乐天知命的人们。

细细倾听冰的歌声，为我一个人哼的小曲，满目是极致的淳朴，我自醉了，合着窗外的阳光。

冰有心事的样子，我看了出来，但没有言语，最终，她还是忍不住问：

“我明天有课，又没请假，下午该回去了。”

“那你看什么时候方便？我送你便是。”我故意逗她。

“这么远的路，你来回太辛苦了，我自己赶汽车回去吧。”像是在赌气。

“怕我了吧？怕我在路上把你吃了？”

“倒不是怕你，是怕我自己把持不住，我们今晚在一起，会很难熬的，你明白我的意思。”冰很轻地说。

“明白，应该没事的，我这个老男人，能控制住，昨晚不是什么都没发生吗？相信我。”

“但今晚就难说了，你别骗自己了，难道你不喜欢我？不想……你敢说出心里话吗？”

“的确，今天晚上，你走与不走，我都会很难受。走了，肯定会想的，住在一起，更想。其实，昨晚我是费了好大的劲才……”

“那你要我留下来吗？说实话。”

“想，真的很想，但又觉得不应该，你是已婚的女人，我老家宁蒗的女人，我们之间目前只是朋友，最知心的朋友，要是迈出那一步，局面怎么收拾？”

“你要，还是不要！”

“要，好想要。”

“得到你的真心话，够了，我知足了。我知道我们之间没有未来，我也没有权利要求你什么。我留下来再陪你一晚，就一晚，我们什么都不做，一起听听音乐，说说知心话，像昨晚那样，好吗？”冰有一种释然的感觉。

“好，就按你的指示办。”我的心乐开了花。

但我的内心还是很矛盾的。毕竟冰是宁蒗人，是晓飞的朋友。冰真正喜欢的是晓飞。但同时又升起一股莫名的欲望，昨晚那种相拥的感觉，太美好了。

晚餐，我们决定在九鼎龙潭附近吃。

我们顺水而行，临水的四合院多集旅店、餐馆、酒吧、咖啡馆、书吧于一体，且皆保留着古镇建筑原来的风貌。店名却是各式各样，什么“轻松小站”，“乡村天空”，“柔软时光”，“一坐一望”，“飞鸟与鱼”，特别是一家名曰“布农小院”的庭院让我们都驻足而望，小院的外墙划了一个圆弧，木格窗户向外支着，窗下是潺潺透彻的溪水，偶尔飘着黄色野花，水里还有用网兜扎好存放着酒和饮料，尤其是漂浮其间的青青水草，绿得沁人心脾。透过廊厅半掩着的大玻璃窗往里看，整洁雅致的摆设，层次分明的布局，窗边一对情侣喝着咖啡，院中四人正围圈打着麻将。

刚跺进门，满口四川乡音的女管家就热情招呼我们。没想到这里的老板还是三毛的朋友，也曾有多个影视剧组不仅在此选景拍摄，还常在这里驻场“打牙祭”，真可谓美食与美景，人文与历史，包容兼并，我们找到了这赏心悦目的绝佳之处，来细细品味这束河古镇的风韵。

一会儿，回锅肉、麻婆豆腐、糖醋里脊、辣子鸡……一道道正宗的川菜就端上了桌。据女管家讲炒菜用的调料也是专门从成都带来的郫县豆瓣。

菜足饭饱后，慵懒的我半躺在藤椅上发起呆来。抬头望去，天高云淡，碧蓝天空中几朵飘飘的棉花云，艳丽的阳光让即使带着墨镜的眼睛，也不能久久注视；近看小院内，红花绿树，盆栽的云南茶花开得格外红艳，半墙上的三角梅却是那种让人心醉的紫色，墙角的柿子树上，挂着金灿灿的果实。

我信步来到小院的门口，看到脚下溪流潺潺，向纵农田阡陌，背伏绵延山岭的这般佳境，忽然忆起与《世说》中所述的景致如出一辙：“去郭数十里，立精舍。旁连岭带长川，芳林列于轩庭，清流激于堂宇……”

临别时分，已是月明星稀，心中淡淡的失落，想再享受与冰一起的时日太难了，告别这美丽的束河古镇，依依不舍，流连眷顾之情油然而生……

24

回到酒店，我们都累了。昨夜无眠，今天又逛束河，我有点犯困。

我们洗完热水澡，穿着酒店的睡衣，坐到电脑前。我给冰看关于束河的文字：

束河的心情

束河，安详于阳光的覆瞰下，无端的叫人有居留于此的愿望。

束河，它安静，不说话，内里藏着很多不与外人道的高明，是需你来慢慢体会的。

束河的天空蓝得叫人迷恋困倦，多少红尘心事，阳光下飞雪一般融了化了，吹成满天空的云絮铺展开来，如同天空的心事，从不苍老，亦不需你我过问。天意永远都是大手笔，把你我悲欢离合，轻易书写。所以，世间过于繁重的红尘种种，如果背负不起，何妨就此交予天意。

你可知道这样的束河，云散在天边，风把门吹开，花开在水边，狗四处乱窜，院里种着兰或竹，有茶或酒，水车发出吱吱呀呀的声响，麦子金黄了在田野等着收割，然后挂在木架上暴晒。空气里有隐约的稻香和干净的风，围着屋边的树上都覆满了花，一溜烟草的厚重味道。我不知道你是否明白，束河，是这样一个让人忘记红尘万丈，多少欲望都会在这样缓慢的时空中，被一缕缕抽丝剥茧而去。

束河，是比茶还要淡的滋味，便是所谓的清水无香罢了。春末的水和柳，十分的摇曳，映得那灰墙黛瓦种兰养猫的四方庭院，那般的宁和安静，不存心事，和光同尘。

束河，心情柔软，仿佛随时都有大把时光可供挥霍。生活在这里，是如此沉静、温暖，慵懒不成章节。时而仰首，云朵在天上，大片飘移，如迁徙的鸟群。书上说风生云动，或许，就是这样的天空。我总是在明朗的六点钟清晨醒来，看阳光透过房顶玻璃在屋内投出明亮的光线，看灰尘飞舞在其中，看云一朵朵游移过天空，看得时间就这样一点点逝去了。

总是很喜欢那些如古井藻轮一样沧桑感十足的地方，每道勒口都有百年千年的过往，抚摸它们，仿佛可以触到岁月后那些凋谢的风景和年轮。想起从前，一个人，总是能走多远就走多远。如今，它在我的脚下，已经古老到无声，无声到山川都变荒芜。所以在束河，我更愿意静默而坐，哪怕随时光一起坐化。这样的日子，心脉恒定，仿佛可以和时光一起衰老。

束河，处处有意料之外的惊喜。我喜欢很多民族的东西，例如衣服，兼具民族与传统、厚重与轻灵等不同美感，印染和刺绣，色彩绚丽，花纹深远，处处藏着民族里的灵气和精魂。至于客栈，更是别具风格，一段枝丫横飞的枯枝也能做别具风格的吊灯；猪槽更是被利用到了极致；茶几、洗手池、花槽、门牌，到处都有它的影子。这些冷漠无灵的物体，就这样在不同性情的人手里被赋予了灵性，“目眯尘沙，心疲计算，欲有之而有所不暇”，既然红尘眯了目，疲了心，何不遁入束河，给自己足够的闲情和闲心，将这俗世生活酝酿如陈酒，不饮亦芬芳。

束河，有无尽曲折婉转的小巷可以漫走。巷子伴着河水，沿巷零落了各样的客栈、店铺、茶馆、酒吧，以及其他，都有别具一格的装修和情调，有时会在某个有动听音乐的店铺里站上半晌，不说话，静静地看那些琳琅满目的东西，心情多么虚括。

此刻，你若遇见我，是否会有萍水相逢的一笑？最喜欢的，自然是那些卖布帛的店铺，到处悬挂随风起伏的布帛，有张扬到极致的色彩，怎么能不放肆呢？既然有这样厚重古朴的建筑当背景，所以再怎么大张旗鼓、绚丽繁华的点缀和张扬，都不觉过分。只是，这样极致奔礴的色彩中间，还需要一些必不可少的过渡和调和，那就是植物。

纳西人家爱养兰，素雅、高洁、名品不少。以前总认为这并不是一种适合平民来种养和观赏的花，因着它的娇贵、不易侍弄，以及花中的盛名。然而在束河，这种印象似乎变得不可理喻，这里不管是达官贵贾，还是白丁俗子，都养兰，不管是名品还是最普通的兰种，每个院子里都有那么几盆。幽梦影中说，兰令人幽，幽而静，静而潜心，所以纳西人的从容，到底还是有些根由。

束河，是有必要怀了做隐者的心绪的，所谓大隐隐于市，小隐隐于野，在束河恰恰各占一半。一直以来，只会安静地走自己的路，没有解说，也不需要深刻的旁白，期望某一天能有一个地方，看云、发呆、做梦，像林中时栖时飞的那些鸟，梵音响起，自在翰翔。

冰和我紧挨着，冰很认真的样子，盯着屏幕，而我的心情却很不平静。

电脑重复播放《你是幸福的，我是快乐的》，我们沉浸在歌曲的意境里。拥抱，热吻，我们之间的情感被煮沸了，像脱缰的野马，谁都没法控制。

冰主动调暗了房间灯光，这是太明确的信号，因为之前她在 QQ 里说过，喜欢微弱灯光下的迷离。

……

25

我和冰就那样躺在床上。各想各的心事。我后悔不该迈出这一步，从哪个角度来说，都不应该。这更不是晓飞想要我做的。我恨自己。

“舒服吗？比你以前那个宁蒗女人好吧？”冰扭头问我。

“宁蒗女人?哦，舒服，如水的柔滑，比她好。”我还没能完全进入晓飞的角色，随便地说。

“真心话？没骗我？”

“我骗你干嘛。我说的是实话。”

“但，我今天很紧张，真的不应该给你，但我控制不了自己，看你又那么想。”冰不服气。

“是我想吗？”我反问。

“就是嘛，你还想抵赖！真不该跟你……你想听一个故事吗?”冰想说点什么。

“想呀，快说，又是怎样骗我的。”我调侃着，没当回事。

“那你别生气，我们还要做好朋友，一辈子的知己，好吗？答应我。”冰的语气很恳切。

“我先答应你，但要看你还隐瞒了些什么。”

冰离开我，坐到床沿的地毯上。我说：“别着凉了，快上来，我们都这样了，还有什么话不能讲，即使你做错了，我也会原谅你的。”

“你真的能原谅我吗？会天下大乱的，我可能会离开宁蒗。”冰的眼泪快出来了。

“我们是什么人，会导致天下大乱。”

“我是说在我们亲戚和朋友们面前。”冰说这话的时候，我预感到什么，但并不明白。

“你想知道我的真名吗？”冰转换了话题。

“想。唉，算了，留点神秘感吧。”

“但我知道你是谁。你叫晓飞，是吧？”冰说完，我的心跳加快了。

“从我的博客中知道的，对不？只要用心读完我的博客，就会知道我的真名的。”

“不是的，我以前就知道你。”冰坚定地说。

“认识我？不可能！”

“我从一开始就知道你是谁。”

“你是堂弟妹家的人？”

“我就是梅子。”冰摇了摇头说。

“梅子？我的堂弟妹！”

冰坚定地点了点头。

我的天啊，我都干了些什么，跑这里来会网友，还上了床，结果是自己的亲戚！上帝呀。

我当时完全懵了。当清醒些之后，我才明白过来，我不是晓飞呀。

我们都没再说话，冰哭得很伤心……

过了好久，我知道这不是解决问题的办法。我坐到沙发上，要冰到床上去躺躺，并安慰道："既然发生了，哭也解决不了问题，你也累了，先休息一会，别想那么多，好么？"

我们继续沉默着，冰仍旧断断续续地哭泣，很伤心的样子。

接下来，我们之间有了如下的对话：

"你为啥要这样做？"我问道。

"一开始是觉得好玩，当你叫我弟妹的时候，我只想跟你开个玩笑。后来，是想知道一个成功男人的内心世界，因为你的真诚，我就想进一步走进你。开始了我想和你做知心朋友的想法，你的坦诚与才华，让我有点想走进你的愿望。其实，我很少口聊，因为我知道你是谁，不然我才不和你聊呢。更何况我的QQ里没有陌生人。"

"你为什么不停止游戏，在更早的时候。"

"我已经不能自拔了。"

"就因为我那些破诗？"

"我也想过停止的，但那种从没有过的感觉，让我欲哭无泪，如果仅仅是诗，我也不会蠢到这个地步。"

"中途我不是还怀疑过你是弟妹么？为啥不承认啦，讨厌！"

"我刚才说了，最开始还是你的真诚打动了我，因为我知道你是谁，心里还想，这人在网上怎么这样坦诚，这极大地诱惑着我。然后我想交你为最知心的朋友，见面后我想我们也只不过是朋友而已，谁知我们都产生了感情，这是真心话。"

"相信。"

"我们是真心相对的，没有可隐瞒的了。我虽从亲戚嘴里听说过你，但真正认识你，还是在这一两月，你的体贴与大度，很让我感动，真的，很让我感动……我说过，我不会轻易对一个男人产生好感的，今生就只有你给了我那种心跳，一种微妙的、莫名的、我也说不清的感觉。真心谢谢你。让我们彼此永远珍藏吧。

我说了，我不会轻易喜欢上一个男人的，就跟你一样，不会轻易喜欢上一个女人，你的确让我动了情，我才这样的，你应该明白。

今晚看出你是真心喜欢我，所以才作出了傻瓜的决定，也是情不自禁，做完了，我自己都懵了。"

"你真是傻透了。傻瓜。"

最后,冰央求我说:

“真诚带给了我们彼此的信任,我们成了无话不谈的知己,让对方的心里都有了一种牵挂的美,生活也带来了很多色彩……让我们永远真诚地信任对方,不需要添加任何负担,即便心中装满了压力……行不?”

“这是很难的。”

“我们努力争取,我会对你堂弟好的,请你相信我。”

“但愿吧,我这都做了什么呀。”

冰停了一会,略有所思,然后说:“其实,我几次想告诉你真相,但都被那种无名的感觉制止了。我自己都不明白是怎么回事,就是你昨天来接我之前,我还犹豫是否来见你。结果,鬼使神差地跟你上了车,唉。”

我没有回她,我们彼此静静的,任由思绪乱窜。

网络呀,究竟有多少是真实的?我又是谁?这,叫我怎样向晓飞和梅子交代呢。

我为啥没能控制自己呢?我恨自己。

我回到北京后,心情很复杂,居然生出一份牵挂,只要打开手提,总要挂QQ,希望看到冰。但我们之前是约定了的,不再口聊了,让我们共同把过去埋在心底。但我太难做到了,冰呢,她会更难的。所以,每次只要打开一下QQ,立马就关了。我既想看到冰,又怕见到冰,这种矛盾的心理一直折磨着我,寝食难安,对生活缺乏激情,慵懒而无聊。

终于,冰出现了,我们都没有急于向对方问好,彼此僵持着。

2006-10-22

阿飞　19:16:19　　在?

冰　19:17:01　　在。这几天过的好么?我活得好累,每次面对他,心里很不是滋味。

阿飞　19:26:19　　慢慢地调整适应吧,谁也帮不了你,只有靠你自己。

冰　19:27:01　　那天晚上我真不该,不该跟你……但我真的是情不自禁的,你应该感觉得出来。走出这一步,我后悔死了,所以,才憋不住,马上告诉了你真相,我怕我会愈陷愈深。

阿飞　19:26:19　　太不该了。我也有责任，你也别太自责，好么？既然发生了，已不可挽回，只能想办法弥补。

冰　19:27:01　　嗯。

阿飞　19:26:19　　对他好，比原来还有好，行么？就算为了我。

冰　19:27:01　　我答应你。我会的，我已经在这样做了，但很难，给我时间好么？我会做一个好妻子。

阿飞　19:26:19　　但愿如此。只有这样，我的心里才会好受些。

冰　19:27:01　　那就从现在起，我们不聊了。

阿飞　19:26:19　　好。

我遵守了承诺，接连几天都没有上网，尽量找些琐碎的事来消磨时光。慢慢地心情好了一些，能安静地写点东西。公司业务也在正常进行。看起来，那段错乱的情怀，该结束了。

但冰来的短信打破了这短暂的宁静，她说有邮件给我，要我一定记得去看，是以晶的名义发的，有很重要的事情要告诉我。

我心里琢磨这是怎么回事，为啥要用另外一个QQ呢？难道说我们之间的口聊被她老公发现了？拟或还有什么事在瞒着我？

我快速链上了QQ，进入晶的邮件：

发件人：晶　<jing123@qq.com>　查看添加

时　间：2006年10月30日（星期一）　下午04:43

收件人：阿飞　<8888@qq.com>　更多信息↓

主　题：《你还能喜欢我吗？》

你真的很真诚。为此我犹豫了好几天，但我终于还是决定告诉你实情，你先别太紧张，事情是这样的：

冰不是你弟妹，我也不是你弟妹，这是真实的。我叫晶，是你弟妹梅子的大学同学，她在邮箱里告诉过你的。

我们大学毕业后，梅子幸福地成了家，我至今也没找到好男人。这都是她害的，要是她在大学期间不插一脚，我也不会落到如此下场。所以，我对她的恨一点没有减轻，反而增加了。但梅子不知道我对她的恨，依然把我当成要好的姐妹。

今年暑假，梅子告诉了我她和你开玩笑，以冰的名义和你进行QQ聊天。还说不想再骗你了。我觉得好玩，便从8月17号以后，继续用梅子的QQ号，并修改了密码，和你发生了之前我们之间的一切。

其间，梅子还问过我，聊得如何？我没有告诉她实情，说没啥意思，基本没聊了。说实话，梅子是为了我好，那段时间我很彷徨，她希望我从你这里得到些启发和安慰。

我说出这些，你肯定恨死我了，我欺骗了你，对不起，飞。

我不是冰，不是梅子，不是你的堂弟妹，你也不用产生那么多的心理压力。我很喜欢你，真的喜欢上了你。这是真心话，你应该能感觉出来。我并没有结婚，之所以要骗你，是想考验你对我的感情究竟有多深？

你能娶我吗？你以前在QQ里，你可是说过，如果我是自由的，你要来追我的，我等着。

飞，想你，回忆跟你在一起的日子，我好幸福，谢谢你，飞，谢谢你带给我的快乐。

以后叫我晶，好么？

看完，我的心都快要迸出来了，天啊，这是怎么了？她究竟是谁？还有多少没告诉我的？为什么会是晓飞小说里的人物名字？我既愤怒又释然。

但我也不是晓飞，也不是原来的那个阿飞呀。晶看起来还是一个很有韵味的姑娘，她怎么会没人爱呢？莫非眼光太高，在偏远的山区找不到合适的？我是有老婆的人啦，不像晓飞那样离婚多年，我怎么可能娶晶呢。

我想了一宿，还是决定告诉她实情。我给她回了邮件：

发件人：阿飞　<8888@qq.com>　查看添加

时　间：2006年11月2日（星期二）　上午10:43

收件人：晶　<jing123@qq.com>　更多信息↓

主　题：《我不是晓飞》

真没想到，结果会是这样的，你究竟还有什么瞒着我？看你外表和我们俩在一起的情形，你是一个很可爱的姑娘呀，怎么会找不到合适的男人哩。

我觉得没有必要那么深的去恨一个人，要想办法化解，否则对你的身心也是不利的。听我一句,别再去记恨别人什么,多从自身找原因,好不?

你真的很乖,是我喜欢的女人,但我不能娶你。我也应该告诉你关于我的真相——

我不是晓飞,是晓飞最好的朋友和老乡。晓飞出了点事,被公安机关拘捕了,我去看守所看他时,他把你们之间的QQ号和密码给了我,我是代替他来丽江同你见面的。中间有那么一段时间我们没有联系,你一点也没觉察出来?

我自己也没想到,看完你们的聊天记录,再见到你之后,在束河那个我最喜欢的地方,我居然没控制住自己的情感,干了对不起你和晓飞的事。我真的很后悔。

在此,我要真心地说一声:对不起。

我会把你当成小妹妹对待,还有,我们是最好的知己,好么?

希望你过得好……

晶不相信我的解释,认为我就是晓飞,在骗她,而对她欺骗晓飞和我的行为,忘得一干二净,还不客气地说:"如果不认真对我,一定要让你付出代价。"

这是什么样的姑娘呀!难怪对梅子的仇恨会那么大。至此,我对她的好感全无,剩下的只有厌恶。一旦看到她的手机留言,心里就烦,她来的电话,每次都是极不情愿地接听。更没有心情再去打开晓飞这个QQ,除非晶坚决要求。这个曾经带给晓飞和我许多快乐的QQ,现今可恶之极。

手机响了

手机响了
铃声是那样优美
还动听，但我
不敢接听，我知道
这是诱发地震的前兆

手机响了
铃声是那样的急促
还刺耳，但我

不敢接听，我知道
这是警笛声声

但以前可不是这样
铃声把两颗心
炸成四瓣。我那一瓣跟她走了
她那一瓣在我心里
四瓣错乱的心
只有血流

手机响了，但我
不敢接听

我一直躲着晶的纠缠，希望她能安静下来，开始新的生活，忘掉曾经的网络爱情，因为已经有人为此付出了的代价，这还不够么？

但她依然我行我素，还大义凛然地说，要惩罚我这个玩弄女人的流氓。我哭笑不得，但又没有办法，我就这样过着难熬的日子。尤其在家里，根本不敢接听她的电话，怕老婆产生怀疑，更不敢跟老婆坦白这件事，那样会愈抹愈黑，真是叫我跳进黄河也洗不清。

这样的日子并没有结束。不幸就在我的眼前，是这个叫晶的女人一手造成的。

26

晶来到了北京，联系上了小学同学魁武。

魁武小学毕业后就来到北京，很多年了。开始打工，后来不学好，好吃懒做，混进了一个黑社会团伙，还是小头目。晶与魁武讲了我们之间的事。

后来，她知道晓飞确实出事了，也基本原谅我了。她的心慢慢地平静了下来，毕竟她还是在心里喜欢过阿飞的，她自己也承认这一点。

但魁武不干，非要为她打抱不平，说一定给她解气，给我点颜色看，晶极力想劝阻，但没有用。为此，晶还提醒我，最近小心点，可能有黑道的人要找我麻烦。我没太当回事，相信北京的治安，谅他们也不能把我怎样。

那段时间，百般无聊的我，开始喜欢打高尔夫，几乎每周四场球。

高尔夫在大众眼里，属时尚高雅的运动。很多成功人士以此作为身价的标杆，无论是谈判前的瞎扯，还是应酬的酒话，多是离不开这白色小球的。

我并不是一个成功的人，但打球的开销，还是负担得起的，也有那个闲暇。2006年下半年，朋友多次勾引催促我下场挥杆，还特意把我拉到绿色铺就的球道，走了9个洞，除了一抹优雅的绿，令人心动，酸疼的小腿肚子，使我兴趣索然，他们怎样讲述打球的乐趣，对身体的益处，我的心就再也没激动起来，我拿自己没有办法，农民习性根深蒂固。

年底的时候，朋友送了一套球杆，连同打球的一应家伙，我也没急着取回，反正北京的球场已关闭，想打也没有地方。元旦过后，北京的冬天变得荒凉，寒气逼人，冷风打我脸庞划过，留下阵阵刺痛。此时，我怀念夏日的绿，还有金色的阳光了，这漫长的冬季，除了诗意的韵味，真实面对，是难以产生那种情调的。就在这种心情下，应朋友之约，到昆明打球，他们还笑谈，要给我举办一个开雏仪式。挥杆的冲动依然没有，但昆明冬天的绿意，还有满地的阳光，我怎么可以拒绝呢？

我，没有按照高尔夫球的打法，先进练习场，找个教练认真练习击球姿势，而是抱着玩玩的心态，直接就下场了，这其实是不符合球场规矩的，好在那个场子人少，就随了我。再者，我自认为有点运动天赋，一个小小的白点，根本没放在眼里。看别人轻松简单的一击，那白色小球划出的弧线，落在球道后往前翻滚的样子，自是令人兴奋的。但自己把杆在手，正式挥杆，才发现，纵然使出浑身解数，也枉然，要么空杆，或者深深地击打在草地上，几洞下来，生出几许放弃。

朋友们说轻松打，能碰到球就行，球童也在一旁鼓励："第一次击球，能这样，已经很好了。"我自己呢，每次击球前，心里暗示，放松、注意身体的重心、上杆慢点、眼睛盯着球，但杆头一动，不自觉地就憋足了劲，总想划一道诗意的白色弧线。结果不用我说，即使击到球了，也是满天乱窜，像断了线的风筝，不知道要飞向哪里？

一天下来，腰疼、岔气、腿酸紧紧缠着我不放，即便蒸完桑拿，找来按摩，仍疲乏酸软，躺在床上，总觉得不对劲，翻过来，又翻过去，就是睡不着。酸疼是一方面，脑海总是那个白点的影子，实在想不通，怎么会打不着呢？

打了一段时间以后，球是能打着了，但方向依然毫无把握，不是偏右，就是跑到左边。尤其是上果岭那一杆，两眼死劲盯着旗杆，但球就是不听话，跑得远远的。更为可怕的是障碍物，比如水塘、沙坑、丛草、树林、草丘之类，只要在我前面一躺，那球呀，像被引力吸住一般，不自觉地跑到这些障碍里。有时，越想躲开，球越往里钻，就连那几个打了好几年球的伙计，也会出现这种情况。我想，生活也是这样吧，本来很平常的难题，因为太在乎，总想简单度过，结果越使劲越难弄，所谓平常心就好。但一遇事儿，心就是不平常，至少我现在还是这样，不知道要到哪一天，我才能坦然面对我身边的一切，眼里只有平坦的球道，击球时，按照平常的习惯，轻松挥杆。

上了果岭，该轻松了吧？一推一推把球往球洞赶，我就不信进不了洞！明明比划得精确无误的方向，下杆时，总有一股无形的力量，驱使我击出的小球，或早停，或穿越，就是进不去。后来呀，干脆不往球洞推，反而还准确些。这与我的现实生活，大差不离，有时看准了的目标，使劲向前奔，但往往达不到目的，有时，随意地追寻，反而有意想不到的收获，还容易获得成功。

最近，开始真正喜欢上这种运动了，既能锤炼身体，还可历练心性，至少融进了自然，还有那份淡定的绿。

2007年春天周末，我一个人来到北京的京辉球场，打到第三洞时，后面的人赶了上来，我是不着急的，便告诉球童，让后面的人先打，那人却提议一起打，我本来不太习惯与陌生人打球，但也不便驳人家面子，便同意了。

就这样，我和孙总认识了，他的球打得比我好，80来杆吧，一号木杆，开得又远又直。慢慢地，我们变得熟识起来。又一天下午，打完球，他提议去歌厅玩玩。说实话，以前做买卖的时候，经常泡歌厅，现在厌倦了，尤其是与小柔产生了情意之后，既没有时间，也没那个心情。

正好，那段时间心情郁闷，便随他来到了位于南三环的“梦醒时分”歌厅。我是知道的，北京的歌厅，数南城的玩得最开放，最疯狂。

……

27

一周后，我收到一个邮件，打开一看，我傻眼了，一摞艳照，展在我眼前，我光着上身与全裸的小姐搂在一起。心怦怦乱跳，一时慌了手脚。略微镇静些，我仔细辨认，照片就是那晚和孙总在歌厅的情景。

还有一封电脑打印的信,我急切地打开了:

阿鸿先生:

不好意思,再让你重温那个快乐的夜晚。

明人不做暗事,我是晶的朋友,还记得她吗?你应该为你的错误付出代价,很简单,按我给的账户一周内汇款100万,我们两清,否则,我会寄给小柔和你老婆的。

记住,千万别报警,否则,你和你的亲人,永远得不到安宁。

你自己掂量着办吧。

魁武

哦,原来是这么回事。那个孙总,是他们的人?我随即接通了孙总的手机,想责问他,这是怎么回事,他却说:

"我正要给你打电话呢,我收到了敲诈的照片,究竟是谁干的?你知道吗?那晚就我们俩呀。"

"我也一样,怎么办?"我说。

"报警吧,不能这么便宜了这帮龟孙子。"

"哎,算了吧,100万也没什么大不了的,就算支持希望小学吧。"

"容我再想想。"

挂了电话,心头很不是滋味,倒不仅仅是被敲诈了,而是这个孙总,让人琢磨不透,假如他们不是一伙的,怎么会这么巧呢?谁能在那家歌厅偷拍?唉,算了,认命吧,谁叫我欠了晶呢,就算是补偿好了。

钱是按要求寄出了,心底却更挂念着晶。

若干天后,我接到晶的短信:

"鸿哥,请允许我最后再这样称呼你一次,魁武干的事,真是对不起,给你添麻烦了,当他把钱给我的时候,我才明白这事,本想把钱还你,但我想了想,以你的名义捐给了一家孤儿院,你不反对吧?

我走了……真诚地谢谢你,给我的那些快乐,拜拜,保重哦。"

晶,就这样从我的视线消失了,再也没有了音讯,手机已停机。但我心里时不时要记起她来，有时，自己独自在山里静坐，会不自觉地打开阿飞和冰的口聊记录，不知道是为了什么，但就要这么去做。

2007年“五一”节，我打算回宁蒗一趟，既想看看儿时生活过的老宅，也想见见晓飞的弟妹——梅子，想从她那里知道些晶的消息。

一样的住在束河，是古城里面的小客栈，何彪定的。在那家小店，我和何彪喝得烂醉，回不了家，是老板找人把我俩架进客房的。

我的醉，与晶有关。在束河，我没法不想起她，想她和我度过的那两天，回忆期间的点点滴滴，想弄清楚她当时的心情，哪些是真的？哪些是假的？但我始终也弄不明白，倒是和何彪一杯一杯的往肚子整那“小二”，实实在在。

在宁蒗县城，我见到了梅子，她已经知道了晶和晓飞在网上的事，但她并不知道我和晶后来的事情。我说，想去看看晶，梅子说，我也不知道她在哪儿？但她说，晶回到了老家四川，可能在卧龙的响泉小学当老师。她建议我到那里去找找看。

我没有去卧龙，而是回到了北京，把晶的事暂时丢到了一边。

一天，我接到一个西藏来的陌生电话，搅乱了我的心情。

“喂。”我说。

“阿鸿，是我。”声音很轻，一丝慌张。

“哪位？什么事？”

“我是晓飞。”

“晓飞！你在哪里？你怎么跑出来了。”我心里咯噔一下。

“唉，一言难尽，我不想坐牢。”

“这样躲藏也不是办法呀？我能为你做些什么？要钱吗？我们能见面吗？”我真为他着急。

“算了，我自己能活下去，我们还是别见面了，你的手机肯定又被监控了，你自己要小心，别担心我，我会没事的。”晓飞的话平静了许多。

“晓飞，认命吧，主动投案吧，不就几年吗？你未来的路还长着呢，听我劝，好吗？我把你欠的钱和利息帮你先交给公安局吧，这样可以减轻对你的处罚。”

“别再劝我了，没有用的，哦，对了，冰怎样了？电话停机。”

“我也不清楚。我看了你们的聊天记录，你真的喜欢她？”我一时不知怎样向他说好。

“嗯。总觉得是上帝安排给我的，其实，我逃跑出来，就是为了她。”

“网络上的事,啥都有,你怎么可以当真?这不,她消失了吧?也许她根本就不是个女孩。”我不能告诉他实情,必须打消他找冰的想法。

“我得挂了。阿鸿,别担心我,我能应付的。拜。”

他说完就挂了电话。

我在心底,没法不牵挂晓飞。

接连发生了这么多事,我的心情乱糟糟的。以前对网络毫无兴致的我,因为晓飞与冰的事,我开始逛论坛了,沿用晓飞以前的ID,希望晶能再次出现。

进入网络,我才真正知道红茶确是网络红人,尽管已从“现代诗歌”首席斑竹退了下来,但还是有一大堆粉丝。她的性格和文采,在网络很是招惹眸子的,网友笔公的文章最具代表性。

红茶:蛮情的诗歌与灵秀的诗人　文/笔公

才饮北京水,又尝上海鱼。四月六号的北京八仙会声犹在耳,5月31日的上海六君子腐败聚餐又隆重开锣了。

30日上午乘动车413到上海。红茶女儿已经为我定好了宾馆房间,并在我抵沪的第一时间来接我吃饭、游石库门。茶茶比我想象的还要可爱好多倍,尤其令我快慰的是,我当年的论坛女儿,现在正在经营着一个与自由地带的潜质有着许多相近之处的搜狐论坛“狐说百姓”。于是乎,我们父女二人行走于上海大街小巷的一个核心话题就是玩转论坛魔方的一百零八种秘技。因为笔公在上海认识的一位大学老师正在创作关于江南民居的书,我受托与曾经做过导游的红茶一起,实地考察石库门。茶导陪了老爸,不辞辛苦地照了一百多张石库门的资料照片,令我大为感激……

在昨天返程的火车上,手捧红茶的《踩月集》,我开始细细品读这位蛮情诗人。作者简介中,网友“兰石公子”如此评价她:放眼网络诗歌江湖,诗写的比她好的不如她漂亮,比她漂亮的不如她诗写得好。

我不清楚“兰石公子”是不是一个砖客故意这样来写,也不知道他是不是一个感性的诗人执意这样来写,更不知道他是不是一个主观的读评者特意这样来写。我只知道,这样的句式和这样的表达,本是要把网络上的所有女人都得罪光的:会写诗的女人不如红茶漂亮,漂亮的女人干脆写不出红茶那样的诗。

“兰石公子”这句话是否引出过一波一波的横砖我不得而知,我知道的是我读到这一句时首先是拍案叫绝。这样富于质感的评论,得自于对红茶和红茶诗歌的充分而无顾忌的喜爱,我为红茶有这样一个无畏的读者而感到高兴。

然则理性告诉我,一如达到某个高端境界后的女孩子的漂亮无从作比,达到某个高端境界后的诗歌的个性、品位和质量也无从作比。每个人都可以很主观地说,某某的诗歌最好,而某某长得最漂亮。

可在同时,无数的“主观”的加总,就等于“客观”。红茶在搜狐的十大作家评选中以唯一的诗歌写手入选,也许就注解了这样的客观。就笔公个人而言,纵览搜狐诗界,我喜欢“大卫树”的有病呻吟,我也喜欢红茶的唯美中透出的血腥。把“父女认同”加进自己的主观,我还真是想和“兰台公子”一样,以超过红茶自我肯定更大比率的肯定,来欣赏她那蛮情的诗歌和她这灵秀的诗人。

红茶的老乡鲁迅先生似乎专门说过江浙人的“蛮”,而他自己,也确实用那“如投枪”一般的杂文表现了自己坚韧、固执、自负、无畏甚至带有三分痞气的“蛮”。红茶的蛮,也几乎浸透在每一行诗中。纵是写给“老包”的情诗,也有那么多的“粗话”和忌语充斥,在漫天的“蛮”中挥发那痛切的“情”。她的诗集中,还有过数次以组诗形式抒发对某个风景区(如溪口)、某次网友聚会(如搜狐诗人上海聚会)、某部电影(如夜宴)所受的心灵触动,那些看上去毫不讲“道理”的诗句更是在被发酵出诗性和诗情之后如连珠炮般地祭出。

好在红茶的“蛮”总是能够被她限制在某个限度内而不是无度地放纵,这一点使得她的诗和她的人都要比完全没有冲动底限的“大卫树”更容易被常人接受。成长历史上“历史”成绩优良的她受益于她游刃有余的历史感,她的网络表现和现实表现都让她在无形中增益着诗歌之外的人缘和影响力。比如她曾经从事过导游工作,那是一个必须要通过足够讨巧和实干功夫换来人们喜爱的职业。比如她多次出任各种论坛的斑竹,那是一个需要通过足够多的以身作则换来人们认同的位置。更为重要的是,这样的历史感让她在不自觉中向古色古香气氛下的才女形象靠拢着,这是一个足以让理性的人们也愿意认同的定位。红茶的《踩月集》里,我个人最为喜爱的一首是《站在诗经上的女人》,那是一首在诗意、美感和气质等方面足以与舒婷们相提并论的好诗。

因了这一点,我对红茶个人形象的描述,便不愿意再用大多是用在无差别的女孩身上的那个词:漂亮。对于既美且有才的女孩,用“灵秀”二字更能突出她的异质性。灵气加秀气,这是属于美才女的双重规定性,非一个简单且更多是着落于外观而未诉诸内涵的"漂亮"所能表达的尽的。

当红茶的《我认笔公为父的若干个理由》已经发表了三周年但还不时被人在"自由地带"顶起来的时候，我和红茶有了一次"父女会"的机会。初见红茶，我找到了笔公当年为什么要执意地劝她作"女儿"和她为什么要写那篇干脆就是宣言的帖子的诸般理由。作为父女，我们有太多的相近之处。比如随和中不时透出的孤傲，比如对人和事基于第三层以上的剖析，比如基于自身"文治武功"实力的强大而产生的自信，比如对论坛同好的百般怜爱，比如在拍砖问题上的"歪端邪说"……当然了，女儿身上还有许多笔公老爸都望尘莫及的特质，比如红茶还会写诗，比如红茶有许多"死党"，比如红茶是一个江南美女……

与灵秀的美女红茶合影的"父女照"是我在上海之行中特高兴并乐此不疲的一件事。事实上，我们也照了好多张，无论是在"必胜客"还是"醉美"，甚至包括在石库门游览时不经意显映在透明玻璃上的几张。可能就是在这个时候，笔公发现了自己最为"上相"的数码形象，这一形象比之于某刊发表的那张，足可以说年轻了二十岁。确实，和灵秀的诗人女儿在一起，笔公也似回到了当年在"自由地带"跃马挥刀的论坛岁月。

一边读着《踩月集》里那蛮情四溢的诗歌，一边品着父女照上那个灵秀的女孩，便是我当下的写真——把这一写真定格，便是这篇《红茶：蛮情的诗歌与灵秀的诗人》。

在"狐说百姓"坛子，红茶既是斑竹，又很活跃，我想和她在论坛闹着玩，先发水贴：

我的第一块砖，砸谁？

来坛子，也算有些时日了，总以好好先生自居，不愿与人结仇添恨，但时不时读读板油的砖文，却别有一种味道，大呼过瘾，心底便产生了一种冲动，想弄块砖来，码成我喜欢的房子。没办法，在现实中，就一泥瓦匠，把砖在手，总是习惯于盖楼。

我是知道的，仅用砖是垒不成高楼大厦的，它缺乏钢筋砼的强度，但砖砌的小屋，却是温馨浓浓，飘动千万风情的。这跟砖文与所谓的大家之作，大差不离。

但我的第一块砖砸谁呢？一时还真找不到对象。

本来想好是红茶的,这丫头总爱出风头,哪里战斗最为惨烈,哪里就有她的影子,还时不时弄几张媚态十足的片片,搅乱了坛子里一帮春心难耐的ID(K~~,我不也在列么?),但她没有芙蓉的脸皮厚,所以至今也是不温不火,她内心着急上火,但没有用。其实,要再火点,不用那么使蛮力,只需把她那些片片PS掉那身难看的衣衫,也根本用不着拉个“七七”来垫背。得,她就一丫头,砖她也没啥劲头。

第二个,该“医生”了吧?对不?他总是撞邪,坛子里每出现一个标明为母的ID,他都得梦游一番,还总自以为是,啥事都得“望闻问切”,在这里大谈特讲所谓的人生观,好像他特淡定似的……

切~~码砖真不是人干的活,打住,算俅!

几个回合下来,网上的我与红茶算熟人了,我们之间常有短消息。我进一步向红茶索要电话,她借故没给我,说还是网上这样闹着好玩。我心里想,你那个破电话,我早就有了。

28

过了一段时间,晓飞以前的网友竹馨留言说,已到北京,想见一面,说有重要的事情,我说很急吗?她说尽快安排时间吧。

我有些不安,竹馨怎么了?会像以前有的女孩那样,哭述家中遭遇不幸,希望我帮助之类呢?或者别的什么事?因为与晶发生了不该有的故事,我着实不想再见晓飞的网友了,但一份好奇,又驱使我想见见她。

与竹馨约好,上午10点,在怀柔的“山吧”,我也搞不懂,她为什么选那么远的地方,她只说喜欢那里,以前读大学时,经常去。

我说开车去接她,她回:“不用,我们在山吧大堂靠窗的位置见面,我穿牛仔套裙,很好认。我喜欢这种感觉。期盼中……”怎么又是牛仔裙?

一路上,我心事重重。风仍呼呼地打车窗划过,像有什么事要警示我,但我没注意,像往常一样地开着车。

怀着忐忑不安的心情,来到进山前的柏油弯道,越往山里走越觉得空气沁人心脾,总想深深地吸上几口。心情略为放松些。

很快就到了。

依山望月，近水听歌，梦中的山坡木屋，这就是“山吧”。

“山吧”被群山环绕，是层层绿色中倚山而建的一片木屋。这些木质结构的角楼，星星散步在山坡上，与山林融为一体，掩映相伴，给人亲切、自然、简洁、朴实，但又不失精致。这些木屋建在山的南坡，你可以尽情享受每天的落日晨曦。透过白云、阳光、星月、树、小河、木屋，构成了画中“山吧”。

夏日的周末、假日，山吧的大门口有些乱，车太多不说，乱七八糟的人流，有时像个自由市场。这是我后来很少去的主要原因。

今天人很少。

往山上望去，山上有不少的小木屋和木质结构的别墅，门前有一条结小柔的小溪，潺潺地流着，晚上住在这里的人们也会伴着这动听地水声入眠，她不会让人觉得吵，如同天籁之音。

“山吧”放松惬意的环境，给生活在喧嚣烦乱中的都市人，提供了精神享受和浪漫情调的空间。这里没有浮躁刺激的颜色，一切都是和谐的。所有的景、物、人都融合在自然中。这里的表情会随日出日落或活泼或静谧。

我来到山吧的大堂，前台的台面是一块光滑的木头，大厅里的坐椅和茶几全是藤编的，很天然的感觉。墙也是红砖的本色，上面挂着几幅简单的小画、质朴的挂毯和一些干花，觉得很雅致。

心情是急切的。想看到牛仔裙。但没有，我想，可能是来早了。便出了酒店大门，坐在溪流旁发呆。

但今天傻呆在这里，全没了过去那份惬意，心里怪怪的，已超过我和欢儿约定的见面时间2个小时，但连牛仔裙的影子也没见到，惶惶不安，心神不定。

就在这时，一个小姑娘款款走来，着迷你裙，性感而乖巧，她大大方方地来到我的跟前，我以为是竹馨，扭头正想问她，她倒先开口：

“等朋友吧？我看你好半天了，心神不定的样子。”

“嗯。”

“她失约了？我也是约了朋友的，结果她走到半路，有急事回北京了。要不，你请我吃中午饭？顺便等你的朋友。”她灿烂的笑容，带点顽皮，不容我拒绝，我的双脚不自觉地往餐厅挪。

这才发现，肚子空了。这里的农家饭也是我很喜欢的。

吃饭的场所极富特点，全部都是木头搭的棚子，有在小溪边的，有在山坡上的。我喜欢山坡上的一间间小亭子式的雅座，红色的灯笼，精致的粗釉餐具，让人顿生豪迈之情。

“山吧”的餐具是厚胎粗釉，酒器是手绘的敞口罐，足见“山吧”的文化品格。朴茁单纯，格调不俗。

我们相对而坐，我的位置正好对着山吧大堂前的小桥，去大堂必须经过的小桥。我问她想吃点什么，她问我有什么好吃的，还说是第一次来。我便给她推荐起菜来。

来到怀柔是一定要吃虹鳟鱼的，山吧也不例外，而鱼的制作方式也无外乎烤鱼和生鱼片两种，还是烤虹鳟鱼好吃；山吧第一锅也不错，我常吃，说起来好像也很简单，一个平底锅八个贴饼子，炸得很透的带鱼和平鱼，带着浓浓的芡汁，味道别具风味；山野菜的味道更是鲜美，这个季节正是吃野菜的好时节，我最爱炸花椒叶。

等菜的工夫，我们没有对视，各自看着周遭的景致，我最关心的还是小桥上的牛仔裙，还借故上洗手间，看了看大堂临窗的位置，仍不见影子。

我问她来点酒不？她反问：

“你想喝，我陪你。”

“想喝什么？啤酒，红酒，还是白酒？”

“客随主便，呵呵。”我想了一下，说“还是我爱喝的‘小二’吧，你敢喝不？”

“谁说不敢。”她主动招呼服务生过来，点了四瓶“小二”。

住山吧的人不多，菜很快上来了。我们随意闲聊，频频举起手中的酒瓶，我喜欢这种直接用瓶子对吹的感觉。不久，我们一人一瓶“小二”，喝完了。她开第二瓶时，我怕她喝不了，主动说，匀点给我，她不干，还说我看不起她。我只好随了她，随口：“别喝多了，伤身子。”“没事，你放心好了。”

酒是好东西，尤其在酒桌上，我们之间的陌生感，随着酒量的增加而减少，彼此有些老朋友的感觉。她更加随意，自己点了一支“爱西”牌女士烟，我本来是反感女孩抽烟的，但此时却一点也没有，还试着吸了几口她递过来的香烟，呛得我咳嗽起来。然后，她笑了笑说：

“你知道我为什么主动与你搭讪？”

“不知道。”

“你开的那辆‘路虎’，在过了怀柔城区的路上，超过我 3 次，我心里暗骂你混球，便跟你来到了山吧。”

“哦，有点想起来了，你就是那个开红色‘卡宴’，戴墨镜的姑娘。”

“对呀，亏你还有印象，要不，郁闷死我了。”

“我哪是与你飙车，心里着急，与朋友约好了10点见的，一看时间快到了，就加快了油门。”

“现在都这个点了，你那朋友还没到？怎么也该给你电话呀，我搞不懂。”

“嗨，不是一两句能说清楚的。”

“与陌生的情人幽会？”

“不是。”我没有必要跟她说实话，管她谁呢。但转念一想，她会不会就是竹馨呀，有意跟我开玩笑。说实话，我倒真希望她就是竹馨。我有点喜欢她那个样子，非常坦然开朗。我想通过交谈来试探她，还说了几句粤语逗她，但她毫无反应，几个回合下来，我敢确认，除非竹馨是成心想骗我，否则，她不是竹馨。

她告诉我，她叫欢儿。我说你就叫我鸿哥好了。

饭毕，我假装客气地说：

“很高兴你陪我在这里吃饭，你要有事，你去忙吧，我还想在这里待会。”

“还想等她？你够可以的。我也没什么事，进山散心来着，要不，我们再来点茶？”

这正合我意。我叫服务生收拾残局，沏一壶山茶，尽情品味桂花香。山影背后有太阳露出的笑脸，暖洋洋的，伴着飘袅的乡村音乐，很美的感觉。

山吧的山茶是令人难忘的，喝在嘴里有一种特殊的清香，回味无穷。在山吧的任何地点任何时间，都可以跟服务员说，来壶茶。很快就有人为你拿来精致的茶具和一人暖壶开水，想喝多少喝多少。我喜欢这种家的感觉。

品茶、聊天、山峦、溪流，一个脱离城市的郊外，我上午的失落感，慢慢消散了，心里像山坡的花蕾，等待绽放的时刻。

“你很喜欢到山里？”欢儿转换了话题。

“你不喜欢？”

“喜欢呀。”

“我经常来，喜欢深山老林，像山吧这种地方，我现在很少来，人太多了。”

欢儿来了兴趣，要猜猜我是干啥的，她说：

“你是有钱的人，但不是大老板，算小老板，或者高级经理人，对不？”

“就算是吧。”

“呵呵，你从事的是带有文化味，或艺术味，或咨询行业，具体的，我也说不准。”

“为什么要这么想？”

“你的气质，你的谈吐，你给我的直觉，你的文笔应该不错，没准是一位作家，对不？”

“真有你的，算你蒙得差不多。”我不想骗她，联想到她可能是竹馨，我更不该说假话的，还不如给她一个实诚的感觉好些。

“诗歌，你会吧，给我几首诗，如何？”欢儿饶有兴趣地说。

“我不是诗人，但还是喜欢诗意的人。”

“那就送我诗吧，专门为我作的诗，好么？我想要。”她做出鬼脸，怪可爱的样儿。

我想了想，改了一首打油诗，跟她闹着玩：

“举头望青山，我想你/低头看溪水，我想你/想你，想你，我想你”

“这哪叫诗呀，你骗人。”

我又改了一首诗给她：

想你

想你，在黄昏
如一张网
怎么挣扎，也脱不掉那层
薄薄的衣裳

想你，在深夜
如水晶链子
不小心扯了一下
泪一般的珠子
散了一地

想你，在白天
如一只停在苇丛上的鸟儿
路人随口一吆喝
惊的它

即刻飞向云天

"这首还行,再来首有味道的。"欢儿央求的口吻。

"要什么味?你看下面这首味道足不?"我笑嘻嘻地说。

你敬的酒,怎能不喝?(改自红茶的诗)

欢儿,我迷恋你的锁骨,以及以下的部位
当然还有脸蛋,似桃花,比金钱诱人
为此,我放弃一切,也从不在乎别人说的
天良丧尽

成为你的男人,不,男人之一
我就这么柔软下去,软过你的胸部,在所有
被触摸的部位,这些光洁的皮肤和我
爱你的念头,同样自欺欺人

你敬的酒,怎能不喝?欢儿,不
我的枕边人。我死亡的过程很漫长
请为我流一滴泪。这样,我会一直记得
我为你而死,死得那么鲜艳

"这个太粗野,太直白,没有朦胧感。"她说。

"你愿意吗?我的枕边人。"我没有反驳她,只是坏笑着说。

"愿意呀,你敢要吗?我的大王。这样吧,我还没开过'路虎',让我过过手瘾?"

"好哇,坐美女开的车,在山里乱窜,那多美。"

她开着车就往山里跑,很快,很疯。高兴、兴奋挂在她脸上。我的心是紧张刺激的,她毕竟喝了四两二锅头。

车急速往深山蜿蜒而去,翻过两座山梁,路边一条土路,杂草丛生,欢儿毫不犹豫地把车往里开,我真的很担心,尤其是上午来的路上,那种不良的预感,又泛漾在心头,就不仅仅是担心了。

我要她走慢点，结果，我愈说，她还愈来劲。

土路在我们面前断了，她继续往野地行进，嘴里念叨："这车的越野性能，真好，比我那辆'卡宴'强多了。"

"乱说，'卡宴'是保时捷的底盘，动力性差不了。不过，要论越野，还得是路虎。"

车没法再往前开了，她熄火下车，很快乐的样子。我那颗悬着的心落地了。

酒气还在我们心头荡漾，我们都醉意朦胧。

欢儿跑过来，一把抱紧我，望着我，眸子含情脉脉。我没有回应她的期盼拟或挑逗，我不知道她是谁，为了什么？这深深地阻碍了我正在燃烧的心情。

我言不由衷地说："我们上山，右边有条小道。"

她很不情愿地跟我上山。走了有半个小时，前面出现一块平地，几拢断墙残壁，表明这里曾经有过人家。

回首远望，山峦重叠，青绿一层压一层，太阳已被近处的山峰遮掩，不见人烟。

乱石堆砌的墙壁，有一处几十平米的荒草地，这大概是以前住家的正屋。

被太阳浇透的野草，无精打采，任由我们踩踏。刚才走了一段山路，我们都出了点热汗，我退掉外套，欢儿脱下风衣，军绿色的罩衣。

我们交织在草丛里，随意而安逸，不怕人打扰。

一抹晚霞，给我们披了件紫红的衣裳。

29

那天在山吧，最终也没有见到我想见的人，心情怪怪的，回城后，心里反而升起一份牵挂，想忘也忘不了。那个欢儿到底是谁？是竹馨吗？为什么她那么开放？还开着卡宴。

我不得不经常挂网，给竹馨和欢儿留言，想看到她的回复。但她没有出现，一个字的回复也没有。

为了排解现实的不快，我继续与红茶在网络闹腾，发了不少水贴，其中就有《红茶嫁我正当时》：

来"狐说"有些时日了，那么多ID对红茶，明追暗恋，但，咋红茶为谁动过心？没有！一个没有!! 一点没有!!! 昨夜做了个梦，是关于红茶的，今天醒来，才发现

红茶在等我,这么些年了,她一直在寻我。理由如下:

1、你真的像只兔子　文/红茶
一到夜晚,我就身轻如燕
我看到僧一行测子午线,还看到姓黄的大仙
长耳朵的兔子,红眼睛的你

我一伸手就推开四壁,这空空的堡垒
去掉以后,漫天的谎言,曲折蛇行,蜿蜒到一首诗
具体到一把火,轰轰烈烈

你真的像只兔子,用红眼睛挑逗我
距离精确至微米

(读不懂诗,但我属兔,又姓黄,这不明摆着吗?)

2、红茶在网上这几年,算红人了。先是在"现代诗歌"那里设擂台招夫,可怜那一堆ID,屁颠屁颠与红茶斗诗,事实上像她那种自恋的女孩,不白费工夫吗?没辙,茶斑又转战"狐说",自然地,原来那些不死心的又跟了来,几张破片片(自称美女),还有她那些表面骂男人的文字,引来一串采花的蜜蜂,但花依旧是花,蜂还在空中嗡嗡叫个不停。

(红茶在等我,这有点牵强,但不为过。)

3、红茶到哪里都想做大。显然,嫁与小屁孩,自然当老大,但没了二房三房,她这老大有啥意思?跟我就不一样,老婆成群不表,保证再弄一堆小妾,让她管着,这老大当的多风光。

(我是阿飞,流氓博士,身边女人多,对吧?)

4、红茶到"狐说"以后,多卖力呀,这是有目共睹的事儿。其实,这是因为我也来到了这里,她无非想在我面前卖弄,引起我的注目。还有,我那些"钉钉""脚板"什么的,都是红茶给的,这不是在向我示爱么?其他斑斑可以作证。

(我在说实话。)

还有红茶叫我先生,而她特推崇许广平,许广平叫鲁迅啥来着……

更有说服力的该是:她告诉了我她闺房的门牌,像摩梭女那样,等我去撬门,哪个ID知道这个?没有吧?

其他的不摆了……

网络作证:红茶嫁我正当时。

吼吼吼~~~

红茶回帖《想娶我没那么容易》:

你一直说,不愿一直这么静静地远处看我的悲喜起落,要与我的生命一起跌宕,即使悬崖,即使穷途。于是,你终于跪下说要娶我为妻。

那么好吧,娶我总是不太容易,不只因为我是远近闻名的小辣椒,更因为我有好多好多对生活的渴望以及未来的要求,我都写在了心里最坚守的一寸上。

第一,我从小生活在江南,我是水雾中成长的孩子,我不适应北方干涩的气候,烤得我皮肤又粗又黄。你呀,必须为我营建一个典型的秀水江南的园林,让我早晚呼吸水和天的颜色,还有自然的松竹和泥土散发的幽香。当然这个代价很大,起码得五千万,我已经初步估算过了,3.5 亩左右的花园才能满足我,我舅舅是搞建筑的,他的预算是五千六百万。那么好吧,你要娶我,首先得满足我的前提条件,那么昔日,我会是你最美的新娘。

第二,我出生于中产阶级,没吃过多少苦,却也没有享受别墅和阳光一起交缠的气息,还有我,在草坪上散步写诗,和小虫儿一起守候夏天,于是,我早就想要一幢不小的别墅。你看,我的个人资料都表明,我是个喜欢游泳的人,所以别墅的前院和后院一定要有豪华的游泳池,水一定要是碧蓝,碧蓝的。最好是紫薇花的形状。别墅最少得四层,一层是厅,二层是书房,三层是育婴房,四层是我的秘密家园,我受苦的时候会躲在那里悄悄哭泣。

第三,自工作以来,我的收入一般,于是,我在想,我们家每月的收入必须在百万以上,因为我要养起码十个的佣人,有人为我打扫家园,有人为我梳妆,有人为我做饭,更有人为我洗衣,而且这样可以解决很多下岗工人的就业问题,不仅对我有利,对社会也有利。如果你要娶我,这是第三个条件。

这是我嫁人的三个基本条件,如果你考虑清楚再给我电话,别说我是个拜金享乐型的女郎,也许社会本就是这样。

我立马回复,就这点破条件,看看我的《每一天》:

潮白河九曲三拐
温榆河柔情依旧
环抱着我的
月湖

阳光爬上临水的木台
轻轻漾起小船
浪漫从船台开始
水域让我忽略了距离
桨声轻轻敲开门廊

听
烟波里传来缥缈的琴音
闲适随风飞扬
心儿也跟着起舞了
乱柳亲吻过的雁阵
陪着屋檐下的我
听天与地呢语

房子就是风景
还收藏四季的画卷
眼前是我凭窗的心情
一花、一草、一鱼、一鸟、一夜细雨
一木、一石、一船、一桥、一朵云霞

挥霍阳光和空气
枕着露台
用月色搅拌咖啡
还一个江南水乡的梦
邻家女郎离我
只是一条船的长度

像风一样
给汽车装上翅子
在都市与乡村
共守一个
愿望

红茶再提要求,《找个会做菜的老公》:

我的饮食要求素来不高,比如一日三餐,有土豆就行,可惜我连土豆都不会做,或者懒得做,我宁愿把这个时间用在无用的诗歌和所谓的很忙的工作上。

于是,唯今之计,为了避免成为白精精,必须找个心甘情愿为我做菜的老公,至少他会炒土豆,炖土豆,烩土豆,煎土豆。

第一,在家的日子,他会时不时地问:"老婆?你饿了么?我去做饭。"这时候我会赏一个吻给他,让他觉得做这顿饭决不吃亏,而且还有温暖的感觉,觉得我很爱他,忘了我对他有企图。然后做完菜,他会端到我面前问好不好吃,当然不好吃他是很愿意重新做的那种。

第二,他最好能做一手好菜,要是能把简单的土豆做出十八个花样的男人,一定很优秀。首先他对我死心塌地,挖空心思。这样的男人没有闲暇再有精力去拈花惹草。其次,他心思细密,或者有创意,这样的老公在工作场合做事情我放心,一定会受到亲徕的。这样,一旦我出席他要求我去的公共场合,我会觉得很骄傲,因为因他的优秀我也可以昂起我诗人的高贵头颅。那多有面子啊。

第三,铁人有三项,即使会做一手好菜,还必须有很多附加的条件,吃完饭洗碗刷碟自然不必再提,前期工作买菜洗菜切菜的当然也是一手包揽。

第四,除了做菜,最需具备的是良好的心理承受能力。像我这样脾气坏到夏威夷的女人,就像一座活火山,三天一大发,一天一小发是很自然平常的事。一旦承受不了提出离婚就不雅了,我坏是坏了点,一旦结婚就不打算离的那种,所以这个尤其重要。

第五,要以我的文字为荣,总会说我是个优秀的诗人,以后一定不比某某差,当然这个是打心底的认为;必须认为我是绝对聪明的女性,要他认为我是他肚子里的蛔虫,对我随时都有被看穿的想法,所以他不敢犯事。

必须找个会做菜的老公,把我从厨房解放出来,我的手指才可以保持永远的葱白然后你永远喜欢?你说呢?

题后语:女人不拽,容易被甩,男人不能惯,越惯越混蛋。

我再用帖子《穷人的孩子早当家》回复:

家在落后的乡村,幸好守着洪鸿河,比起荒山野岭的大山沟,还能有吃有穿。现在的人不一定明白,在60年代,能填饱肚子,有衣裳穿是一种多么幸福的日子。

习惯于辛劳的父母,对我们姊妹四人,也是一样的要求。所以打小就得干活。我,主要是放牛割猪草,上小学时,做早饭。当时并不情愿,现在回味,还真多亏了这份锤炼,无论是面对困难,还是做事的条理,都得益于小时候那份劳作。

乡村的早饭晚些。父母天刚放亮即起床,先去田地干活,九十点钟才吃早饭。上小学前,一般是大姐做,姐上初中后,早饭的事自然落在我头上。那时的早饭很简单,像我家日子过得好点,一般是做"焖锅饭"或蒸饭,都是先将米煮成半熟后,用"筲箕"沥起。做"焖锅饭"时就把南瓜、四季豆(扁豆)、豇豆、红薯等用油翻炒,压底,上面铺满半生的米粒,再盖上锅盖,用柴灶小火,慢慢焖好就可以了。由于是孩子,火候很难把握,烧糊的时候多,后来慢慢就好些。蒸饭时,用木蒸笼(带隔断那种),将南瓜、红薯等放在蒸隔下面的水里,饭熟后,将这些菜捞起沥水,再用米汤,放点油盐,一同烧出菜来。

放牛割猪草是同时的活。一般去宽阔草茂的河畔,将水牛散放,就近找一处猪草多的地方,扯一半后,返回看看牛,再去整猪草。傍晚,迎着夕阳,背起猪草,骑在牛背上,慢悠悠往家赶。有时与儿时伙伴吼几嗓子。有时偷懒或与父母赌气,猪草量不够,蓬松在竹篓上,表面看起来满满的,但很难逃过父母的眼睛,多半是要挨骂的。

就这样,我们在网上,闹的蛮欢,我居然对网络和网上的红茶有点放不下了,那段时间,我在网上的确找到了不一样的快乐。

30

发件人:竹馨 <123789@qq.com>

时　间:2008年3月15日(星期四)　下午04:10

收件人:阿飞　<8888@qq.com>

主　题:《雨中的纸鹤》(转贴)

男孩和女孩初恋的时候,男孩为女孩折了一千只纸鹤,挂在女孩的房间里。男孩对女孩说,这一千只纸鹤,代表我一千份心意。

那时候,男孩和女孩分分秒秒都在感受着恋爱的甜蜜和幸福。

后来女孩渐渐疏远了男孩。女孩结婚了,去了法国,去了无数次出现在她梦中的巴黎。女孩和男孩分手的时候,对男孩说,我们都必须正视现实,婚姻对女人来说是第二次投胎,我必须抓牢一切机会,你太穷,我难以想象我们结合在一起的日子……男孩在女孩去了法国后,卖过报纸,干过临时工,做过小买卖,每一项工作他都努力去做。许多年过去了,在朋友们的帮助和他自己的努力下,他终于有了自己的一家公司。他有钱了,可是他心里还是念念不忘女孩。

有一天下着雨,男孩从他的黑色奥迪车里看到一对老人在前面慢慢地走。男孩认出那是女孩的父母,于是男孩决定跟着他们。他要让他们看看自己不但拥有了小车,还拥有了别墅和公司,让他们知道他不是穷光蛋,他是年轻的老板。男孩一路开慢车跟着他们。雨不停地下着,尽管这对老人打着伞,但还是被斜雨淋湿了。到了目的地,男孩呆了,这是一处公墓。他看到了女孩,墓碑的瓷像中女孩正对着他甜甜地笑。而小小的墓旁,细细的铁丝上挂着一串串的纸鹤,在细雨中显得如此生动。

女孩的父母告诉男孩,女孩没有去巴黎,女孩患的是癌症,女孩去了天堂。女孩希望男孩能出人头地,能有一个温暖的家,所以女孩才做出这样的举动。她说她了解男孩,认为他一定会成功的。女孩说如果有一天男孩到墓地看她,请无论如何带上几只纸鹤。男孩跪下去,跪在女孩的墓前,泪流满面。清明节的雨不知道停,把男孩淋了个透。男孩想起了许多年前女孩纯真的笑脸,男孩看的心就开始一滴滴往下淌血。

这对老人走出墓地的时候,看到男孩站在不远处,奥迪的车门已经为老人打开。汽车音响里传出了哀怨的歌声:“我的心,不后悔,反反复复都是为了你,千纸鹤,千份情,在风里飞……”

好感人的文章,我没法不掉泪。但为什么竹馨不见我?什么理由也不给,现在又发这篇文章给我？

终于，竹馨又如约来到了网上，我们上了QQ。

阿飞 12:29:10 你干嘛骗我，不准时赴约？

竹馨 12:29:47 难道你没骗我？

阿飞 12:30:02 我怎么哪，我是提前到的，在山吧傻等……

竹馨 12:30:16 不是这个。你自己心里清楚。你不是以前那个阿飞了，他叫晓飞，对不？

阿飞 12:29:10 这，这，你是谁？干嘛要这样？

竹馨 12:29:47 你是阿鸿吧？晓飞的事，我已经知道了。

阿飞 12:30:02 你到底是谁？

竹馨 12:29:47 我是谁并不重要，只要你自己开心就成，你现在不是跟那个红茶打得火热么？还来找我干啥？

阿飞 12:32:09 嗨，那是闹着玩的。

竹馨 12:32:26 哪像玩的样子？你把我真当傻子？

阿飞 12:32:53 我来网上，肯定是有原因的，也许你应该知道。的确，与红茶比较闹。说实话，在他们那里，我也找到不少的创作灵感。

竹馨 12:33:03 好了，没事了，我只是有点酸。

阿飞 12:33:31 因为红茶，因为她和我的诗？

竹馨 12:33:44 你说呢？算了，不和你计较了。我们谈谈诗吧。

阿飞 12:34:03 好哇，你也喜欢诗？

竹馨 12:34:24 我不懂诗，但受朋友熏陶，也略微知道些。这些日子你好清闲，花了不少时间在网上，尤其在"狐说"。

阿飞 12:34:57 是呀，没进取心。

竹馨 12:35:15 那里激发了你许多诗歌的灵感吧？"狐说"诗人多，但依我看来，红茶的文字和诗歌，怎么总是感觉硬邦邦恶狠狠的呢？

阿飞 12:36:00 那我就很柔情？其实，这是表面的，要理解她文字里面藏着的思想。当然他们那些诗，我也读不大懂，他们也不认为我是在写诗。

竹馨 12:36:41 嘎嘎~~~也是，你的非常柔情。

阿飞 12:36:57 说实话，我很少认真读他们的诗，我觉得诗是写给大众的，不仅仅是写给诗人看的，在网络，我不喜欢太费脑筋。

竹馨　12:37:29　　红茶喜欢造词。我不喜欢那样。古怪的感觉。我读了部分,读了你追捧的斑竹的诗歌,感觉有些怪异,所以没有发表言论。

阿飞　12:38:35　　真话,我不懂诗歌。

竹馨　12:38:53　　诗歌应该让人理解,而不是造词嚼字。

阿飞　12:39:14　　我写的东西,只是有感而发,不是为了写而写。

竹馨　12:39:27　　谦虚上了?

阿飞　12:39:52　　也不懂平仄韵律,有时都不知道该从哪里断句。

竹馨　12:40:07　　把自己的心情舒畅的表达出来,让别人理解就可以了。比如席慕容的诗歌,我非常喜欢。你的诗歌比较平民化。

阿飞　12:40:31　　梨花?

竹馨　12:40:45　　嘎嘎,那样的诗歌也是一体。

阿飞　12:40:58　　我写的东西,口水话多,但自己喜欢。

竹馨　12:41:13　　你的不同于梨花体。你写的诗歌,很多情,很缠绵,容易让女人遐想,嘎嘎,所以我要吃醋。

阿飞　12:41:40　　是吗?

竹馨　12:42:22　　红茶的——给人的感觉，似乎是……当你面不好意思评论她。

阿飞　12:42:25　　想说就说,没事。

竹馨　12:42:49　　红茶的诗歌——似乎是一位才女患了某种忧郁症。

阿飞　12:43:35　　啊,你别吓我,我在跟一个不太正常的人胡闹?但,不管怎么说,真诚是第一位的,诗歌亦如此,我看红茶挺真实的。其实,我写东西的时候,也很裸露的。

竹馨　12:44:32　　网络可以让自己赤身裸体。

阿飞　12:43:35　　也许只是在网络上,自己放肆了,真的是快乐的。

竹馨　12:44:32　　那样就好,但愿你是快乐的。

阿飞　12:44:38　　你是不是太注重一些表面了?要去读懂作者的内心,有时,最粗野的文字,表达的可能最柔情。

竹馨　12:44:51　　?? 我是这样吗? 网络上了解一个人肯定是从表面上了解的。

阿飞　12:43:35　　像红茶这首《9 英里客栈》我就觉得不错。

假如，黄昏和午夜仅隔9英里
你该打马或者骑驴过来
携你那里从未有过的烟波浩渺
和禁不住小抖动的尘土

我已在9英里外，布置好了场景
一场微微的风，半透明的窗户纸
尚未燃尽的油灯
三两片树叶飘进来
渗透着雨水的迷叠香

9英里客栈
必备劣质的二锅头
就用此，来焚烧肚子里的死念头

竹馨　12:44:51　　我看过。今天心里不舒服。

阿飞　12:43:35　　不至于吧，这可是网络，我和她只是网友。

竹馨　12:44:51　　但愿吧，我的心情不好，谢谢你陪我说了这么多。先下了。

31

这个竹馨会是谁呢？怎么会对我和晓飞都熟呢？现实的我就这样过着不踏实的日子。

一切都是老样子。

但，在2008年5月12日汶川大地震后，晶出现了，在报纸上。微笑的晶的照片，感人肺腑的文字，把我的内心撕扯得血泪斑斑。

一个都不能少

抢救人员发现她的时候，她已经快要死了。被垮塌下来的房子死死压住，透过那一堆废墟的间隙可以看到她的姿势，双膝跪着，整个上身向前匍匐着，双手扶着地支撑着身体，有些像古人行跪拜礼，只是双腿被压的变形了，看上去有些诡异。

5月12日汶川地震发生时，距震中映秀镇最近的卧龙，大面积房屋倒塌、通信中断、人员伤亡……在这次地震发生时，正给响泉小学幼儿园大班辅导的小学老师晶，没有独自逃生，而是三次冲进教室抢救学生，而她却在最后一次救人时，倒下了……

被她救出来的孩子，断断续续地讲述了当时的情况：

第一次冲进教室，抓出两娃娃就跑。12日，13:50—14:30是响泉小学下午第一节课。在幼儿园大班，晶吩咐学生们在教室里睡觉或写字画画。14时28分，房屋开始强烈颤抖。“快往门外跑，快！”意识到地震来了的晶，惊慌得大吼。班上学生都是4–6岁的幼儿，吓得大哭起来，教室里一片混乱。“快跑啊！”晶抓起两个学生就往小操场上跑，一些年龄稍微大点的学生也跟着她跑。

剧烈的震动，使灰尘变成浓烟笼罩着整个学校。晶叫已经跑出来的10多个学生蹲在小操场上，又跑进教室。她见孩子们在教室门口形成拥堵，赶紧理顺他们出门顺序，又一脚踹开后门，看见吓得直哭的小娃娃，左手提一个，右手抓一个，跑到小操场。

第二次冲进教室，摇醒睡觉的娃娃。短短十几秒里，地震越来越厉害。街上的房子开始倒塌，教室屋顶的瓦片在晶的头上哗哗作响。她又冲进教室，看见三个学生居然还在睡觉。急红眼的她奋力摇醒睡觉的学生，又抓了两个学生朝外跑。当大多数孩子已经成功转移到操场上时，整个卧龙镇已是地动山摇！房屋坍塌声不绝于耳。

第三次冲进教室，还差两人在哪？最后，晶双脚发软地站在操场清理人数。“43人？不是45个吗？”晶第三次冲进教室。此时教室里能见度相当低，晶只得在教室大喊：“还有人吗？”，没有回音。

此时，教室坍塌了，她没能跑出来，被压在废墟下面。

地震后，陆陆续续来了一些孩子的家长，他们开始用双手清理废墟，想把晶和孩子救出来，一直到第三天早上，抢救队员抵达这里。

经过一番努力，武警战士小心地把挡着她的废墟清理开，才发现在她的身体下面躺着那两个孩子，因为她的身体庇护，他们毫发未伤，抱出来的时候，一个还安静地睡着，他熟睡的脸，让所有在场的人感到很温暖。

但晶的身体仍被主梁压住，无法营救出来。

晶的右腿已经不流血了，估计里面形成了血栓。后来，她就摸了一块砖头，使劲砸右小腿，小腿被砸烂了，开始流血。水泥板抬不走。先把一些小的墙渣搬走后，露出了盆子大一个洞。一个武警战士把头伸过来，能碰到她的手，但没办法把她救出来，战士们想了很多办法，可还是没能成功。

随队的医生，探进去检查了她的身体，说，即使救出来，右腿也保不住了，只能据断被主梁压住的腿。战士们下不了手。医生找来锯子，先把碍事的木头锯掉，但没法锯掉她的右腿，只能靠她自己完成！想想看，这得要多大的毅力呀。

医生把锯子给了她，为了减轻她的痛苦，叫来她最喜欢的学生，同她说话，但没说几句，孩子哭得说不出话来。她真是太勇敢了，先把皮肉锯断，筋还连着。医生又给了她一把剪刀，前前后后弄了半个小时，终于把右小腿弄掉了，但她却昏过去了。

战士们把她抬了出来。

汶川这场震灾，揪住了全国人民的心。因为晶的缘故，我多了一丝挂念，她能活下来吗？没有了右腿，今后怎样生活呢？那种心情，是难以述说的，但还是蹩脚地留下了一段文字：

眼泪是什么颜色？

男儿有泪不轻弹，但我这些天，泪总也要落下，不管我愿意不愿意。

年少时，看着贫苦的父母为我们播撒希望时，那时的泪水是晶莹的酸涩。偶尔，也掺杂了父亲拳头下的混浊。

恋爱时，萦绕的感觉，如风中的落叶，她轻盈的身影，像是我的眼泪，沾着她裙子的白色，透着她身体的芳香。黑夜，她变成了蝴蝶，悄悄地落在我的枕边，带着她为我做的点点滴滴，变成我泪水的玫瑰红。

成年时，漂泊在外而被欺骗被玩弄时，泪水告诉我，这不是我要的世界，泪水中散发出同样的臭味。

5月12日以来，汶川地震再次搅动了泪腺，总要在眼眶摇动，难以入梦，复杂的心情，像是纠缠的心电图的波形。泪水的颜色不再透明，尽管阳光一样按时起床，撒在它的晶莹剔透上面的是，血红的色彩。好久以来都没有这样揪心的落泪了，原来哭泣的时候，胸口会痛！

那么多那么多，我的老乡们，突然消失了，我在孤独的夜里，站在眼泪的顶端千呼万唤，却怎么也寻找不到你离去的踪影，我放开嗓子朝着那个曾经的山清水秀呐喊，字字句句都在心中跳跃，无数天有星辰做伴，我学会用颗颗泪花在纸上抒写对你的思念，千遍万遍永远不厌倦，只为能得到你安然无恙的消息。这场灾难让我倒在一个无人的荒岛上声嘶力竭，虽然丧失了抬头张望月圆月缺的力气，但我却在拼死的流着泪，因为只有眼泪可以随心所欲，也只有它可以如墨般记住这该死的来自地壳深处的震动！

汶川地震，过去这么些天了，死亡的数字做着加法，揪心的人数，也只有加法，这样的加法一直做着，做得我喘不过气来，泪无数次在眼眶跳舞，也许只为电视中的一个画面，电台里的几句朴实的话语，还有电话中传来的一声平安。

这样的日子，注定了，白昼是黑夜，黑夜是白昼，灾区需要的时候，天就亮了，是温总理，是子弟兵，是参与抢险的男男女女，共同点亮的。

这样的日子，注定了，是产生文字的时节，因为有太多的感动，太多的事情，太多的人物，会不自觉地从字里行间蹦出来，是那样鲜活，是那样亲切，是那样震撼！但我好多次，盯着灰白的屏幕，双手放在键盘上，竟敲不出几个字来，难道我是一个不会写字的人？不是的，绝对不是的，我想，可能是这份心痛，淹没了我的键盘声响。

愿灾区人民，平安幸福！

红茶呢，作为诗人，她是不会吝惜心中的诗句的，她在博客里写道：

伤口。牢固的家　文/红茶

之前，书声琅琅，千里莺啼
之前，羌风送暖，水村山郭
可阳光一转身，花儿们纷纷离开了
留下的是：雨水，血泪，瓦砾，废墟
泥土深处偶有呼喊
“春天正衰竭，我们在离开
妈妈。”

"雷声太大了,我真害怕啊
妈妈。"
"小强,小勇,小花,小爱
他们都睡着了。默不作声地睡在我的身边
不再谈论弹弓,鸟窝,考卷
和那个坏脾气的女老师。
妈妈呀。再做一个有奥特曼的梦
我也要睡了。"

2008年5月12日14时28分04秒
西部剧烈疼痛。十几亿同胞跌入同一个伤口
伤口的名字叫——天堂的崩溃——
浓雾,烟尘,砖屑,巨石,轰隆隆的巨响
"我的尖叫越来越弱。可我遗憾啊
妈妈,我还没有看够这个
开遍红花,有阳光清香的人间
可是,我要走了。妈妈"

"这房子并不牢固,可它倒下来的姿态
那么巨大。明天,我就要成为你的哭声了
妈妈。"
……
妈妈,我的妈妈,我的国家。
我终究要成为你的伤口了。
妈妈,我的妈妈,我的国家。
等我醒来,我想要一个不会倒下的
家

32

晶在这次地震中勇敢的行为,给我的心灵产生了极大震动,很长一段时间,我被苦痛笼罩着，寝食难安，一直想去看她，但又不知道她是不是欢迎我，我不想给她的身体康复增加任何干扰。

我的现实生活，依然笼罩在阴暗的情爱云雨下面，常常仰望天空，希望灰色的尽头，是一摸霞光。

最后，我做出了痛苦的抉择：照料小柔母子。

老婆知道了我和小柔的事，只淡淡地说："找你那小妖精去吧，到头来别后悔就成。"

老婆是爱我的，无私的爱，这么些年了，无须挂在嘴里，我感受的很真切，这也是我犹豫至今的主要原因。她在强忍内心的煎熬。

老婆湿润的眼眶，孩儿依依不舍的转身，我忍不住落泪了，迅速掉头，我不想他们看出来。一个平实的家，被我拆散了，世上又多了一个缺少生父关怀的孩子。

内心坚定以后，我电话小柔，说有重要的事情要告诉她，小柔也说她有事情要和我讲。

小柔定的地方。在怀柔泰莲庭。那是我们第一次见面的地方，当初多了一个人：红茶。

泰莲庭位于怀柔虹鳟鱼一条沟里面，紧邻"那里"和"山吧"，但我更喜欢泰莲庭，这里的气质很泰国。泰莲庭的英文名字叫 Lotus Tai，单从字面上看，就知道它有着东南亚的味道。

那是周一上午，天气不热不冷，夏日的山间青绿浓荫。从雁栖环岛左行进山，过了"山吧"再往西，紧挨着"那里"，就到了清爽的泰莲庭。

开车经过曲曲弯弯的山路，一路走来，我以为怀柔的度假村中，它算是最有情调的一家。3 幢两层小楼刷成暖暖的粉砖色，顺着山沟沟，依次旖旎在青山下，门前是一条溪流，楼与楼间用裸露原木回廊相连，屋前围绕着绿竹，扶栏上摆满了天竺葵，沿着溪水边，能看到白鹅自在地觅食。

泰莲庭的建筑和陈设都是泰式风格，让人感觉异常舒适爽快。装修很朴实，但布置得非常别致。门前的木质门牌后，藏着廊灯的开关；窗外的瓦瓮，在溪水里涌着喷泉。房间里大多是红砖墙面，倚着墙边的是高耸的长条桌台，上面摆着几样别致的陶器。松软的褥子，雪白的大床，从房顶落下一个大大的圆形纱帐。洗手间和浴室的门是用紫红的纱帘替代的，透着藏在骨子里的性感。

在泰莲庭，一楼的房间都带有一个小花园，二楼的有一个铺着木地板的露台，摆放着长椅、长桌。许多人喜欢在露台沐浴阳光，或许不知不觉中，一个下午就会过去。

古朴自然的房间没有电视，来这里的客人夜晚只能听着窗外的溪水，细数一线天空中的星星，是人们远离闹市远离现代信息社会喧嚣的一个很好的放松之地。享受那里地窖式的浴室，爽极了，如光屁股在溪流间，惬意。

泰莲庭的酒吧也是这儿的餐厅。酒吧宽敞高大，飘溢着松木的清香味儿。一进屋，一座主人淘来的高大佛像格外醒目，屋内垂着轻柔的布幔和纱帘，排列着一排排黄褐色的木桌。这儿的食物做得也很精致，虽说主打的是农家菜，但却掺杂了西式料理的元素，我喜欢吃的有鱼豆腐和烤虹鳟鱼。

我和小柔坐在小溪边的酒吧。

绿意、鲜花、阳光交织一起，小柔心神不定。我必须推开那扇沉重的窗户。

"我和她分手了，昨天办的。"我吞吞吐吐地说。

"我跟你说过多少次了，我们之间的事，我是心甘情愿的，我不需要你对我们母子负责。你这样做，我心里很难过，很难过，你的孩子怎么办？你想过了吗？"小柔并不高兴，责备我。

"我明白你的心，但我无法控制自己，我真的想照顾你们娘俩，想跟你们好好生活。我也知道，这样做，对不起他们，但你更需要我，我也更希望跟你们在一起。"

"你呀你，把我的心思全弄乱了。"小柔仍是责备。

小柔侧身，望着山顶的太阳，没再说什么。

小柔转过身，两眼噙满泪，小心地选择用语：

"鸿，我不该责备你，我知道你是为我好，这不用你说出口。这段时间来，包括我怀念鸿的那些日子，我的身体一直不好，你尽管陪我的时间不多，但你是用心的，我感觉到了。但你确实不该和他们分手，我们是不可能的，我以前多次跟你说过的，我们不可能。"

"为什么？"

"我今天约你来，是有一件很重要的事情，要向你坦白。"

"什么事，这样隆重？"

小柔停了一会，喝了一口茶水，接着说：

"你先沉住气，也别恨我，我真的是没有办法，也许你今天不明白我的用意，但我还是要这样做，这对我来说，是很难的。"

"说吧，柔，不管你做什么，我都不怪你，真的。"

"你还记得网友竹馨吧？"

"嗯。"我点了点头。

"其实，我就是竹馨，网上那个竹馨！同晓飞和你聊天的那个竹馨，不是别人，就是我。"

"怎么可能?你为什么要这样做?"我怔怔地看她，一点没有开玩笑的样子，何况这也不是开玩笑的时候。

"开始是想闹着玩，谁知道与晓飞在网上交心，我，我……"

"你怎么啦？快说。"

"我喜欢上晓飞了。我知道这不应该，晓飞知道是我以后，也不可能答应的。但我愈陷愈深，不能自拔，我很痛苦，但又经不住网络上那个晓飞的诱惑。"

"这怎么可能？晓飞是我们最好的朋友！"

"是的，我知道这一点，但我控制不了自己的情感。鸿，也许我就是一个多情的人，没有晓飞，还可能会出现别的人，这也是我不愿你离婚的原因之一。"

"那晓飞知道吗？"

"在他出事前，他不知道竹馨就是我，但他出事以后，我好挂念，整个人的魂都丢了。我瞒着你，私下去看过他，我告诉了他的真相，还有我想照顾他的想法。对不起，真的对不起。"

天哪，这是怎么了？小柔和晓飞，我最爱的人和最要好的朋友……

小柔接着说："你知道晓飞这个人，他死活不同意我的做法，要我千万别跟你讲，还骂我一顿，说他一点不喜欢我，一点点都没有。我知道他在骗他自己，他是喜欢我的，只是因为你和他的关系，他不敢正视现实。"

小柔又说："其实，要不是晓飞遭此大难，我也就把那场游戏埋了，但晓飞是个可怜的人，他平日那么孤傲，我怕他挺不过来，而我在心里又确实喜欢他，所以我就这样做了。当然，这样做，也是不想要你走到离婚这一步。"

我们无语了，彼此不敢看对方的眼神。各怀心事。我被小柔刚才的话弄懵了，脑子乱成麻。

我大口大口吸烟。痛苦地说：

"小柔呀，我们是相爱的，我对你的感情是真实的，你也没有骗我，但怎么会这样？上帝呀，我究竟做错了什么？要这样来惩罚我。"

"你没有错，都是我不好，鸿，真的是我不好。"小柔的眼泪又流了出来。

"那你今后怎么办？真去陪晓飞？他那样东躲西藏的日子，你受得了吗？"

“我想，我能行。他需要我，比你更需要。”

“假如，你是真心的，这样对晓飞又有好处，我是能慢慢接受的，这一点，你尽管放心好了。但念鸿怎么办？你的身体不好，一个人带着她，还要照顾晓飞，你能承受得起这么大的负担？”

“这正是我最担心的，也是我今天想跟你商量的最重要的事。”

小柔停了停，接着说：

“我想把念鸿交给你，答应我，好好待她……”话没说完，小柔泣不成声。

山坡上的野花，仍在笑着，我的心在血流，比花蕾还红。我在心里诅咒这一天，这座建筑，这……

小柔就这样离我而去了，留下念鸿。我常常要想，小柔为啥要离开我？她真的喜欢上了晓飞？一次，晓飞来电话，我好想亲口问问他，可话一到嘴边，就被一张无形的网黏住了。

小柔离开我不久，菡菡来到北京，说有事要找我，我心里明白，肯定是小柔的事。正好，我也想从她那里了解些小柔的情况。

我们在北四环一家日本料理店见面。

随便点了几个菜，要了一壶松竹梅，热辣辣的清酒下肚，和着署气，别有一番韵味，话也多了起来。我劝菡菡也喝了几杯。看她那脸红的样儿，怪可爱的。

我们各怀心事，想找到合适的机会说说。还是菡菡主动，她表情淡然地递给我一封信：

菡：

我的好姐姐，当你看到这封信的时候，我已离开了你们。我走了，走到你们谁也找不到的地方。不要问我为什么。

留下念鸿给阿鸿，这是我最大的欣慰，也是我最大的痛。

你不要再责怪阿鸿，他是真心爱我的，他没有错。假如还把我当成好姐妹，原谅他，好么？他心理也很苦。你应该多给他些安慰，他是欣赏你的。

有时间的话，帮我照看念鸿，我怕阿鸿带不好她。

不想再说什么了，眼里流出的是痛，是血……

保重！

小柔　即日

我看完，很平静地看着她。她很不高兴，质问我：

“这是怎么回事？小柔去哪里了？”

“你问我，我又问谁去？”我一脸茫然。

“你真的不知道？”

“什么也不明白。我倒是想从你这里知道些小柔的近况，难道她什么也没跟你讲？你们不是好姐妹吗？”我不可能告诉她，小柔跟晓飞走了。

“我要是知道，还问你干啥？”

我们相对无语。之前，菡菡是恨我的，所以，我们在一起，彼此都有很深的成见。

菡菡走之前，到我的住处，花了一整天的时间，陪着念鸿，我们之间多了些交流，她不经意间说了句：“对不起。”很轻，但我听的很真切。

走时，菡菡眼里，噙满泪，是急匆匆转身，走的。我望着她远去的背影，竟忘了出门送她。

33

小柔的确离我而去了。一去就再没了音讯。因为她和晓飞在网络的事，我心底多少是怨恨她的，但她的身影总在我心头翻滚，曾经与小柔相聚的镜头，一幕幕展现在眼前。

自从菡菡介绍我与小柔认识以后，我们只是普通朋友，除了项目合作，偶尔一起吃吃饭，喝喝茶，泡泡吧，真正把我们距离拉近的，还是2005年初春的阳朔之行。

进入三月，踏春的心一天天驿动、膨胀着，生命之舟渴望着一次远行，把疲惫和抑郁，丢到广袤的乡野。正好小柔为了一个水畔度假项目，需要寻找一些设计灵感，也想放飞心情，我们便结伴到阳朔。

三月，本是明媚的阳春季节，可阴雨袭击了南方大部分省份。到了阳朔，仍是细雨飘飞。天气阴冷，但格外清新，四处飘扬着桂花，芳香浓郁，翠绿的远山在霞雾中若隐若现，雾雨霏霏的漓江是迷人的，更有那一方方黄澄澄的菜花，躺在新绿的床上不起来。

为什么要到阳朔？在漓江看什么？之前并没有明确的方向。

抵达阳朔，我们没有入住大酒店，选择了漓江边上的情调客栈“望江楼”，位于滨江路15号，是一家2002年5月建成并按星级酒店标准装修和服务的家庭式旅馆。面临风景秀丽的漓江，左临县政府和孙中山下榻处，后临徐悲鸿故居，距著名的西街(洋人街)仅约150米，交通便利，安静幽雅。

望江楼客栈只有11间客房，而楼上的10间客房却有70平方米的阳台，其中临江的6间客房均有独立的观景阳台。客栈为传统的砖墙木板，格调朴素而雅致，适合于擦出点男女火花。但我们入住后，没有，一点火星也没有，夜色深深，我们各自躺在两个房间，只留下梦乡的情愫，互相敲击着隔墙。

到了阳朔，漓江是一定得去的。

“桂林山水甲天下，阳朔堪称甲桂林。群峰倒影山浮水，无山无水不入神。”晚清诗人曹邺曾这样高度的概括了漓江的山水之美。

由桂林到阳朔84公里的漓江，像一条青绸绿带，盘绕在万点峰峦之间，两侧奇峰夹岸，碧水萦回，削壁垂河，倒峰成影，一路上风光旖旎。让每一位到来和欣赏她的人都止不住叹为观止。大自然对这片土地真是太厚爱了，以她的鬼斧神工，给这里开辟了一幅百里画卷。“江作青罗带，山如碧玉簪。”唐代大文学家曾以这样的诗句来形容漓江这一段山水。真是惟妙惟肖。

当然，漓江最美的一段还是杨堤至兴坪。我和小柔从杨堤出发，雇一装有马达的小竹筏(其实是铁管仿制的)，顺江而下，随着隆隆的马达声，小船在漓江的水面上犁出一排排浪花。恰巧，船家的两只鱼鹰，悠闲地站立船头，嬉戏。当时，正是雨后天晴气朗之时，上下天光，一碧万顷，白帆几点，山歌互答。近处水牛衔草，远处水鸭戏水，鱼鹰潜翔，小船的雁阵纵队穿行在漓江的水雾之中，丢下水花悠悠。真是一派安然、祥和气氛。置身于这样一种场景，好似到了仙境。陶渊明所描绘的世外桃源也不过如此吧？

船家是位老人，差不多有60吧，脸黝黑亲切。我们不想走马观花，便给了200元船钱，老人很和善，告诉我们，想怎么玩，就怎么玩，想玩多久就完多久。这，正是我和小柔需要的漓江行呀。

坐于小船之首，看两岸山峰依次第开，体会着“两岸青山相对出，孤帆一片日边来。”的感觉，于一次次的惊叹中初识了漓江之美。

“青山如画相对出，绿水似锦逶迤来。”漓江之美，美于碧水与倒影。漓江的水清澈、碧绿，一眼见底。船行驶于水面之上，水底的水草、卵石清晰可见。随着轰隆隆的马达声,江底的油油水草在不停地向我们招摇,而那斑斓的鹅卵石简直就是上帝遗忘在这里的一颗颗明珠,璀璨于这片山水之间。

倒影是漓江的一大奇观。最美的要数黄布滩上的“黄布倒影”了。游船至此,柔澜四荡,倒影依依,由于她的奇美,被水印在二十元人民币的背景上。

船家老汉简单地告诉我们了她的传说:“黄布滩左右两岸,有七个大小不一的山峰,好似七个亭亭玉立的少女,有人说她们是天宫的‘七仙女’。一天,七位仙女结伴到漓江游玩,顷刻被这里的水光山色所迷,以至流连忘返,不愿返回天庭。玉皇大帝派天兵天将来捉拿她们,她们一急之下,各吹一口仙气,顿时化为青秀石山,永远留在了漓江畔。每到风和日丽时,她们美丽的身姿就倒影在漓江上。”

所以,看倒影与天气有关,也受江面扰动影响,假如是众多游船聚集,仙女们会气歪小嘴的。我们,有的是时间,等得起风平浪静。

“假如你是仙女,你会留在这里吗?”我问小柔。

“不会。”小柔略为思索。

“为啥?”

“因为,这样太孤寂了,没有人来陪我。”小柔的双眸盯着我。“我不需要这样的山水陪我一辈子。”

“呵呵,假如我正是这里的渔夫呢?我天天在这里游弋。”

“那我也不想变成这些石头,我宁愿化作小鱼儿,装进你的鱼篓。哈哈。说着玩的。”小柔笑了,是灿灿的笑。

我们的谈话,还有我俩内心的波涛,没有在水面激起一丝微澜,这时的倒影,山峰倒立于澄清见底的秀水之中,形成极美的景观。于几分朦胧,几分清晰,几分游弋之中,完成一幅幅精美绝伦的画卷。江水赋予凝重的山以动态、灵性、生命,而俊秀、突兀的山峰又赋予水以博大与厚重。江面上渔舟点点,几叶白帆,从山峰倒影的画面上划过,颇有“船在青山顶上行”的感觉。若是烟雨蒙蒙时刻,则岚雾缭绕,山峰遮蔽,若隐若现,一派空蒙、悠远,这时候的我们,更像是置身于一幅优美的水墨画之中。

那青山、翠竹、蓝天、白云、红花、绿草,一起倒映水中,水映山,山衬水,山水溶为一色,如此佳胜美景,真令人如痴如醉。

漓江两岸,竹林夹河。常年生于斯、长于斯的凤尾竹,终年翠绿,淡雅清新,一派葱翠繁茂景象。远远望去，茂树环合，翠竹竞秀。风起之时，竹林摇曳，似少女的裙裾飘飘，婀娜多姿，美不胜收。烟雨蒙蒙之时，竹林掩映在丝丝雨雾之中，时隐时现，如诗如画，令人惊叹不已。奇峰和翠竹倒影在澄碧的江面上，形成一幅瑰丽的山水画长卷。凤尾竹夹河两岸，似少女般列队欢迎，欢迎我们这些远道而来的客人。我又思忖：该怎样尽量不去惊扰她的幽静与清雅？

船行于漓江之上，我很羡慕和崇尚的是漓江两岸人们那自然、恬淡的田园式的生活。漓江两岸，有着那田畴栉比及山色空濛的草坪田园风光。岸边疏林如画，炊烟袅袅，农舍、草棚掩映在翠竹密林之后，点缀于一片翠绿之中，给人一种真切自然，醇美宜人之感。船行于漓江水面的时候，常有放牛的小牧童，远处的草地上时有鸭群悠然漫步。这场景使见惯了城市匆忙的我们惊喜不已。这一景一情，这祥和、纯静、恬美的生活场景，深深地撞击着我的心灵：是啊，我们轰轰烈烈、忙忙碌碌、奔波于世，在历经沧桑之后，最终想要寻找的不就是这样一种纯美、恬静、远离喧嚣的生活状态吗？这种淡定、纯粹、简单的生活是我们付出了多少心血和辛劳想要得到的呀。然而于艳羡之余也有些不解：这种简单的生活状态，其实是我们的前辈早而有之的呀。一时间不知道究竟是我们抛弃了生活，还是生活抛弃了我们。

我要老汉把船靠在就近的村落，我们走在漓江裸露河床上休闲散步。那坚硬圆滑的鹅卵石与脚板底摩擦产生静电，全身的血液顿时沸腾起来，这种传统的按摩方式，想不到进入现代高度文明时代，还会如此管用。

前方，有一巨大的画屏扑面而来，在山崖巨壁之上，青黛黄白的颜色，浓淡相间，斑驳有致，宛如一幅天然自成的画图。这便是漓江最著名的景观之一“九马画山”，也是大自然的笔墨奇观。山高400余米，宽200余米，临江而立，石壁五彩斑斓，白、黑为主基调，如一幅巨大的画屏。

传说中，这幅“壁画”中，画着姿态各异，形神逼真的“九马图”。有的嘶风长啸，有的扬蹄奋起，有的漫步山间，也有的安然饮水……当然，这画屏上并不是每个人都能数得出九匹马来的，大多数人只能数得出五六匹，民间有一首歌谣：“看马郎，看马郎，问你神马几多双？看出七匹中榜眼，能见九匹状元郎。”

这九匹神马时隐时现，要一下子数清也并非易事。游人不仅要眼力好，善判断，还要有好运气。因此，古往今来，能看出九匹马的，几乎是微乎其微。唐昭宗乾宁二年，桂林才子赵观文；宋太祖太平兴国八年，桂林永福县的王世则；清代的陈继昌、龙启瑞等人都是屈指可数的状元郎。据说，他们中状元前，都曾泛舟漓江，到画山前试过眼力运气。他们都能把那藏头露尾的九匹神马一一点出，所以都成了“十年寒窗下，一举成功名”的状元郎。

1960年，周恩来与陈毅元帅等游览漓江时，据当时在场的人说，只有周总理在画山看出了九匹马。自然，那些封建时代的状元郎，是无法与有治国雄才大略的周总理相比的。清代学者阮元，曾五游画山，写下了长诗《清漓石壁图歌》，并题书“清漓石壁图”五个大字，于道光三年刻于画山石壁上。明朝广西巡抚陈善治也将“画山”二字题刻其上；阳朔县令富芳后书刻“画山马图”四字于其旁。这些珍贵的摩崖石刻，犹如图画上的印章，给画山上天然苍劲的“壁画”增添了不少神韵。

船老汉说：“美国前总统克林顿来漓江浏览，驻足九马画山前，除了看出八骏图外，还看出一头驴。当时有位高人揣测：总统前景不妙。果然不久，总统陷入桃色绯闻之中，差点不能自拔，人生抹上了一笔灰色。”说完，老汉把船停了下来，慢悠悠地抽烟，叫我们把马全部找出来。我和小柔兴致勃勃地找着骏马，小柔只找到6匹。我并没有她那般认真，其实只看到了一匹白色的大马，它下面是一条活灵活现的狗，狗的前方，我怎么看到了一条龙，还有一片幽静的原始森林。事实上，找到什么对我来说无足轻重，只想沉醉在如诗如画的美景里，乐在其中。我久久注视着“九马画山”，心思荡漾。一方面感叹造物主的鬼斧神工，生出这样的瑰丽墨宝；一方面钦佩先人和伟人的丰富想象力，他们的慧眼识马为这杰作抹上更加神奇的一笔。

过壁滩，拐弯出峡谷，便到了仙境般的兴坪。如果说漓江是一首优美的歌，是一支抒情的曲，那兴坪就是这首歌曲中最扣人心弦的高潮，是漓江的灵魂所在。此刻，我伫立船头，四周凝望，就见江岸奇峰林立，山回水转，逶迤云端，芳草萋萋，田园渔村，汇集成一幅天底下最美的景致。你看那罗汉山、五指山、螺蛳山、莲花岩、天水寨，无一不是景中佳境。最能引起人们兴趣的是美女山，从螺蛳山回头望去，在身后右侧，有两座高矮不一的孤峰。高的山顶上有一块白里透红的石壁，壁中仿若有画似的，我仔细一看，貌似一位年轻美丽的姑娘，那口、鼻、眼清晰可辨，故称美女峰。低山则呈圆形状，美女峰的一面陡壁如削，就像安放在美女面前的一面铜镜。因而，人们给它取了一个非常好听的名字：“美女照镜”。明人王臣游览这景点后，在《山川奇记》中写道：“山川平地起，四面峰峦立。玉笋瑶簪状，翔鸾鹊凤腾。石如黛色染，崖翠岭花碧……”

漓江人民热情好客是早有闻名的，不想这次来到有了真实的体验。小竹筏行进之中，我们看到有渔翁在捕鱼，就想买两条。渔民正好与船老汉熟识，很热情地扔了两条过来，我问他要多少钱，他摇摇头说，送我们的。我大惊，因为，我知道这里的经济并不发达，漓江两岸的很多渔民，要靠这点收入维持家中的正常开销的。所以，我们坚持要付款。渔民说，这都是自己捕的，不属于自己的东西，要不得钱的。这一经历使我们很受感动与感慨，渔翁的古铜色的脸上布满了深深的皱纹，他的一切装扮显示着他的生活并不富裕，昭示着他的生活艰辛与沧桑。而他的神情与态度却是那么的自然、热情与开朗，于他身上，我看到了几千年来中华儿女不屈服命运，于困苦、艰难之中勇于生活的精神风貌。

时间在不知不觉间流逝过去，当最后一抹余晖从山尖尖上消失时，忽见一条条轻捷的竹筏从各处转出。这时，远处山影绰绰，如幻似梦；近处江上渔火点点，随波荡漾。此刻，正是鱼鹰大显身手的时候，不时从远处传来一阵渔翁的吆喝声和鱼鹰的振翅声，好一幅兴坪鱼水图画，简直如幽静的世外桃源。

这样的情景，我犹豫着，是上岸呢还是在这船上吃晚饭，一天的随心所欲，肠肚开始闹革命了，我问小柔：

"想在江上吃晚饭还是到兴坪古镇？"

"这船上什么都没有呀。"小柔说。

"你愿意在哪儿？"

"当然想在船上，还想看漓江渔火呢。"

"好。"我说完，扭头问船老汉，"我们还想去看漓江渔火，你看有没有时间，还要加多少船钱？"

"本来我该回去了，家人会牵挂的。但你们是好人，就按你们说的做，不加钱。只是，只是…"老汉说。

"只是什么？"我急了，怕他不同意。

"能不能借你们的手机，给我家里打个电话。"

"好。"

在船上也得吃饭呀，我问老汉兴坪码头有啥吃的，我去买，还问他喜欢吃啥，有什么忌口的。老汉说，岸边主要是炸鱼和一些小吃。小柔一听有炸鱼，欢呼雀跃。

我和小柔到了岸上，买了几种炸小鱼和小吃，还有几听啤酒，一袋水果，当然我也没忘让小摊贩，把我们那两条鱼洗净炸香。

来到船上，我叫老汉熄灭马达，任由小船悠悠晃晃，我们三人在一抹斜阳下，悠闲地观景、喝酒、吃鱼。说起来，这漓江的炸小鱼，就是好吃，味道鲜美极了，比我小时候吃的还有味道。小柔更是喜欢得不得了，一条小鱼，一口就放进嘴里，我说，小心点，别被鱼刺扎了，她笑嘻嘻地说，没事，满嘴油光光的。

天黑了下来。

漓江上竹筏渔舟出动，渔民撑着竹排，在江中悠然自得地游弋，竹排上停着几只鱼鹰。竹排上的灯光（通常是汽灯）引诱着鱼儿，鱼便趋光游来，鱼鹰猛地跃进波光粼粼的江中，展开一场鱼鹰捕鱼的战斗。这就是人们常说的“漓江渔火”，这已成为中外游客喜欢观赏的节目，又是摄影家们拍摄的题材。

当我看到这些可爱又富有奉献精神的鱼鹰时，我常想：人人为我，我为人人这句话的深刻含义！鱼鹰只有在完成捕鱼任务后，才能轮到自身进食的时候。

鱼鹰的学名鸬鹚，亦称水老鸦，属鸟纲，鱼鹰科。身长约50厘米，体羽主要为黑色而带有紫金属光泽。黑色的嘴厚重，脸颊及喉白色，虹膜蓝色。繁殖期鱼鹰头和颈部生出白丝状羽毛，两肋具白色斑块。幼鸟下体黑色，杂以白羽。繁殖期鱼鹰发出带喉音的咕哝声，其他时候无声。

鱼鹰听觉发达，嗅觉灵敏，甚至在浑浊的河水中也能轻松自如地追踪鱼群。它有阔长而带钩的尖嘴和能装鱼的喉咙，蹼大爪利，游水迅速，体内气囊发达，能潜游一分多钟，故擅长捕鱼。

我国渔民驯养鱼鹰捕鱼，已有悠久历史，至少可以追溯至距今约2000年的东汉早期，曾是中国江南地区较为普遍的渔猎方式。杜甫诗云：“家家养乌鬼，顿顿食黄鱼。”乌鬼即是鱼鹰，可见在唐代就已驯养它来捕鱼。在《梦溪笔谈》中记载：“蜀人临水居者，皆养鱼鹰，系绳其颈，使之捕鱼，得鱼则提出之，至今如此。”

延续了数千年的鱼鹰捕鱼传统生产模式正为渔网、电力捕鱼等方式代替。在漓江上，用作捕鱼的鱼鹰也正演绎着命运的绝唱。可喜的是，漓江旅游业的发展为鱼鹰找到了新的“职业”，游人与鱼鹰合影留念、观看鱼鹰捕鱼等旅游项目，让游客感受别样风情。

老汉说：“渔家有三宝——竹排、渔网、鱼鹰鸟。自古以来，漓江两岸的渔民大都饲养鱼鹰，捕捉鲜鱼，养家糊口。渔民外出捕鱼时常带上驯化好的鱼鹰，让它们站在竹排上，各自脖子上都套有一个脖套（麻环或稻草环）。当渔民发现鱼时，一声呐喊或哨响，鱼鹰便纷纷跃入水中，潜入水底，过一阵又探出头来，嘴里叼着一条银光闪亮的鱼儿。渔民便抓住鱼鹰，倒提起来，鱼鹰就乖乖地把鱼吐进竹篓里。

因为鱼鹰套上了脖套,捕到的鱼只能卡在喉咙里,而吞不下肚。在遇到大鱼时,几只鱼鹰会合力捕捉。它们有的啄鱼眼,有的咬鱼尾,有的叼鱼鳍,配合得非常默契。待捕鱼结束,主人摘下鱼鹰的脖套,把准备好的小鱼赏给它们吃。"

一只鱼鹰,每天要吃鱼腥一斤半,但它捕获的鱼鲜,远远超过它的消耗量。所以渔民对鱼鹰就像农民对耕牛那样爱护,把它称为"渔家宝"。市场上,一只好鱼鹰的价格在1000元左右。

老鱼鹰不孵小鱼鹰,得靠母鸡代劳。小鱼鹰出生半年后,才随老鱼鹰下水练习捕鱼。通常一只鱼鹰,可以捕十几年的鱼。

大多数水鸟的尾脂腺能分泌油脂,它们把油脂涂在羽毛上来防水。鱼鹰缺少尾脂腺,它们的羽毛防水性差,身体很容易被水浸湿,所以不能长时间地潜水。在每次捕鱼后,鱼鹰要站在竹排上或岸边晒太阳,待羽毛晾干之后,它们才回到水中捕鱼。

渔火、山影、波澜、水声,此刻,我的身心已经游离在万丈红尘之外。漓江的烟雨,洗去了心灵深处的疲惫,周身徜徉在一种久违的温情中。我想,小柔也一样吧。

起风了,吹皱了一江波光,我问小柔冷不?小柔点了点头,我顺势把小柔搂在怀里,心跳加快了,小柔深情地盯着我,比天空的星星,撩人心扉。小柔仰望的眼神,撅起的小嘴,分明在说着什么,我不用问,就明白的。轻轻地,我低下了头,我们……

回客栈的路上,小柔的吻和那一方山水,在我的脑海重叠着。

漓江之美,美于青山。不同于北方山水的雄浑与巍峨,漓江山水更多的是秀丽和隽美。一柱柱的山峰犹如少女的玉指,平地拔起,突兀于漓江这片平地之上。山峰伟岸挺拔,形态万千,削壁奇异,奇峰罗列,气势万千。宋代诗人宋成曾挥诗赞曰:"独起独高雄入汉,相辉相映翠成堆。"如果说北方的山水更象征了中华民族英勇不屈、自强不息的民族精神,而漓江的山水则显示中华儿女秀外中慧、坚忍不拔的另一面特性来。充满着婉约、柔美之气,而又不失大家闺秀的风范。春秋和夏季时刻,石峰上多长有茸茸的灌木和小花,远远看去,若美女身上的衣衫。

漓江从古流淌到今, 不知陶醉了多少文人骚客, 也不知痴迷了多少游人赤子。难怪有人说:漓江流动的不是普普通通的水,而是梦,是诗,是画,是情。

面对秀丽的景色, 我不禁又想起了唐代著名散文家韩愈的佳句:"江作青罗带,山如碧玉簪。"

人们常说，漓江有山青、水秀、洞奇、石异、园美；有洲绿、滩险、潭深、瀑飞之胜。漓江的江中多洲，岸边多滩，乱石遏流，浪回波伏。游览漓江，绝不会因天气情况而使你失望而归。漓江景观并因时、因角度、因气候不同而变化。不同的天气，漓江景色有不同特点：天晴之日，真可谓“春和景明，波澜不惊；上下天光，一碧万顷。”而烟雨之时，群山朦胧，浮云穿行于奇峰异树之间，雨幕似轻纱笼罩江山之上，活像一幅幅千姿百态的泼墨水彩画。明月之夜，山峦则倒影于水月之中，群峰如洗，江波如练，若置身空灵、清幽境界，清远无限。而那秀奇瑰丽的百里长卷，更使人赏心悦目，陶冶情操，净化心灵，弃俗绝尘。

有人说，漓江是一首诗，是一首诗中有画，画中有诗的山水诗册；有人说，漓江是一个情人，是远方的一个一见钟情、魂牵梦绕、日夜萦怀的梦中情人；还有人说，漓江是一幅画，是一幅“山清清，水碧碧，青山绿水韵依依”的中国画；而我说，漓江更像是一阕词，是一阕温婉如玉、柔情似水的宋词，兼有温婉而大气，娟秀而雄浑之美，集世界美之大成的一个奇迹。

读山，因人的阅历不同，感悟不同，自然各有各的读法。远读其苍茫，近读其清幽，精读其豪放，细读其深沉，读青、读绿、读和谐、读静谧……视角不同，意境也就不一样。“不登高山，不知平地”，是一种发现；“山外有山，天外有天”，是又一种发现。“高山仰止，景行行止”，是一种境界；“重于泰山，轻于鸿毛”，是又一种境界。“五千仞岳上摩天”，是一种豪壮；“夕阳山外山”，是又一种豪壮。我们千万别以为山是凝固的，其实，山是岿然的活物，同样具有生命和灵气。

品水，由于人的气质不同，心境不同，也各有各的品味。在文人眼里，水是温柔的。水之悠长，仿佛爱情之天长地久；水之曲折，有如爱情之好事多磨；水之波动，好像爱情之波澜起伏。而在哲人眼中，水是运动的，悟出的是人生的哲理。孔子说：“子在川上曰，逝者如斯夫，不舍昼夜”，感叹的是人生之有限而宇宙之无穷。孟子说：“民归之犹水之就下，沛然谁能御之”，比喻民心似流水，谁也无法抵挡。因而，云山苍苍，江水茫茫，读山品水，意味深长。

第四天，我又和小柔漫步阳朔街头，闻名于世的西街，因为它的街道它的酒吧充满着异国的情调。街上开店的老板大都是淳朴的阳朔人，他们很热情，毫不欺生。为方便老外，它们的招牌是用中外文写的。一百多家专买旅游品的摊位一字排列，出售着民族服饰、工艺品、瓷器、古玩等各种各样的商品。中外游人川流不息，或购物，或观赏。街边餐馆的菜谱既有中式，也有西式。许多外国人围坐在此喝啤酒，品佳肴，兴致来时还要亲自下厨掌勺。

夜晚时分，我和小柔来到方圆两公里的阳朔书童山段漓江水域，只见十二座背景山峰，广袤无际的天穹，构成迄今世界上最大的山水剧场，目前国内最大规模的环境艺术灯光及独特的烟雾效果，创造出如诗如梦的视觉效果。

阳朔的夜晚虽然春意正浓，但感觉是轻柔的，没有北方初春季节寒冷的粗暴，便觉亲切自然。我们坐在露天舞台下的简易座位上，渐渐地投入梦幻的光影之中了。

传统演出是在剧院有限的空间里进行，这场演出则以自然造化为实景舞台，放眼望去，漓江的水，桂林的山，化为中心的舞台，给人宽广的视野和超然的感受。传统的舞台演出，主要是人为创作，而“山水实景演出”是人与上帝共同的创作。山峰的隐现、水镜的倒影、烟雨的点缀、竹林的轻吟、月光的披洒随时都会进入演出，成为美妙的插曲。晴天的漓江，清风倒影特别迷人；可烟雨漓江，赐给人们的却是另外一种美的享受；细雨如纱，飘飘沥沥；云雾缭绕，似在仙宫，如入梦境演出正是利用晴、烟、雨、雾、春、夏、秋、冬不同的自然气候，创造出无穷的神奇魅力，使那里的演出每场都是新的。

看台上，眼前缓缓展开的视觉盛宴彻底冲击着眼球，彻底而热烈的红，江上拉扯的条条红绸，翻飞翻飞，在漓江夜色烟雨的背景下，却带着某种狂放凄切的意味。还有那彻底而魅惑的蓝，飞扬的冷色被用到极致，月亮上飞舞旋转的腰身似妖似魅，究竟是哪一种诱惑啊，浸入夜色最深沉的眼神和肌肤。只只鱼鹰衔来点点竹筏，漫江渔火灿若星辰，而在烟雨中静默了千年，等候了千年的山水是如此姿卓然，影如莲，那一位在山水间飘然而至的叫“刘三姐”的女子，在水墨的光阴里，把千年的渔歌唱过，把千年的小舟摆过，把千年的爱恋与妩媚荡进烟雨与迷蒙中，幅幅深情而饱满，温柔地漫过我们内心的堤岸……

当色彩成为布局，浩瀚、热烈、灵动、苍凉，一个人和一场色彩布局的对弈，举手风云，都是胜败荣辱，热血英魂，一个用色彩来张扬故事和激情的人是值得尊敬的。漓江有幸，山水有情，坚守千年，终守到能解读她的知己……

那几天的乡野游玩，我的情愫开始萌芽，在心底喜欢上小柔了，是一个男人对女人由里到外的喜欢。有时，坐在客栈的木阳台，眼前是从我身边溜走的漓江，心里却拿她和老婆比。心想，要是和小柔过日子，该是多么的惬意！但我知道，这是不应该的，也不可能，毕竟小柔还那么年轻，像一朵花，开得正艳。我自问，她有什么好？兴许只是好玩而已，现在年轻人的随意罢了，但做老婆，适合吗？我没有答案；我又问自己，小柔喜欢我吗？我有什么值得她爱的？但小柔与我在一起的林林总总，分明是喜欢的呀，这是真真切切地感受到了的。还有，漓江那一吻，不可能是偶然，那深情的味道，只要体验过了，谁会怀疑它的真情实意？事实上，离开漓江已经这么些年了，然而，我的心却已坠落在那湾碧水之上。“问君何物忘带回，却道人归心未归。”除了漓江，便是小柔的轻吻，那甜丝丝的柔滑，铭刻在骨子里了，就从那一吻开始，我的心被小柔拿走了，拿走了。这一吻，也唤醒了心底残存的爱欲，退去了所谓的身份和道德这件外罩。

34

在阳朔，这样懒散的日子，不小心就溜走了。预定的返程期限，就在跟前，我不想走，小柔也没提一句回去的话。我们的心思被这一江碧水，笼罩着，缥缈游走，又时隐时现。龙脊梯田就这样成为我们的下一站。

春雨滋润我的汽车轱辘，蜿蜒穿过雨雾缥缈的青山绿水，我来到了心仪已久的龙脊，我知道那里除了壮美的万顷梯田，还有散布在山腰沟谷的原态壮寨及侗乡，其中之一，便是金竹壮寨。

金竹壮寨因金色的竹林而得名，是龙脊十三寨的“第一寨”，有80多户人家，400多口人，是我国典型的壮族村寨，号称“北壮第一寨”，1992年曾被联合国教科文组织誉为“壮寨的楷模”。这是我来之前，就从网上知道的。

金竹位于龙脊景区正大门，往前走几百米，就到了。从车里下来，小雨仍是落个不停，一块黑色朽木刻着指示牌，上书“金竹壮寨”。抬头远望，在半山腰，隐约可见几间黑灰色的木楼，与我来时的路上，看见的一排排乡村木屋，并无二致，心底生出一丝放弃，毕竟有我更想见面的梯田，在云雾深处等我。

简单填饱肠肚，就伴随毛毛雨雾，沿青石板铺就的盘山小路，一步一步登山而行，大约十几分钟，就来到这个古朴纯净的村落。山花吐出的花蕾，多半是绛红色的，上面挂满了晶莹的水珠串串，菜苔绽放的金黄，随意地涂抹在村前一方方狭窄的泥土里，搅动了我平静的内心，想尽快探个究竟的冲动，催促我脚下的步子，快点，更快些。

一根根开始腐朽的原木柱子，简单地站在不方不圆的乱石块上，支撑起还没有被外来文化淹没的壮乡，这一点点薄雾是怎么也锁不住的，自然朴实悠闲地把我包裹起来了。我情不自禁地打开相机，才发现，雨尽管不大，但这个建造在陡峭斜坡的房子，大多是要仰拍，用一只手掌，是无论如何也挡不住，滴落在镜头上的雨滴的。

我后悔了，后悔只顾沐浴春雨的矫情，没带上雨伞，想下山去拿，小柔也在一旁说，还是去拿把伞吧。正在这时，一位撑花布雨伞的小女孩，迈着碎步，徜徉在湿润的石板路上，一个闪念划过脑海——请她来陪我们走过这些门前屋后，该是多么的惬意！

女孩儿走近了我们，好乖巧的样儿。得到她的同意后，我的心被这份诚实的热情，浇湿了。一路上，她很少说话，也没介绍这里的风俗人情，任由我的指使，或带路，或撑伞挡雨，或按照我的要求，点缀在镜头的一隅。

愈往上走，才发现，这可不是几间随便搭建的木楼。寨子不大，几十户人家散布着，四周环绕层层梯田，一条山溪从山上静静地流淌，穿村而过。寨子的木屋皆顺陡峭的坡地，逐次上垒，以石块垒筑的外墙斑驳有致，颇有世外桃源的感觉。穿行其间，人在画中游，一派自然天成，与周遭的山影完美地揉合，比我在北京新建的别墅区，巧妙耐看多了，因为我的规划，是由铜板摆布的。我不得不赞叹，与风霜雪雨厮磨的先民们，最能体会遮风挡雨的家，该是什么样子。

寨子中的建筑全为依山而建的吊脚木楼，看起来，大多数房子都有几百年的历史了，建筑保存完好，几处新建的木屋，也被作旧。

木楼的一层，用来堆放稻谷、农具和牲畜，大多用 20 根直径近 50 公分的圆木支撑，木柱下再用石块砌一层地基；二层多为 24 根木柱支撑，上覆木条盖瓦，再用木板填充框架之间的空隙。二楼又分为前后两部分，前面为休息或手工劳动之所，后半部为厨房。据说，这样做的原因是：过去山上野兽很多，这样的设计可防野兽；其次是山里气候潮湿，人住一楼容易患上各种疾病。建房子的木头和瓦片，久经风霜洗礼后，多为黑灰色，一捆捆一人多高的柴火，堆在墙脚下，乡野味道足足满满。

还有，这里的木屋，与我在云南见过的，大不一样。是靠横梁竖柱牢固地镶嵌连接的（全系卯榫嵌合而无一根铁钉），大多是三层，屋顶是灰黑色坡屋瓦顶，二、三层朝向景观的那几面，一般向外延展，伸出阳台。所以，这里的木屋，大多看起来是上头大下头小，猛一眼，给人不稳固的感觉，但把风景结结实实地揽在了怀抱。

在村中央，有两棵粗大古老的杉树，从密密麻麻的木屋之间伸腰出头，与对面山头那些青绿，遥相呼应。在这个细雨蒙蒙的阴天，正好给了我歇歇的地盘，我们随意坐在一块石头上，看润雨落在瓦片上，再晃悠悠化作一行我读不懂的壮文，徜徉在山脊的怀抱。小女孩站立一旁，不时和路过的村民招呼。

这里很安静。我们走在路上，居然可以清晰地听见自己粗重的呼吸声，夹杂着阵阵脚步，偶尔，不知会从哪里传来鸡叫犬鸣。

这里没有一家旅游店面，也找不到一家客栈，完全呈现出他们自己的生活态度。也有人从窗口探出半个头来，盯着我好奇，待我的镜头对准他们时，便急急地躲进屋里，留下无语的窗户，黑乎乎的。我身边的女孩，没有其他旅游景区的热情，村民自己干着自家的活计，没人搭理我，我游走在现实的瓦顶之外，但内心却生出丝丝温暖，抵御春雨滴落在我身上的寒意。

一个小时的流连，该和这个神放的寨子道别，也要离开陪我跑前忙后的女孩，脚步竟慢了下来，要出村口时，竟不想走了……

但我还是得走了，注定，这样的村寨，是容不下我的。回回头，浅淡的水雾模糊了我的双眼，木楼渐渐消失在一片乳白之中，小女孩的倩影穿过我的眼睛，滑落到了心头。

此时，不知怎了，我的心头泛起潮湿，也许，也许再过些年，当我的满头银发与这片青灰再次相逢，长大的女孩多半已走出半掩的木门，这座古老的村子，定是变得年轻妖娆，更可能是，用旅游点的吵闹，取代今天的冷漠。

我想，来日，要是我的两鬓不染白，要是这个女孩不长大，要是这个寨子不翻新，该多好。这一份润雨浇湿的纯，就这样定格：

忘不了那纯纯的颜色

山影、梯田、菜花
壮寨、木楼、姑娘
雯雯春雨一抹，全都湿了
还有我的心情。最是不该
拍照还玩矫情，即便
古镇等我千百年。穿花衣的雨伞
怎会落在弯弯的石板路上？
纯净的淡笑，清水汪汪的大眼

像木楼的窗户。就一眼
再也忘不了那
纯纯的颜色

但我必须得走了，梯田才是我们今天的目的地。我的内心被梯田的壮美，深深地吸引，一直想投入她的怀抱，更想亲眼瞧瞧用“春看层层明镜，夏看道道绿波，秋看座座金塔，冬看群龙戏珠”来描绘的龙脊，会有怎样的奇丽？

去的山路，弯弯拐拐，天气乍寒，细雨霏霏，浓浓的水雾弥漫在山谷，啥也看不清楚，心里生出几许担忧，怕看不清她乖巧的样儿。

进入龙脊景区，才知道，龙脊梯田是总称，周围的山峦，大多都是层层叠叠的梯田。询问管理人员后，我们选择了金坑梯田。

抵达金坑时，雨，平日最令我心旷神怡的春雨，没有丝毫停歇的迹象。雾更是在山谷里赖着不走，我被一片灰白包裹。我犹豫了一下，问了声小柔：“这雨天，敢上山不？”“别小看人，走。”小柔坚定地说。我们愉悦地走在通往山头的石板路上，叫了一位侗族向导，20 块钱。

应该说，我与梯田是熟识的，一个贫困乡村长大的孩子，对于水田，自是怀有别样的情感。虽然没有太多的耕作，但父辈从春天忙到秋天，从种子到发芽、移栽，还有除草、施肥、洒农药，每一道工序，早已深深地印在心底。还记得，放学后，曾经去田里帮父亲插秧，因为不会干，被父亲臭骂一顿。我终究也没学会，离开了老家那片错落有致的镜子。

起初很是兴奋，心儿随着脚下步子，欢快地起舞，怀揣的企盼已把雨雾丢在身后。这个淡季，游客稀少，两个人的跋涉，早已被蜿蜒的石板山路吞没。不大一会，心热热的，后背渗出汗珠，气喘吁吁。我不得不停了下来，蹲在田埂，慢悠悠地吸烟，像曾经看到的老农那样。烟雾与水雾唱着欢快的瑶歌，在我耳际缭绕，远望我来时的沟谷，已然被浓雾锁住，雨仍是下着。

在半山腰，我们停留在一个几十户人家的侗族村寨，脱掉毛背心，上气不接下气。向导不时同下山的村民，说着我听不懂的话语。

接着，向导热情地说：“我们祖先守着‘金坑’过了 700 多年的穷日子。距今 700 多年前，这里是一片原始森林，一批红瑶人为躲避战乱，从山东逃难至此，靠摘野果、吃树叶、捕捉山中野兽为生，在这儿过着与世隔绝的生活。他们前后花了 200 多年时间，在一座座陡峭的山坡上，开垦的梯田养育着一代又一代的红瑶人。700 年来，金坑红瑶人始终保持着不与外界通婚的习俗，直至十多年前，山外一个叫陈兵的汉族青年，娶了我们红瑶姑娘潘起莉后，才打破了这样的风俗习惯。”

红瑶人的祖先进入这片原始密林后，他们为抵御外部侵扰而习惯于群居，一个村寨多则五六十户，少则二十来户，房屋均为原木吊脚楼。年代早一点的，木板与黑瓦一色；新建的木楼涂了清漆，裸露杉木朴实的肌理和淡黄的色泽。一簇簇吊脚楼，点缀在层峦叠翠的稻田之间，恰似一幅墨迹未干的水墨画，是红瑶人用勤劳智慧涂抹而成的，没有哪位山水画大师可以撼动。

短暂的停歇，我们又徒步在梯田之间扭摆的云梯上。越往上走，雾变得薄了淡了轻了。我身边的梯田，沿山坡而筑，弯曲有致，在陡坡处，梯田窄得只插了一排秧苗。在这么高高的山坡，修建这么宏大的梯田群，他们从播种到收割，付出的汗水比山下多得多呀。

刚刚逃跑的那场暴雪，摧残了这里原本的青绿，枯黄的野草在细雨的敲打下，发出微弱的哀鸣。断裂的竹林，折断的树枝，正在雨丝的抚慰下，舔舐伤口。几只壮实的水牛，慢悠悠地啃着田里刚发芽的青草，他们知晓，该是他们给秋天准备力量的时节。想到这里未来的金黄，我心绪难平。

这里为啥叫金坑呢？站在高处环顾四周，只见一座座山峦，铁桶一般把这里围起来，形似一个硕大的“坑”，每到深秋时节，梯田里的稻子泛出层层金黄色时，说它“金坑”就再形象不过了。

据说，这里为了鼓励农民种植水稻，保持梯田景观，地方政府每年都要拿出一些钱来补贴给农民，可这样的补贴不足以鼓励他们种水稻的积极性。我看见有人已经把水田改成了菜地，一块块金黄的菜花田，像被春风吹落的花手帕，丢在了梯田，看起来更加妩媚，只是到了秋天，这里会少一抹金黄。更令人担忧的是，金坑梯田有不少地方已经垮塌，也没人维修，荒草萋萋，像我不小心跌倒后，落下的一块块瘀青。

不经意间，向导说：“到了，3 号观景台到了。”我看到两个竹块搭成的平台，突兀地摆在一片梯田上方，不自觉加快了步伐。

站在竹台上远眺，远处青绿的山影，若隐若现，雨和雾亲密地说着情话，缠绵悱恻，全然不顾及我们的存在。当我偶尔向左转时，几块梯田冲破雨雾的封锁，向我点头问好，我迅即还以快门的乐音，当我想和它说说话时，它又害羞地躲到雾的后面。

这雾大概是难以散开了，只好先到客栈安顿停歇，以求来日会是一个好天。

我错了，大错特错。梯田也难守寂寞，不时总要拔开雾气，在我眼前晃荡。整整2个多小时，梯田好几次出台亮相，我被它牢牢地牵着，从这垄田坎跑到那个地头，从这个山丘奔向那条土路。欣喜地忙碌，愉快地按下快门。

就这样，梯田与雾，在细雨曼妙地伴奏下，在我眼前，舞动个没完，探戈、华尔兹、慢三步，有时还跳街舞。雾轻盈的舞步，和着梯田妩媚的腰姿，比我看过的任何一曲双人舞，来得痛快。最后的亮相，雾与梯田交替着呈现，优雅淡定。

还有，小柔轻轻哼唱的小曲，合着雾的步调，在我眼前扭摆升腾。我，醉了。

其实，我的醉才刚刚起头。

那晚，整个3号观景台，只有我和小柔。小客栈是夫妇俩开的，他们没啥吃的，费了好大劲，才整出四个菜。我叫他们一起吃，他们摇了摇头，也许是怕我不给晚饭钱吧，我连忙说：

"我请你们陪我们，热闹点。还有啥好吃的，你尽管端上来。"

"今天只有这些。"女主人说。

"还有一只鸡，只怕来不及了。"男主人说。

"太好了，快杀。鸡杂爆炒，我来做。"我说。

"那你们先吃，我们去炖鸡。"女主人说。

"有酒不？"我又问。

"只有自己泡的杨梅酒，甜甜的，要吗？"男主人说。

"好，来一斤！"我愉快地要求。

"一斤？能喝这么多吗？这可是40多度的烧酒。"男主人疑惑的眼神。

"拿酒来……"我提高了嗓门，唱了起来。

就这样，我们四人，在那孤寂的山顶木屋，一杯一杯地往肚里灌，我喝得最多，其次是男主人，小柔也喝了不少，因为的确很冷，都想去去寒湿。

这甜丝丝的杨梅酒下肚，真没啥酒劲，两斤喝光了，我还没感觉有多醉。不想，这酒有足足的后劲，慢慢地，我头开始疼了，说话不利索，老重复念叨，还说，拿酒来，拿酒来……小柔看我那样儿，知道我喝高了，便和老板一起，把我架进了客房。

我真的醉了，下午是梯田的壮美、飘逸的雨雾、小柔的歌声把我灌醉的，晚上这酒更把我醉的不成样子，我开始哭泣，想把心中的烦恼，全部倾倒在屋外的梯田里。

小柔拿来湿毛巾，擦拭我满脸的泪痕。我哭得更伤心，止不住地喃喃自语。小柔那小巧的嘴儿，堵在我的唇上，我们咬在了一起。

我们之间的心情，就这样拨开了雨雾。我再没有放开小柔，吻遍了她的每一个地方，心底那团烈火，像梯田里的嫩芽，经过冬天的洗礼，冲破了泥土的封锁。

小柔上气不接下气的呻吟，在这座寂静的山梁，是那样的响亮！

就这样，我们之间有了第一次，然后有了念鸿。

35

小柔和我分手的方式和理由，太让人费解，我怎么也想不通，心情坏透了，便在网络消磨时间。此时的“狐说百姓”已被关闭，红茶他们搬家到了“欢乐草根”，我也跟了去。其间，红茶也写了几篇网文，不一定全是为了我和小柔。

美人痛　文/红茶

在我入相框之前，你一定要放下
刀具，放下除我以外的
众生。给予我你尚未动用过的
阳光和雨水，以及
方向

我会将剩余的诗句，放上吉卜赛
的香料。贴上春天的标签后
让它一行一行地落下
一字一顿地悲伤

你要把赤兔马献给我
白袍子，白手绢，白靴子都献给我
惟独今天，你不要做随便路过
的客官，你要将先前赊的债务
一一清偿

在我入相框之前,我会忍住
所有的奔跑,遗忘奔跑途中路过的
高原,海岛,山川
选一个有霞光的地方,骄傲地
躺下去。我要卧在
渭水中央

此生如借 文/红茶

我不该在八月初,说及晚莲后的江南
倏忽的雷声,似乎惊蛰还在
似乎湿润的行人都有点头示意的
友善本领,有丰富的表情
有小雨后的微悦,大水中的彷徨
而我正是那个水中央
会掉眼泪的人

我或是芦花白,小女巫
着小轻衫,散发非人间的暗香
你一定要具备怜惜水中倒影,并为之
投下爱和精力的美德,一定要逆水行走
至她凌乱的波心,表一表
九牛二虎的伟大坚持

此生如借。你要好不容易地拿过去
再委屈十足地还回来
把我安插在一封永不完成的书信里
充当一个不肯腐朽的绝句

此生如借。你可以唤我茉莉

石榴，或者赤练，竹叶青等缠绵的
小毒物。

在平仄里虚构自己 文/红茶

一到夜晚，薄幸人开始轻生
她正襟危坐，热爱枕边差点腐烂的
韵律书。开始解剖，虚构自己

比如，她可以到杨柳岸边
拾人牙慧，邀请一个同样无聊的人
奔赴同一梦境，在梦境里
极度煽情，时不时地
抽抽搭搭

再比如，她勇敢地走向法场
给自己一把生了锈的铡刀
可惜此时的月色有些出律，和流水的对仗
很不工整，以致贻误了
死去该有的平仄和韵味
贻误了投个好胎的
美好前程

像伯牙那样的弹琴人 文/红茶

钟子期若已不见，对谁还诉说高山流水
王？众生？美人？
那么多痴呆状的听众，忙着藏好
刑具，水果刀和脂粉类的行头

我尚未弹奏就天黑了

我甚至听到雹子分娩的整个过程
百姓们急需我的弦外之音
我像个落难的行人,在已黑了琴弦间
寻找一个像自己的人

钟子期已不在,伯牙是谁?
一个鲁莽的琴夫,一个找不到路的盲人
一个毫无意义的
被虚构的人

我试着成为容器　文/红茶

看吧,我大块大块的吃石头
还笑着吞咽碎玻璃。可谁也没有看到
一个布满血泪的人,熬不下去后
崩溃的场景

我反复清洗被尖锐物刺青的
肠子,试着让自己成为
无所不能的容器

容器里会有很多人物性格
也藏了些永不被处决的
卑劣赃物

像不曾受过一次伤一样　文/红茶

人世之公,在于赏罚。你赋予别人多少伤痛,某一天,或许会连本带利地被讨还。我一直认为自己是个坏人,做过坏人做的事,也有着坏人的品格和坏人心肠,若真是糊涂倒也罢了,偏是明知道自己是坏人而异常警醒和清楚,不知道该如何走完这坏人的余生,这样无休止地纠葛下去。

看到“庙庙”的文章题目，有怦然心动的感觉。“去爱吧，像不曾受过一次伤一样。”在这个人世，真正懂得爱的人，恰恰是被伤透心肝肺腑，遍体阵痛的人。他们反复地伤害他人，反复地被伤害，像一场场暴风骤雨一样，从不喊累，明知道地狱多刑法，还是执意奋不顾身地往下跳。人们一次次地走出情场，失掉绮梦，对于自己种种幻觉都消灭了，当下看出自己是多么渺小的戏子，正好脱掉戏衫的优伶，从缥缈世界坠入铁硬的事实世界，嘭一声把自己给惊醒了，这样不留情面地摔在冷硬的事实之上，怎能不受伤害？怎能没有疤痕？

人活着需要原则。这是卫道士们的名言。什么是原则？原则若以牺牲真性情为代价。仁义道德和男盗女娼的闹剧永不休止，便道上无穷尽的男男女女，平庸的人堆里最出色的永远是被纺织物包裹下年轻女人的肉体。这就是现实，这就是你生活的世界，在这样的事实面前，原则的大多数去向，就是见鬼。正是这样一个布满陷阱和矛盾的世界，让我们一次次地迎面伤害，迎面牺牲，迎面爱情这个魔鬼，甚至迎面死亡。

像不曾受过一次伤一样，无需记起前一次伤痛，毋宁触及梅雨天隐隐作痛的疤痕，像投身墓地般地投入爱情。在毫无负担的前提下，创造爱的生产力。可是，爱情呵，你永远是人类的弱点，这弱点又体现出人类的伟大，这伟大又暴露人类的堕落，这堕落又闪烁这人类的智慧，这智慧永远都闪耀着兽般的冷与恶，这便是我们一次次受伤的实质和本原。

每一次投身爱情，都仿若投身一场莫大的欺骗，蒙蔽者是自己，肇事者也是自己。

相爱，就要彼此治愈　文/红茶

相爱，就要彼此治愈。如果，你没能让我摆脱悲伤，一直让我活得像个难民。生吞这规则林立而毫无头绪的人间。要是，我也不能让你拥有欢颜，博得你的一声赞美。那么，我们调情吧，决不要这非诗意的相爱。那会让我觉得一文不值，甚至可耻。

我承认，我已失去了坦叙一切的勇气和奋不顾身的爱情。在无数场绮梦之后，若还不懂得清醒，我真是无药可救了。尽管我一直想表达一下蛰伏心头N年的淤青和肿块，总觉得那似乎并不美好而未加修饰和整理，当然也不能傻妞般的和盘托出，所以，在表爱情的时候，只能学会吞吞吐吐的艺术本领。每次进寺庙前总是犹豫，一来，觉得像自己这样的人，身犯重孽，有什么颜面去见菩萨和众神；二来，寺庙的第一殿一定是四大天王，虽不是青面獠牙，却总有些凶神恶煞的样子。他们四位“风，调，雨，顺”第二位手上拿着无弦琵琶，作弹奏状，每每见此场景，免不了凭空生出敬畏来。天王他调节人间万象，用音乐感化世人。我却总因为一个“调”字而想入非非。这非但与我进寺庙的初衷有些相悖，而我所想到的“调”也并非“调情”那么简单。我所想到的恰是一个女人在控诉男人们的负心，一边落泪，一边弹奏，一边还信着佛祖。想想中国的女性真是可歌可泣的，她们从来都不曾失掉信仰，一直希望神来捞她一把，而在众多的愿望之中，她们所共有的，一定是找一个相敬如宾的如意郎君，让她安稳地倚靠。

如果说中国女人的悲剧源头便是这样的依赖心理，也并非不是不可以解释。假设一个场景：深深的庭院，小小的阁楼，一女子在临窗的楼台上日日掂足，翘首盼望，终于有一天，迎来了她的郎君，凤冠盛装，连同整颗心，也几乎是把姓氏都嫁作了他姓。从此，她的世界就剩下一个能养活她，能让她上天堂下地狱的人。中国女人的伟大和辛酸，也恰是在此。她们居然能够忍受被羞辱，被抛弃，被遗忘的爱情事实，一直至终老都惦念那块贞节牌坊，这熬了一辈子的荣耀，尤其是明清时期的安徽女人，忍辱负重到了极致。当然，在那些被大雾笼罩的日子里，如果竟有女人说出“调情”两字，便是伤风败俗，可能要好几代，都洗刷不清这些污垢。要是竟然敢做出“男女调情”这样的苟且之事，怕是有九条命，也会付诸流水。

大中华的这些年，称雄为霸的日子不是没有过。清朝以来，却尽遭人欺负。这些个萧条的日子，到如今什么都不景气，恰是女人的地位终于有了不预期的转折，这些变化只能归功于她们勤劳，善良，忍辱负重，因此而换来的尊重，当然这不是根本性的。正如前所述，主要是因为女人的依赖心理渐渐弱化。所以，才有了河东狮这样的大嗓门。然而，那么些年的桎梏流言，总归不能消于一瞬，所以，她们向往自由，向往爱情的决心无比巨大，却也还是因为众多现实而归于愤懑。

委屈了那么些年，当中国女人鼓足勇气弱弱地问：某某，你爱我吗？而对方竟然用敷衍甚至背弃这样的实际行动来回答对方花了九牛二虎之力才问出口的问题。其实倒不如干脆说：“我爱你，当然，我也爱别人。”或者说：“我以前爱过你，现在不爱了。”更或者，还可以这样说：“我根本就不爱你，就是觉得一活该，你傻冒，就想玩弄一下你而已。”当然，我们必须承认，这世上一定有些男人还有坚持的。而恰是一部分貌似有坚持的男人，给了女人致命痛击，在这样的冲击下，她要么忧愤终老;要么就凭着自己能养活自己的本事来报复人类,并非是所有的娼妓都是为生活所迫,大概是有很大一部分是厌弃这个世道,放任自由,寻求麻痹。

事到如今,爱人之中的任何一个要是成为奴隶或者难民,真是可悲的事情,他们根本就没有吸取悲剧教训的勇气和美德。标语打得响亮"我爱你",在这样的呼声背后,又有谁去想过相爱到底是一种如何珍贵的情愫。相爱的人,需要有相同的心律,需要体谅,需要彼此治愈。我也相信,这个彼此治愈的过程是欢颜大过于艰辛的。

最后,愿全天下的人,好好相爱,相互救助,彼此治愈。

36

2008年,注定了会让世界记住中国,记住北京的。北京承办的第29届夏季奥运会,正紧锣密鼓地筹备着。

当然,最重要的莫过于开幕式了,我有幸得到了一张门票,还是包厢。

2008年8月8日这一夜,北京奥运会开幕式把精美的中华文化盛宴呈现给全世界。这一夜,全世界40亿观众在文化、艺术与美的感官震撼中陶醉。从一开始,人们就被带入激情与惊奇之中,感受古老东方的中国独特的欢迎仪式。

2008名乐手,2008面缶,组成宏大而庄严的缶阵。在中国古老的计时器"日晷"影像反射的光芒中,滚滚春雷声霎时席卷缶阵,响彻全场,响彻全世界。整个缶面闪现巨大的倒计时数字,全场观众一起呐喊,2008年8月8日晚8时,北京奥运会开幕式正式拉开序幕。撼人心魄的缶乐声,"有朋自远方来,不亦乐乎"的豪迈高歌声,撞击着全世界观众的耳膜,透着好客的中国人无比的热情而真诚:今天,此时此刻,欢迎全世界宾朋来到中国!

这是一个富有浓郁民族文化特色的开始,让世人更加期待这一席文化盛宴,将给人以怎样的视觉听觉冲击与精神文化享受。

我坐在鸟巢四层的456包厢,被场地中央升起的画卷震撼了,这时,身后一个女孩的尖叫声吸引了我的目光,只这一扭头,我就没再转过来,一个我熟悉的身影在那里欢呼雀跃,她就是欢儿!

欢儿没有看到我,或者没有认出我。她的快乐是由心底发出的,势不可挡。我本能地想叫她,但最终忍住了,我不想搅乱了她的兴致。

此时,在鸟巢的中央,在声光电火烘托的艺术氛围中,一幅气势恢弘的中华文化长卷徐徐铺开。五千年中国文化与中华文明，当代中国的时代风貌与勃勃生机，在这巨大的画卷中集中地展现在全世界面前。

在悠扬古朴的《太古遗音》古琴声中，上古至先秦的文化符号在画卷上流淌。在行云流水般的变幻中，“孔子周游列国” 的诵读情境、“活字印刷版” 的文化意象、“丝绸之路”的大漠风情、“郑和下西洋”的壮丽景观、中华礼乐的盛大气象、当代中国的时代风貌，依次演绎。造纸、飞天、长城、昆曲、和平鸽、鸟巢、太极拳、瓷器，各种体现中国文化的元素艺术地再现。

中华文化的精华就这样展现给世界。而在诸多文化奇观的视觉冲击中，在绚烂的色彩和声乐震撼中，人们获得了中华文化的艺术与美的享受。更在诸多文化元素营造的中国意境中，领悟中华文明的价值内核，这便是和平与和谐。开幕式把当代中国对这一文明价值内核的坚持发扬做了进一步的艺术表现，使人们惊异并忘情于中国人民追求的天人合一、人与自然和谐相处的诗的意境。

一个多小时的文艺表演，不知不觉就结束了，余兴未了的我，快步来到欢儿的跟前，她看到我时，露出了惊讶的神情，说：

“你怎么会在这里！”

“我早就看到你了，看你高兴的样儿，没敢打搅你，现在是运动员入场时间，很长，我们到后面的房间坐会？”我的内心平静了许多。

“好。”

欢儿随我来到包间的沙发上，我帮她取了几片西瓜、一瓶矿泉水，我自已喝冰镇啤酒。

“怎么没了音讯？”我禁不住问道。

“你没忘了我？”欢儿仍是调皮的语调。

“不知道为啥，时不时总要想起我们之间的事。”

“我才不信呢，你这种花心男人，不知与多少女孩好过，早把我忘得一干二净了吧？”

“唉，跟你说不清。我只是疑问的，你那天为啥会那样？”

“不为什么呀，喝了点酒而已，我都记不得那天和你上山干了些什么？”欢儿轻松的口气。

“真的不记得了？”

“难道你对我干了什么？快说，真的有那种事？”

“你呀，别蒙我了，告诉我，究竟是怎么回事，我真的很想知道！”我恳切地说。

"呵呵，逗你玩的，哪能忘记呢。其实，我知道你是谁，当时就知道你去那里想干啥？"

"什么？"

"你别紧张，我并无恶意，只是和一个好姐妹打赌，如果我那天能和你那个了，我就赢了，可不，今天晚上的门票，就是那天赢到手的，嘿嘿~~"

"谁和你打赌？"

"算了，你别问了，我是不可能告诉你的。我要去看开幕式了，谢谢你哦。"欢儿笑嘻嘻说完，起身走了。

欢儿的话令我魂不守舍，运动员入场在我眼里，就是过场，一点高兴不起来。就连最后的火炬接力，我也没有了先前的兴奋，只是到了飞天的李宁，沿鸟巢"碗口"把主火炬点燃时，场内的欢呼声，鸟巢上空的焰火，重新激荡在了我的心底，熊熊燃烧的开幕式圣火，使我思绪升腾。

奥运会开幕式历来是举办国灿烂文化的集中体现。北京奥运会开幕式在短短一小时的文艺表演中，让世界充分感受了中国文化的精华，不仅把中华文明更好地融入了世界，更将有力地推动世界文化与中国文化相互了解与交流。

作为奥林匹克文化的一部分，北京奥运会开幕式艺术地表现了奥林匹克文化的本质。在奥林匹克文明与中华文明的交汇交融中，开幕式艺术地讲述着中国人民对奥林匹克精神的弘扬，彰显着北京奥运会绿色奥运、科技奥运、人文奥运三大理念，在"同一个世界、同一个梦想"中找到精神契合点。

每一届奥运会开幕式都是一次伟大的文化创造。北京奥运会开幕式体现着中国人文化创造的智慧。它的成功举行，不仅丰富了奥林匹克文化的内涵，也是世界文化史上的一大盛事。而它营造出的崇高而神圣的奥运氛围、奥运意境，在带给人们美的享受的同时，也为即将开始的奥运盛会的有特色、高水平奠定了坚实的基础。

待我听到散场的广播时，再回头，欢儿已没了踪影。

夜里 2 点多，我才回到家，怎么也睡不着，恢宏的开幕式场景，与欢儿的对话，反复在脑海中交错，那个与欢儿打赌的人会是谁呢？肯定与竹馨有关，天啊，不就是小柔么？肯定是她！但她为什么呀？难道这就是她离我而去的原因？

为了排解心中的烦恼，我不得不坐在电脑前，强迫自己留下了对开幕式的文字：

还是像那
儿时的一串炮仗,响彻全场
……三、二、一
华灯怒放,全世界企盼的
体育盛宴,像夕照归巢的鸟儿
哗的一声,落在鸟巢的心坎了

小女孩轻吟的
五星红旗,飘扬在欢呼声里
内心被什么东西
触动了一下,泪
挂在了脸颊

历史的画卷
在人浪簇拥下
越过古老的四大发明
留下武者涂抹的舞姿
一幅幅水墨,柔美恢宏
像自家门前的修竹
节节攀升,映红了
一排排擎天朱红的龙柱

跳跃、旋转、欢腾
激越的心,幸福的笑
是这个鸟巢装不下的
热热闹闹的跑向天穹
正赶上急惶惶的火焰
还有全世界等待的
圣火

散场的人流

慢悠悠的蠕动，都想
多待一会，再看一眼
今夜的钩月
最是难忘

我正要睡觉的时候，欢儿给我来了短信：

鸿哥：

开幕式太精彩绝伦了，张艺谋万岁，我爱死他哪。

我现在正在和朋友泡吧喝酒。我想，我应该告诉你实情。

我是学表演的，当时想要接拍一部电视剧，需要一些真实的生活体验。那天，正好和小柔说起这个想法，便有了我和你在山吧的一切。那辆卡宴是借的，算道具哟，我把你当成体验表演的对象了，本来还想进一步“敲诈”你的，但我实在不忍心，嘿嘿，我还算有点良心吧？我的表演技巧如何？可以毕业了吧？哈哈。

谢谢你，给了我真实的生活感悟，你教导我的话，我会牢记于心的。那天的山上，我真的好快乐。

小柔怎么了，一直没有消息，你应该好好待她，她真的是个好女孩，与我是完全不同的。保重！

不懂事的欢儿

这个欢儿，怎么能开这样的玩笑？小柔也真是的。这时，一个念头在我脑海升起——难道小柔是为了考验我？然后因为这个离开了我？但她怎么可能舍得丢下念鸿呢？我想了一宿，终也没想明白。

37

奥运会后，菡菡主动与我相约，到凤凰呆几天，想让我散散心。她从上海过去，我开车从北京出发。

为什么自己开车去，没有答案，但就这样做了。

抵达凤凰，已近傍晚。

首先映入眼帘的就是那古朴的房屋建筑，砖木混合结构，屋顶上飞檐翘角，雕龙画凤，远远望去，有如一群苍龙金凤在空中飞舞嬉戏，张牙舞爪，栩栩如生。

进入城中，清一色青石板铺就的街道，上面一些坑洼的痕迹，记录着它所经历的沧桑，记录着时代变迁的印痕。古朴的木房子，黑漆的大门，小巧的四合院，斑驳的墙面，无不记录着历史的悠远。站在坚实的护城楼上，极目远山近水，想象着当年的烽火硝烟；那锈迹斑斑、弹痕累累的护城铁门，记录着当年的战事是何其悲壮，何其惨烈。护城楼分东南西北四楼，城墙围绕山城，保存得相当完好。

桥下便是清波荡漾令人心醉的沱江；

两岸便是参差架叠令人心依的吊脚楼；

回水处便是七级浮屠令人驻足的万名塔；

水下是依依摇摆如丝如带的荇藻；

水上是兰桨轻摇屈原乘过的舟船；

两岸青山，一江清水；两岸丽人，一江歌醉；

这就是凤凰，烟雨蒙蒙的凤凰，我来啦。

先前我预定了“翠翠客栈”，来到客栈，倒先想起一段文字：

没有星星的夜晚
隐约的灯
是天空的眼睛
那个在清晨洗衣的少妇
把棒槌遗落在了跳岩下
流淌，流淌
流过边城以南
来到吊脚楼西
一个叫小翠的女孩拾起棒槌
一扔扔到祠堂后
好戏刚刚散场
乡下的爷爷
正端起杯中的最后一滴酒
饮干……

我知道，在凤凰古老的沱江边，每一座吊脚楼里都有一位美丽的姑娘，每一位美丽姑娘，都叫小翠……在沈从文笔下，传奇而美丽的小翠，我找你来了。

“翠翠客栈”在沱江最美的那一段。是三层吊脚楼，地道的木格子窗和木皮装饰的墙上挂满橙黄的玉米和鲜红的辣椒。三楼是一个露台，沱江在下面轻盈地流淌，过江的石墩桥和木板桥，也是可得看的，还有残破的木水车和古老的北门城墙。远处的红桥仿佛在晚霞中唱晚，船上唱歌的两个苗族女孩，异常清脆的歌声，散淡地穿过江面的水汽，和着细雨，缭绕在悠然的江面上。

走进客栈，透过古旧的窗棂，想看什么就看什么了。

是如水的纯净，炊烟袅袅，雨雾蒙蒙……

我的心情是不一样的，与普通游客不同，心里多了一份挂念和想法：菡菡她在干什么？穿什么衣服？见面后干什么？

忽然我想到：凤凰如烟，凤凰的女人似水。水做的女人是不能握在手心的，得将双手并紧了，捧在手里，闻香观赏就得，要是喝进肚里，可能会水土不服呢。怪怪的想法。

根据约定，菡菡要第二天才到。我独自安顿下来。有些困乏，两天的急行军，一个人的孤途，的确累了。

倒床便呼呼，冥冥中回忆起了上次自驾游凤凰时，写的一篇文字：

灯影江澜里，寻找失落的凤凰

前些年，写过一篇赞美凤凰建筑的散文《凤凰吊脚楼》，开篇是这样的：“全着清一色，在河坎上稳稳坐定。一部分探出身子，吊将出来，静静卧于碧波之上。歪歪斜斜的木桩，嵌在河边的石坎上，青树翠竹中露出楼尖，飞檐翘角在雾霭中若隐若现。一群群悠闲的鱼儿，在吊脚楼倒影中游荡，或缓或急，或动或静。此时，有村姑端了饭碗在楼上张望，倩影倒在水中，惊了那鱼儿，留下一圈圈涟漪，搅碎了木楼的檐脊，气歪了村姑小小巧巧的樱桃嘴儿。”

当时的心情，纯净而又欢快，更多的源于《边城》的字里行间，徜徉的沱江，还有自欺欺人的情愫。这一次，是春雨叫醒的新绿，把我的心叼来的。

汽车刚驶入凤凰境内的盘山公路，心情早已跑到蜿蜒的前方，那片灰黑色的古城。

抵达凤凰，天刚擦黑。尽管雨仍是落下，雾霭同样地缭绕在飞檐翘角，但凤凰变了，我怎么也认不出曾经文字淡描的凤凰，更找不到心底深处的泼墨，源于吊脚楼的哪一抹青色。此时的天空，与我的心情大抵一样，原本令人振奋的细雨，变成了泪珠，散落在我头顶，再滑落到嘴角，一丝咸咸的苦涩，给我疲惫的身子，罩上一抹想说也说不清楚的晚霞，我竟不愿走出车子，投入凤凰的怀抱。

是我老朽了？还是我从没来过？在“翠翠客栈”那个不眠之夜，思绪比窗外的沱江还汹涌，但也只留下了如下几句简短的文字——

一部《边城》，火了凤凰
铜板也盘算着，羞答答地暗恋上了
吊脚楼的沧桑。跳岩留下的缺口
放走了沱江环绕的纯粹
虹桥更是不该也犯贱
低头

红红灯笼点亮的夜晚
铜板急慌慌地扯落盖头
钻进老街的热被窝
拥吻许愿：白头偕老，产一圈
小凤凰

这是凤凰的无奈，也是我这等犯贱的所谓游人，给予了铜板清高的资本，还有婀娜的身段，迷人的笑脸，以致搅乱了凤凰原本的淳朴和友善。现今，我倒好，反而要在这里责怪凤凰，说他骨子之好色，内心之不洁。

夜，并没有被阳光底吵闹带走，仍是掉在了沱江的微澜上面，也不小心挂上了飞檐。怒吼一天的沱江静了，支撑吊脚楼的木柱，累弯了腰，在静静的江面，也直不起身来。

我的骨头哭了。像沈从文老先生那样，在他83岁那年，伏在女记者肩头，像个受了委屈的孩子，扑到娘的怀里，什么话都不说，就是不停地哭，鼻涕眼泪满脸地大哭。而我呢？为什么要把泪珠掉进沱江？在她身边一个很不起眼的角落，不见一个游人！

起风了,是春风拂面而来,江面微波澜。泪眼蒙蒙的我,被摇晃的模糊倒影,深深地吸引。灯影里,透过斑斓的波光,我走进了远古的边城,架在三脚架上的相机,快门总是不愿合上,怕惊碎了曾经的小翠。

就这样,在凤凰一个被铜板遗忘的角落,在心如死水的没有星星的夜晚,穿过镜头,找到了心中失落的凤凰。

第二天下午,菡菡来到凤凰,我去车站接的。住在我的隔壁房间。

菡菡穿着随意,没有任何刻意的化妆打扮。脸上新增了些雀斑,也没有以前白净,但多了一份丰韵。第一眼给我的感觉,更像普通大嫂。心底多少有点失落,网络上那个漂亮的脸蛋,留在了虚拟的屏幕上。

我们之间,有了一层说不出的微妙,她从心里不再怨恨我了,要不,也不会一起来凤凰发呆。但我们之间,总有小柔的影子。

我们随便地闲逛。凤凰的景点并不是我们的目的,我们之前都是来过的。但凤凰确是一个闲适的小城,我们都想多呆些时日。

第三天,我陪着菡菡,来到了江边。晨曦微露,坐在过江的跳岩上,听着不知哪儿传出的鸡鸣犬吠,还有流水的哗哗声。稍顷,咿呀的桨声划破黎明的沉寂,早起的女人来到岸边,在江水潺潺流过的青石板上搓洗着和沱江一样厚朴的衣裳,一声一声的槌衣声,仿佛从幽远的过去传来。古老的水车吱呀作响,讲述着小城的沧桑;巷边暗暗的角落里,偶尔钻出几条狗,尖利清脆而又无所事事的吠叫几声后,转身跑远。两位老人慢慢地从幽深的宅院里走出来,坐在树下清凉的暗影里,看着江水映射着天上的云影霞光。时间变得无比缓慢。凤凰醒了。

就这样,我们静静地坐在沱江边。看着眼前的蓝蓬的小船在水面漂来漂去;看人们从跳岩上走过;看人们在圆木桥上远望虹桥;看远处幽幽的青山;看静默中那些穿越光阴的吊脚楼;看河水缓缓地流。

如此这般,沉浸在这片静谧中,让疲惫的身心离开喧嚣的尘世。

仿佛一切都是无声的,我让自己去侧耳倾听,倾听那碧澄的沱江缓缓流淌。但我明白,纵是冥心屏气,我听得见的最多只是空谷回音,我听不见的却都是似水流年。

傍晚,夜色下的沱江,就在我们脚下,翠翠客栈紧临江边,我们坐在三层的露台,茶杯的热气混合着沱江的烟雾,朦胧缥缈,菡菡的诗意自然天成:

夜涉沱江 文/红茶

上辈子，我一定是个耗尽
体力的赶尸人。夜晚的江面柔软
松脆，吹弹可破
有歌声点点，渔火摇曳
而我的指骨坚硬，说出的故事
惊险而冷漠

也许，我只是一个蛊农
尝遍花鸟虫草，却从不将阿妹打动
而今夜，我只好轻轻划破江面
拨弄弦筝，泊船于你窗下
受露水惩罚和
你的嘲弄

凤凰啊，沱江。我不要做个轻贱的
过路人，阿妹啊阿妹，请打开
心门，悬花鞋于楼阁外
今夜，务必将我
留宿

我们都是文学爱好者，怎会不到先师们那里呢？我们是去了的，还不只一次。每次去，不是走马观花，而是在一个地方静静地呆立。我想，要是沈老这个时候来写凤凰，《边城》就没了。这种失落的感受，用怎样的文字来倾吐呀，看着废纸篓的那一堆纸团，泪，止不住往下掉，一滴，两滴……

离开凤凰的头天晚上，菡菡和我如约来到临江的酒吧。我们坐在靠江边的位置。要了啤酒和几样零食。

望着沱江的平静，古镇的静穆，还有各式各样的人流，各想各的心事。随后，我们谈的更多的还是凤凰，流露出对凤凰的依恋，舍不得离开。

我情不自禁地谈起了沈从文，兴起时具体到我的诗歌《沈从文们的悲哀》的情节，这引起了菡菡的疑惑。

她进一步用论坛的事件勾引我，在那个美妙的夜晚，我没有那么多提防，菡菡对我产生了怀疑，她借口上洗手间的机会，给网上的我发短信："方便给我电话吗？我想听到你的声音，好想。"

我回短信的动作，菡菡一定看得十分清楚。

她悄悄地走到我的背后，猛一声："阿飞。"我转过头来，与她四目相对。我是惊慌的，她是欣喜又愤怒的。

"你是阿飞，你讨厌……"边说边举手。

她的手被我抓在半空里。这是我和她的第一次肌肤之亲。

……

38

要走了，凤凰！我自问，凤凰是什么？

凤凰是传说中的一种鸟，雄的称凤，雌的为凰，于火里重生，于世间翱翔，它是天下太平的征兆；

凤凰是现实中的一座城，是这个世界上为数极少的几个最美的小城之一。男人英俊，女人漂亮，于水上居住，于山中徜徉，她是心灵宁静的港湾；

凤凰是一个平和而带有野逸意味的边城。

凤凰是一个天人合一的被许多人写过了遥远的城。

它是一个蕴涵了史学意味、美学意味、哲学意味以及文学意味的城。

它是在民歌和民俗中渐渐老去的城。

它是在杵声和月色里流淌着传说、故事的城。

它是用每一垛老墙、每一块青石板以及一些青山、一些流水、船，还有一些名人或底层人物的命运构成的一座让人牵挂的城。

但，沈从文先生笔下的凤凰正在离我愈来愈远了，现代文明已在蚕食我的梦想。黄永玉笔下的凤凰已不复存在。菡菡眼里的凤凰呢，是混合的，诗人的矛盾，她写道：

凤凰劫 文/红茶

若你只是个湘西小民，定不会
虏我押寨。吊脚楼临水面崖
穿堂风呼呼地吹

我在沱江边绣花，淘米，一遍遍地练习
哭嫁。可北风啊，雪子
沱江水，凤凰月。雁儿南去
阿哥未归

阿妈，阿姐，阿舅。
我是他命里的水草，有软心肠
和薄命相。我是他押寨的玩偶
小红烛已燃尽，这三年
从不天明

小桥 文/红茶

总这样，阳光越肥壮
日子越纤瘦。在周身安放杂草
土堆，和难以下咽的金属物

你一定要知道，我看起来好绝望
这辈子我当不成皇帝了
娇娘进他人庄园。这世道
好多人喜出望外

你不要装成圣人模样
你掌心向上，微伸过来的怜悯
慈爱，或者别的什么

一转身，就成为杂草，土堆
和永不被赦的高墙

即使，你的目光成渡
杨柳拂岸，场景无限温馨
我也会赶在花开之前
拆毁这愈陷愈深的
傍晚

流水　文/红茶

下游，失去，魂魄飞散
在你体外，我已作好类似徘徊

所以，我绕了那么多苦弯子
看尽长安富贵花的开谢
也无法挽留住你归去的马蹄

也罢，我夺夕阳东归
不要再瞅见你空了心的断肠模样

黎明之前，我入东海
永不回来

人家　文/红茶

这户人家，债台高筑
这户人家，住着一个姐姐
这户人家里的姐姐
叫小鼻子

她会唱歌，她会写诗，还会放鹅
她放的鹅，有肥大的心思
和柔软的翅膀

我永远美丽的
小鼻子姐姐，我反复这样说
是希望，你继续唱歌
继续写诗，继续养育
软翅膀的大鹅

我们说好，送她到长沙机场。

一路上的心情，无需细述。车快到机场时，我们都有点依依不舍，到机场服务区时，我去加点油。

再上车时，菡菡说："把车靠边，待会，时间来得及。"她的眼里有些湿润。

我们在车里沉默着，空气凝固了，但想法却像头顶的飞机，在蓝天翱翔。

菡菡首先打破了宁静，读了她来凤凰时，在长沙机场写的诗：

长沙机场 文/红茶

我并不担心安检
因为，我已把易碎的玻璃，热得烫手的
丑陋事实，都窝藏在了肉体之内
即使肠穿肚烂
我的表面也会
完好无损

再无多余的心思需要托运
只需顺人流的方向，想想落叶飘飘的
痛快姿态，想想秋天是个多么
负心的季节。想想橘子洲头的惨淡
和伟人说过的一些大气谎言

我简单得像个刚出土的
山药

长沙机场,像个浑圆的标点
标点左边的地名,人物,或浪漫或无耻的故事
都将和这电子机票般
被输入他人的地点,或付之公众
没有任何一样,值得
我回过头来,看一眼,或表示
小小的抖动

恰巧,窗外一只昆虫划过,这使我想起了菡菡写过的诗:

蝴蝶 文/红茶

染上花香,我不便再将你收留
哥哥,自你接受上一个春天以后
你已经有了主人
有了铜臭和油烟

这一路的山水有名有姓
均主动将你认出,任你吃过多少
三月三的风,都辨不明
翅膀的真伪,以及有无力气去
说出你被媚惑的事实

哥哥,去武陵源寻你的亲人吧
让翅膀自行脱臼,软弱
腐烂也没有关系。回到干净的地方
安详老死,也总算是
见过桃花了

眼前一派秋天的景象，但我们没有果实，因为我们那块土地太贫瘠了，任由我们百般耕耘，也长不出硕果来。菡菡对此的感触更深，就像她的诗：

秋天在回来 文/红茶

我说，回旋刀，我们相亲相爱
无限接近的两片黄叶子
苦于失声，苦于渐渐明白事理
苦于一场并无惊雷的阵雨

这已经是无法摆脱的事实了
我就在你的面前，一脸绯红

接下去的情节并无意外。一片叶子
死在另一片叶子的悄无声息里
九月后的小尸体
无人看管

我的心没那么悲凉，回了她一首：

秋，舞蹈的树叶

秋天
那最美的金黄
再多再美的诗涂抹
也嫌不够

只不定是哪阵秋风袭来
舞蹈的树叶
便妆成了一瞬红颜

在深山的池塘边

红红的脸儿
像头顶盖头的新娘子
晃悠悠扑到池塘怀里
散落微微的波澜
气歪了天空的云朵

他们初春相识
仲夏对望
在秋意撮合下
树叶舞进了
池塘的心底

我们彼此有好多话想说,但谁都说不出口,就像我这首诗一样:

你在伪装什么?

冷酷,紧紧的包裹住你
冰凉,是你在我手心的感觉,但
你以前可不是这个样子
你的柔媚,你的灵动,你的舞波呢
你在伪装什么

是世间不平
太多
还是受伤的心仍在
血流

我要是一簇火把
温暖你冰凉的心情

钻进你柔波里
欢笑

菡菡并没有从长沙回到上海,我们在武汉机场分的手。

分别前,菡菡说有一件事要跟我讲:

"其实,我早知道网络上那个阿飞就是你。"

"呃,什么时候知道的?"我心里多少有些诧异。

"记得上次我到北京找你,给过你一封小柔写的信。实际上,小柔当时还给我写了一封。在信里,她告诉我你就是阿飞,还有,她简单谈了她和晓飞的事,请求我理解她。"菡菡停了一会,接着说:

"在此之前,我对你是怀疑的,你网上那些文章,无论叙事风格,还是写作技巧,都留下了现实中你的痕迹。还有你说的那些事,也在我心里产生了疑惑。"菡菡轻轻地说。

我怔怔地看着她,没说一句话,菡菡也没再解释什么。

拥别时,也是一句话没留下,她转身,跑了。那一刻溶化在我们的诗里:

诀别诗 文/红茶

在此之间,我真像个弱者
周身长满了反复的软骨。和又爱
又恨的良知,像是这个劝不下来的秋天
拼命维持着青黄不接的尊严

可是。落下吧,我的小雨
落下吧,不必再坚持的帷幕
原谅上帝这个情种在水边犯下的谬误
原谅我只是他一个卑微的子民

以后,我会变成盲人
偶然回忆起山林间的茅舍。青青草
小宫灯,有皱眉头的书生,惊慌而过的月色

如今，我早已没有颜面
飞身入梦

不敢写诗了

诗意总在脑海纠缠，但我
不敢写下来，更不敢写给你
我怕呀，怕这诗句带你
走错了前行的方向

牵挂总在心中荡漾，但我
不敢说出口，更不敢说给你听
我怕呀，怕这牵挂使你
找不到回家的小路

39

从凤凰回到北京后，心情依旧，我没有办法把小柔从脑海赶走，便与几个好友相约，到了坝上。

谁侧坐在夕阳里，等一个金黄的故事？
咬破年华如水的朱唇，抹一环胭脂，淹红了池塘荒草。
问，坝上10月！

秋是醉人的，金秋更是撩人心肺。国庆过后，随便一抹寒意袭来，秋，便羞的脸蛋通红，我的心情亦然，激越已不仅仅在黑夜的深处，心头涌动的潮湿，迫使我放下城市的灯红酒绿，还有走过白天，越过黑夜的喧嚣，回归原朴密林旷野的冲动折磨着我，我确实想看看那里的金秋，是个啥样儿？

走的那天早上，阳光正好，灿灿的烂漫。出北京城，便似冲出囚笼的飞鸟，深吸一口山里的清新，脚底的油门，轻快而又曼妙，像是在弯曲的山路，弹一支年轻的歌谣。两只眼睛，怎么也应接不暇，心思早就越过汽车的前挡风玻璃，跑到了山的尽头。

怀柔那条长长山谷两侧，除了峰峦层叠，与之相伴的，是流淌着的溪流。秋天的小河，没有了夏日的奔涌和浑浊，静静地躺在山谷，宛若一条白丝带，环绕着盘山的公路，一直延伸到远山深处，潺缓无声地流淌着，从来都没有停下轻盈的脚步。清澈透明的水流，映照着高远的蓝天、白云、树木、牛羊，清馨怡然，纯净无比。

我想，当小河在经过春天的和煦甘霖，在接纳夏季的狂风暴雨之后，在秋天却义无反顾地选择了淡泊的宁静。我停了下来，坐在小溪旁边，没有用手去摩挲她，怕惊碎了她的秋梦。

或许，秋天的小河会觉悟我们的思想，也会悟彻我们生活的道理，更会让我们获得心底的大智大慧。弯曲本来不是做人的本性，柔弱本也不是为人的选择。我的思想在小河里流淌，伴随着时光流向孩提时代的洪鸿河，她在秋天的样儿，依旧么？

回首张望，小河蜿蜒着流向了远方，而远方的路一定很长很长。我不知道，他们是否能抵达大海，但我从他们远去的身姿，怎么也读不出一丝忧伤，他们没有我内心深处的这份烦杂，他们可欢实着呢。

过丰宁县城，我最企盼的莫过于那条红叶沟了，但待我到了那里的时候，我曾经的红脸蛋，跑了，不知道是哪抹秋风勾引走的。

心怀几许落寞，汽车沿着盘山的小路冲到坝上的时候，金秋的草原，仿佛从天而降的一幅挂毯，从汽车前方，一直密密匝匝、洋洋洒洒地铺往远处去了。这里没有了曾经的绿色，是黄色交织着红，红色又交织着成熟的栗色的一片金秋的草原，美不胜收。当我极目远眺，蓝天下一片金黄，放眼曾经的绿色大草原，掠过初秋渐凉的熏风，起伏着沧浪般的萧瑟，整个夏天蕴藏的生机，随着季节喊出的农谚，畴绎成了一片生命的辉煌。

秋天的草原是美丽的，秋天的草原是迷人的！

夏日里那些争相斗艳的花儿，此时也妖艳尽致，静静地加入到金黄的队列里。白云似蠕动的羊群，个个膘肥体壮，晃动着滚圆的屁股悠然与金色之中。奔跑的马儿，一个个毛色鲜亮，神采飞扬地奔驰于草原上。吃足母乳的羔羊，或在地上打着滚儿，或三五成群地相互追逐嬉戏着……

没有萧萧的西风刮起，静谧的草原，松软的小草，一条条小溪流蜿蜒在宽阔的草原上，像是在和我捉迷藏，忽左忽右，忽前忽后，或急转或平淌往前，在阳光的映照下，明澈透底，使我不由自主地伏下身子，用手撩起嘬一口，那样的甘甜，那样的清爽。

夕阳西下，远处的山峦披上晚霞的衣裳，天边牛乳般的白云，也变得火焰般鲜红。远处村落上空飘起的袅袅炊烟，仿佛是对牧羊姑娘牧归的招手。羊群里顿时发出“咩咩”的欢叫，啃草的马儿也停顿下来，互相啃咬着脖颈，说着他们之间的呢语……

入夜，空旷的草原，并没有安静下来，那些没有被秋风赶走的演奏家们，开始了最后的绝唱，它们的舞台或在原野上，或在草丛中，或在墙角里，或在枝头上……一声声，一阵阵，忽远忽近、忽高忽低、忽上忽下，如诉如泣。我试图听懂它们的心情，但秋风一阵又一阵向我袭来，还有，同行的伙计，一连叫了几遍，该是晚餐的时候了。

是的，这么有情调的草原之夜，烤羊是我们这等游人的保留节目。说起来，我们是多么的残忍，下午那只可怜而又悲伤的小羊，现在全身正冒着诱人的清香。我还是加入了这个欢乐的队列，合着红彤彤的篝火，在野地放歌起舞，情不自禁。还有酒陪着，哦，承德的“板城烧锅”，没几杯下肚，我自醉了，是酒？是金灿灿的草丘？我是分不清的。

醉酒后的我，在京北第一草原，一个人行走在星星点亮的草原旷野，想想我身边的枯黄。当第一缕秋风吹向草原时，吹黄了牧草，吹黄了叶片，吹肥了牛羊，吹盈了骏马，吹得黝黑脸庞的草原人绽出了笑脸，吹的草原人牧歌悠扬！风儿凉了，草儿枯了。秋天的草原空空荡荡，只有小河里的水依然在汩汩流淌，几只悠闲的野鸭想起觅食的时候，偶尔还会光顾一番。山林里飘零的落叶被风儿吹到河里，不得不学会了随波逐流，来也无声，去也无踪。

草原收起了夏季的富饶，把秋天收藏得严严实实。春天去了，夏季去了，绿色去了，喧闹去了，往日的激情躲进了荒草的下面。大漠、田野、山峦、河流、森林，即将冬眠在深山之中的温暖里，在等到洁白的冰雪亲吻土地之后，覆盖了一个叫做严冬的季节。

第二天，从大滩镇出发，中午抵达内蒙多伦县城。沿途的草原，大多是一种味道，道路两旁，收割后的麦田，静静地等待来年的丰硕。

晚上，入住御道口宾馆，然后，到赛罕坝、红山军马场（内蒙）逛荡，这里的草原之秋，就有些不一样了。森林与草原，更多地拥抱在了一起，迎着秋风，说着夏日月夜一直没有说完的情话。

山峦上的树，曾经的满头绿叶，回归了大地，留下干裂的枝干，但我怎么也忘不了那些叶子。

该是到了秋天的尽头吧？树林里赤裸裸的没有一点遮掩，无数次从西北方向吹来的秋风，早已把树上的叶子吹落。好像秋天都是有时代性的，尤其是能把树叶变黄落地的秋天。

我还是看到了一片叶子，还在高高的树丫梢头，倔强地坚守着，但当我从二道沟折回来的时候，它不见了，心底的伤感驱使我停车，来到那棵大树下，一堆黄叶子，拥挤地躺在树底粗糙的山地上，你挨着我，我压着你。一阵微风吹来，它们像一片废纸一样翻卷一下身子，伸伸懒腰，我知道，无论它们如何努力，只有一个结果，来年的几场春雨，慢慢地腐蚀全身，化作一撮污泥，再慢慢渗进树根里，这样，它就再也不会被秋风吹落了。

而我现在，有些不敢看它了，怕看到憔悴的颜色，以及它脸上的皱纹，更不敢去读懂它的心情。其实，这是一片及其普通的叶子，和任何一片从树上飘落的叶子没什么两样。可惜，它不是珍贵的那种树上飘落的，那样的话，也许还可能会有一位孩子，好奇地把它收藏起来，混进一堆文字里面。但它不是，不仅如此，它又飘落在这个荒野之地，所以它只能孤零零地躺在地上，没有忧伤，更没有欣喜，像一只失神的眼睛，张望着它曾经生活过的大树，以及蓝蓝的天空，那上面或许还有一片白色的云，在蓝色的天空慢慢地自由自在地游荡，像它过去在树枝上随风招摇一样。

然而，当秋来了，当一片叶子，从树上悄然飘落，当秋风带着丝丝凉意，推开一扇咿呀作响的小窗时，我眼前的落叶，却令我感慨不已，“日月忽其不淹兮，春与秋其代序”。

秋了，已经是深秋了，而我手中握着的岁月还有多少？我眼前沉甸甸的果实又有多少？我一遍遍问我自己。然而，却没有果压枝头、香飘四野的喜悦，有的只是叶落知秋的伤感，只是“人生一世，草木一秋”的感慨。

我会像一片叶子一样，无声无息的来，无声无息的去吗？我想，我就是一片叶子，每个人都是一片叶子！

草甸的低洼处，静静地躺着一潭潭明镜似的湖泊，其中不少与草原共生，形成了湿地，夕阳一抹，冲天而起的，是一片浓浓的火焰在摇曳。

天蓝水亦远，岸静草更红。但此时的我，只感受到了这里的静。我想，我要不说说它的寂静，是怎么也说不去的。

莽莽苍苍的林海间，绵延起伏的山峦下，我终于有机会去聆听什么是寂静。一枝断臂的树干孤零零地兀自伸向水中，它的倒影如同生长在蓝色琥珀里的千年花纹，隐隐地有种独孤求败的武林味道。

太孤寂了。今天就我们几个人在这里和它共度，因为防火封山，景区岔道已经封闭，我们是翻门而入的。这时的天和地，山和水的幻境浸润心田，我怎能不在这份圣洁的洗涤下淡定自我？

仿佛一切被遗忘。身心被放逐在这个天外的荒野，灵魂被万劫不复的安静完全侵蚀。空白是幸福的，忘却是注定的。

躺在池塘边枯而不死的草地上，感觉神秘莫测。只有自己的呼吸声，流动的，也只有天上的云，合着佳能的快门响声。真舍不得动，一动，就破坏了这世界上绝然的静。

心如止水的心，也就莫过于此。被遗忘是一种美，而且更是美得让人没齿难忘。我可以做的一切，就是忘记这颗幽灵的眼泪，忘记这脱离凡尘的绝美。

起风了，风儿吹过两旁山脊的年华，吹在湖边弯弯小河上几株白桦上。在这么高海拔的地方，白桦代替了寻常原野里小河边的垂柳，别是一番情趣，而树的倒影映在缓缓流入湖里的清波上，寂寞地诉说着些许不为人知的往事。

走在秋色的草原，心情格外敞亮，但眼前的一群牛，装在车上的一群牛，却强烈地震动了我的心灵。

那群装在车上的牛

一群牛，涂抹的黑灰色，挤满了敞篷的货车厢，在颠簸的山路上。我是闻到那特殊亲切的味道，才看到的。他们与我一样，装在车子里面，我是回家，他们呢？

我不知道他们从哪里来（大体该是草原吧）？要到哪里去？偶尔，透过薄云的阳光，散落在他们身上，秋风吹打着我的面颊，发动机的轰鸣与风声交错，淹没了他们内心的嚎叫。一群游客围了过来，大抵是对我围着这群可怜的色彩，拍个不停，感到不可理喻。

对于牛，我再熟悉不过了。放牛娃出身的我，打小与他们厮磨，他们散发的体味(尽管现在闻起来,已不太习惯了),每一声哞吼,我不用眼瞅,就能看清楚。所以,这次远行,路边的每一抹牛的影子,或者在田间地头,或者是悠闲地嚼草,或者被主人拴在树干,或者在泥池里慵懒,我总要刹车,多瞧几眼,有时还停车,急切地按下快门,希望把他们刚刚遗落的瞬间,Copy 在脑海。

但,当我的目光遭遇车上的这群牛时,看到他们被牛鼻绳子,紧紧地结实地拴在车架上面,那个拥挤,那片黑灰,那个揪心,模糊了我的双眼,心底生出几许悲哀和痛楚。

牛是憨厚朴实的,得到了众多的溢美辞藻,他在土地的每一个迈步,换来了不知多少人的温饱。所以,人们愿意赞美,所以,人们喜欢他的不太好闻的味道。

我,习惯性地举起我的相机,但这一次,快门总是难于按下,取景框里,他们的样儿,着实令人心酸——你看,他们你埃着我,我挤着你,都想找到一块稍微舒适的空间。但这很难,前后左右都是牛,还有那根要命的线扯着;有的索性闭上双眼,他知道,任凭自己如何努力,也摆脱不了这种尴尬;有的抬头望着我,希望我能给他一丝援助,那渴求的眼神,比泪盈眼眶,还恳切;有的靠在车架边,死死守住自己好不容易争取的一席之地。对了,中间那两头,正在对望的眼神,只不定是娘俩,或者父子,或者兄弟姐妹,也可能是朋友,更可能只是刚刚一起上路的陌生人,像我们这些悠闲在原野的游客,一样。

整整一天,上午拍过的那群牛,就那样在我脑海,总也挥之不去,直到深夜,依然搅乱了我的睡意。我明白我是该休息了,明天还有很远的路程,等我。但我就是睡不着,我拿自己没有办法,干脆和衣起床,留下了这段文字。

我想,我的旅途,吃住行都是有保障的,他们呢?他们现在又在哪里?他们为什么只能这样?谁在主宰这一切?

其实,细细想想,我更是悲哀的,被一根无形的欲望,牵扯着,比这群牛,还可怜!

我是从承德那边回来的,无论是走在回家的路上,还是重新投入北京城的怀抱,坝上的秋,依然灼人心肺。我自问,秋是什么?除了金黄,就没有别的色彩了么?此时,我涌动的心潮,被什么东西扯了一下,人轻飘飘地摇晃。

秋是黄玉米的饱胀,是金灿灿谷粒的丰满,是黄叶子还大地的深情……很多人都说秋天有一种妇人才有的美丽,当那种母性的美,完整地在我毫无准备的时候,一下子对我铺展开来的那一刻,我能清楚地感觉到自己的诚惶诚恐和不知所措。那里的美与北京城有着绝对的天壤之别，那传神的山水、那律动着的莫测的神秘，那博大、厚重得让人突然之间迷失的只属于草原的淳朴、热烈、真诚和坦荡……

秋天往往会寂寥我们太多的烦恼和忧郁，那是因为我们的内心有了过多的伤感和彷徨。只要我们坚忍不拔地迎着春风夏雨秋霜，一切困难和失意便会自然地悄然逃离。

秋天已抵达草原一条细瘦而漫长的牧道，从冬天走到春天，从夏天走到秋天，一直走到遥远的天边。而辛劳的牧人们，年复一年地走不出这条蜿蜒崎岖小道，从春播到秋收到冬藏，从希望到企盼到收获，有忙碌有汗水有喜悦，总有说不出的幸福在心底流淌。

草原的秋景是壮丽的，草原的秋色是妖娆的。草原秋天的和谐，难以让我去尽情地描绘，只能用心来细细地回味，感到自己拥有的生活，美满无比。

十月，邂逅坝上，完成一次灵魂的沐浴，好想忘却昨天的不快。但回到北京后，依然无法摆脱对小柔的想念。

40

我已经破碎的家，没脸再回，也怕扯出过去那些辛酸和痛楚。

红茶仿佛也平静了许多，没再随便骂街式地痛扁男人，也许吧，她的内心，也是死水一潭。但我们之间，倒是多了一丝客气，少了几分隔阂。

我和红茶时常在电话里聊聊，偶尔提及她的现实生活，这在以前，我没有过问，她也只字未提。这时，我才知道，她是一个已婚的女人，但听她说话的语气，我能感觉到，不是太美满。我想，这是诗人多有的情绪，要不，也就没有好诗句了。

除夕之夜，我和念鸿一起过的，我独自一人走出门外，仰望天空，那闪现的烟花，没有了以前的灿烂，我短信红茶，给我写首暧昧的诗吧。半个小时后，红茶发了过来：

除夕、猪头 文/红茶

撕光先前的日历，我就可以和你

拥有平等的作息时间了。在星光下
拥有同一个漂亮女儿
如同往次我们成为彼此被窝下的春天
如同今次祭台上的猪头
从不认为牺牲是残忍的
我们也该一脸幸福地面朝神灵
许愿。叩首。执手相看

除夕、想你 文/红茶

烟花开在年尾,开在我们的战场
你那锐利的句子,似门外十色的火光
和巨大莫名的吼声,我便是那
委屈的纸屑,在幸福和撕裂间止不住地
颤抖。下坠。摇摆。在泥土下等待
水源和春天

除夕,想你
在这个灿烂的末日
打开你的影子,再慢慢合上
天就亮了……

我也胡诌了几句回她:

除夕的月亮

除夕的月亮
也急着回家过年了,我头顶的天空
黯淡。漆黑。无光。准备了365天的念想
再也憋不住了,大吼一声便窜上了天
一瞬的火光,在我冰凉的内心

炸响

就在那天晚上，红茶说有一个好消息要告诉我，《诗歌月刊》2009年1月号下半月刊,把她作为女性诗人收录,多少对她的诗歌是一个肯定。红茶内心还是高兴的,但始终在我面前没有丁点流露。其实,我打心底为她高兴。

2009年的情人节,又到了。我和红茶都在网上过的。约定半个小时,彼此交换情书,我为了消磨时光,便应了。

情书交换:给阿飞 文/红茶

我说,阿飞,你给我写封情书吧。念高中的时候,我把情书拿到讲台上去念,伤害了一个鼻涕拉哒的男生。那个时候我觉得好玩,并没有认为会让别人难堪。后来学同学的样子,搞起了恋爱,和一眼镜男浪漫地到白马湖边搞对象,结果对方情绪一来,脖子一牵拉就要亲下来,害得我情急之下把他推到了湖里面。这眼镜男认为我不爱他,因为我不接受他的亲吻,理所当然地被人家甩了,害得情窦初开的我失眠两个月。

“你是天生的情种,可我还是爱你。”说这个话的人,真是高尚,每逢节日他都会来问候我,今年也不例外。

其实我觉得我并不适合结婚,可等我明白过来的时候,孩子都已上托了。还成了市里面的阳光贝贝。那个在网络里为我不择手段的人,在这漫长的日子里都要接受惩罚。我就是那个残酷的上帝,有铜墙铁壁般的坚硬心肠。可是,我的字典里找不到“宽容和谅解”,我更无法让自己柔软下去。我也有哭的时候,我一哭就会想起一张脸,一张布满控诉的脸。我不能说出那个人是谁,我也从来不说我想他。既是不再有缘,都在彼此的生活里痛快死去,也许忍受的过程漫长而痛苦,可是,崩溃能有建树吗?毁灭能代表重生吗?不能!

我告诉自己:“今天绝对不可以哭。”可是我分明觉得整个中石化大楼在颤抖,很多云彩掉下来,砸伤了那颗伤人无数的心,当我明白那便是惩罚的时候,我就安静下来。早先就说过:“人世之公,在于赏罚。”你曾赋予别人多少痛楚,总有一天会连本带利地还出去。

阿飞很多次告诉我,走出网络,去阳光里寻找生活。这么些好日子浩浩荡荡地失去了。这如父如兄的ID，自从闯入“狐说”的那一刻起，便不定期地陪伴着我，真心希望我快乐。本来说好要交换一封情书，可惜我又习惯性自私地倾诉，对另一方的忽视几乎成我的习惯。可总是这样，我来不及忏悔的时候，就会习惯失去，所以如果有一天，阿飞也走出我的视线，也许我也只是很冷漠地投去遗憾的一瞥，便假装无所谓地步入这熟悉的人海。

阿飞，情人节快乐！祝天下有情人快乐。我要你写一封情书给我，是因为，你是我一直都信任的安全的人。而这个日子我从来没收到过一封安全的情书：)

给红茶的情书

起头就免了吧，一时不知道咋称呼了，加上“亲爱的”，肉麻，或者“宝贝”，又忒俗，没了称呼，何以成情浓时？得，就算可以进入正文了。

其实，他们以前是写了一大堆情书的，但一晃这么些年了，总在一起撕扯，就不再整那玩艺了。茶茶，你还能想起，他们去年的这一天，一起读情书的那个月夜么？

我们静静地对坐，泪流成行，像刚落下的春雨，滴滴雨丝，挂在窗户外面。两双手，轻轻地捧起，我们初识的羞怯，和着心跳，还有淡淡的红霞。一沓情书，有我写给你的，也有你回复我的，稚嫩的笔触，不成行的关怀，不因发黄的信纸而改变色彩。你红润的眼睛问：“你就是那个小男生，俘虏我少女情怀的青苹果？”我的眼泪还你以肯定。但我老了，朽了，成堆的情话堵在嘴里，我一时喘不过气来。发黄的情书，模糊的心情小字。我们静静地对坐，仔细地翻阅对方脸上，一行行不变的情意。

今年的情人节，我们分别在不同的城市，独守这个日子，没有玫瑰。但牵挂的文字，还是相约在网络里。我，一时还真不知道说些啥，想了好久，也不知道。其实，我想说，我等着，等着你给我的那个花边信封，我想急切地揭起邮花，我知道邮花背后，才是你要给我的。

2009年2月14，阿飞即笔

尽管是在网络调侃，但毕竟还是代表了一种心情。在这种日子里，自然是要煽情的，我嫌不过瘾，又写了几首爱情诗：

如果我是太阳

(一)

如果你是太阳
我想,只温暖我一个
可你是众人的,只在角落的一瞬
照亮过我,一个在幽暗里
度日如年的人

如果你是月亮
我想,只拥抱我一个
可你是众人的,只在角落的一瞬
照亮过我,一个在白天里
找不着北的人

(二)

如果我是太阳,我要你做向日葵。弯腰的笑,一直对着我,从清晨,到余晖。

如果我是月亮,我要你掬一捧甘甜。把我暖在你的手心,即使,从你的指间滑落,粉身碎骨,也心甘。

想起你

想起你,内心被什么东西扯了一下,就一下,便钻心地触动了眼角的泪,不管微风是否轻拂脸颊。

其实,你不美,或者说一点也不漂亮,更不是美女。你还别跟我起急,我说的是实话,我们之间,过了废话连篇的年龄。你看你,鼻子总是哼哼唧唧,眼眸也少有含情,小小的黑色珠子盯着我,除了一丝畏惧,没什么留下。嘴呢,大而厚实,你曾经自豪的性感,老实说,我是喜欢樱桃小嘴的,但第一次的湿滑,在我唇边游荡,一晃,有些年头了。

还有,你一点也不乖,真的不大听话。火爆的脾气一上来,声音像雷响,我,只能躲得远远的,怕你还不行么?记得那一年的三十,至今也没搞懂,你为啥跟我急了,我那天真的喝醉了,我毕竟是个男人哩,内心的呐喊,把你震傻了不是?然后,你就成了羔羊,一晃,也这么些年了。

但,我想对你说,我真的想念你原来那个样子!那种想起来就扯得我心疼的样子。

红茶诗意的闸门也打开了——

等你,在二十四桥　文/红茶

等你,在二十四桥。我听见柳浪翻出
唐朝人的旧句子,整个人间都泛着
清香,我听见有书卷味的你
走入春天的声音
微风儿用心绣着梨白,桃红
那个把湖水望穿的痴人
今夜将巡着湖水的清澈和绿
轻唤“玉人”,送我月色和琼花

我该是那经不起往事的紫薇
一半颤抖,一半哽咽地说出:
“等你,在二十四桥。”瘦西湖的柳影窈窕
如我的水袖拂过你的梦境
一半缠绵,一半伤情

等你,在二十四桥。我的泪水很慢,很轻
落在那面破碎过的镜子上
我们的身姿止不住地斑驳。在这阑珊的
月色里温柔地苏醒,相思
我们对视的目光满是哀怜。似那般
都没有经过多少

秋冬世事

我刚要写到春天　文/红茶

我虚构到幸福了,在你的屋子前
安置了河流和花香,我就在河流边的梧桐下
做你小小的太阳

我还布置了整个现场,那些和你性格相似的元素
叠山林,理曲水,在轩榭处种木犀
让美人鱼在有芭蕉的池子里
游来游去

我刚要写到春天,就开始啜泣
因为我知道,我必须戒掉雪花的热烈和悲情
写到春天之前
我必一身惨白

边缘花　文/红茶

再走下去,就到了花的边缘
再等下去,就能接住那一场雨水
三月是一条耽搁已久的船
你在那头,点灯,梳头。
雏菊爿爿,沉迷于春寒
小白,我又该从哪朵花的媚态
开始想你

春风又绿江南岸　文/红茶

一夜淳朴的梦,有些荒诞,却很温暖。至于内容,大概是记不清楚了。自昨夜

放下一个苦担子，我就又顺着音乐起舞，在小屋子里扭来扭去，摇头晃脑的蛮惬意。阳光明媚，人间温暖。意外地发现袖子上有暗香，我像极了醉汉，抱着胳膊嗅了再嗅地贪杯。怀人在眼前，怀人在天涯，你终于也像柳絮一样，再次窈窕地拂过我的指间，念及这份痴软，我的骨髓深处便也绿意盎然起来。

情若游丝，人如飞絮。江南两端的人，我们都漂泊了太久。这一路坎坷的水途所耗去的涟漪，青丝，如我在夜里为你掌过的那盏灯火，摇摇曳曳地破碎，痊愈，但是那些暖意和光亮是再也抹不去了的。像你门前的小浪花，时不时地有节奏地拍打晨昏朝夕。涌进你胸口的那些潮湿便是我了，让人哭笑不得的甜蜜，姿态优美却泛着咸涩。如我今天写春风的晦涩和温软，我也只是吞吞吐吐地陈述一下这离别的日子。你投来每一抹眷恋，宠爱的目光，都那么让我心碎。你是我的神父呵，要不然面对那些伤害和背弃的细节，你怎么还可以如此陶醉地拥我入怀。

“我要写感人的句子，来抒发这个春天对你的爱。”

“我会泪流满面地在水岸摇摆水袖，微微躬身，说那句陈旧的对白，‘娘子，这是五百年前的那把伞，以后它还将为你挡去烈日和雨水。’我也永远是你的渡船，给你缓慢的速度，一人间的清香。”

郎在京口，我处瓜洲，这一水之遥，我看得见对岸的笙火摇曳，笛声嘹亮，小牧童唤醒春天陶然自得的模样儿，你翘首的样子好美，好清澈。就这样隔着水，隔着日子，隔着人世之锈对视很久很久，两岸的青松秀竹便也坐不住了，胡乱地将生命和绿染给杨柳，而他们便是江南柔媚的绿色血液了，一日千里地传播爱和想念。我该从哪一朵花的媚态开始想你？桃花艳丽却过于轻率，梨蕊洁白酷似雪之冰冷，牡丹招摇，紫薇轻浮。

这一春天均有明月。我们都要做持重而颤抖的归人，那些被微风细雨抖动过的身子，定要散发互相怜悯爱惜的幽香。

郎在京口，我处瓜洲。修缮完所有的伤口，我要毫无瑕疵地飞跃夜色和江水，伴你走蜿蜒的人间道，夜里掌最亮的灯火，苦读四书五经。

我已想念太久“高头大马，风冠霞帔，哒哒地马蹄扬起的江南尘土。”你推门的姿势一定仓促而犹豫。我也必是紧张得忘却那句：五百年漫长，我已念你成伤。

饮一盏情花酒　文/红茶

那时候我总是喜欢贪恋路上的这些美色

就如同爱慕你修长的手指，它曾那么甜蜜地抚过我的腊月窗
可你染指春天后，这人间所有的红与艳都成了巨大的陷阱

我是个甘于在陷阱底层贪食黑的美丽女人

虽然我一直知道真相的第一层叫天堂
第二层是人间
地狱和刑法之下才是你，一个有修长手指，会在黑夜里
成为上帝，又幻身奴仆的人

那时候我总是喜欢贪恋路上的这些美色
如我之此刻贪恋你，看着黄昏堕落，天色渐暗
却说着，今天的太阳很美丽，我也从来没有爱过你

——红茶题记

在遇见你以前，我认为我还有希望。尽管有些交集甚至都不敢再想起来，怀抱夜晚的人，只在夜梦中擦身而过。我呼你单车爱人吧，虽然这只是想法，从未成为现实，恨只恨三生之前，我不晓得有你，我只握着自己微凉的手心仓促转世，并草率地在某地安营扎寨完成了所有需要完成的人生故事。我的单车爱人，我恨你长不好翅膀，恨你太过优柔的姿态，恨你连梦想都不肯为我铺设。我的单车爱人，在付出爱情之前，我早早就准备了伤痛。

在油菜花开的时候，我路过那些乡村，便想起此生偌大一个江湖。想起你带给我余温未尽，火焰尽灭的悲情故事，在一场醉酒之后，想起这个揪心的名字，我将号啕大哭，屋子里水龙头没有关闭，哗哗的流水和女人的哭声，就这样，我痛快地想你起，像想起一个传奇般地绝望和愉悦。如果哭泣可以挽留梦境，那么这世界将到处充满哀号。所以，我要给你一个沉默的江湖。

把两个名字流放到海底深处，等它们吃够海的生命和蔚蓝，我们便安详离去，留下收留过我们的水草和鱼虾，和他们一一道别。我的单车爱人，我把它称为刑期，这一辈子，我就躺在里头，你在外头给我讲窗子外的新鲜故事，和过路的买卖人带来的小道消息。你要推着你的单车，从海底路过，投来惋惜和温存的一瞥，投来你的影子和爱。我在这个蓝色的江湖里面为你织好以后的美梦，你要是想

我，就可以在浪花上绣上轻吻……

再或者，把我们的气息和血液安放在乱石岗，我们做一对游魂，你做你的大侠，我甘于做小倩，大侠的命运风光而不自如，小倩到夜晚才来去你的窗前打探你，不惊起夜晚的星宿，不让尘埃毁坏我们的故事。这人与鬼之间的情谊，外人不必知晓，我们要掩饰好所有的风吹草动，要莲步轻移。

这样吧。你用单车驮我去江湖上看看。我要在年前买些花衣裳，如果异乡人不小心问起，你就说我是你在道上捡来的，我也不介意你在我脸上抹些灰尘，我要坐在你身后，轻声唱《甜蜜蜜》迎接江湖中人赐予我新的封号，你要事先告诉他们，我是你的单车爱人，是你混江湖时在路边捡回来的，身世不明，暂时栖身在你的身旁，做不得志的知音。

这样吧。再说我就悲伤了。或者我想个浪漫的名字：我们都是在江湖的人，我们可以是兄弟，可以是爱人，什么都是，却又什么都不是。这样吧，我要关窗户了，关掉这个一月寒冷的故事，关掉我做小倩的念头，大家都好好睡吧。

这个情人节，就这样伴着我们的文字，悄悄越过黑夜，叫醒了太阳。其间，冒出一个网友“树叶”，在我们之间的帖子猛灌水，这引起了我的注意，但也没太当回事，网络上的马甲多的是。

41

小柔的样儿、晶的形象，总在夜深人静的时候，跑进我记忆深处，我想了很多法子，希望得到解脱，但事与愿违，失眠就是折磨着我。

北京的3月，初春的迹象已开始突破冻土的封锁，慢慢飘散在我眼前。到卧龙去，到响泉小学去看看，像迎春的花蕾，在我的心头涌动。

我先到了成都。抵达成都的下午，有丝丝小雨落下，薄薄的轻雾，把我眼前的一切妆点得妩媚动人。大街上，常有那乖巧的成都幺妹儿，裙子短至上衣，这时，即便是背影，我也不肯放过。我开始诅咒这雾的轻薄，为何不浓烈得眼前一片蒙蒙，或者躲得远远的。

我想在朋友那里借一辆途锐，想直奔卧龙。但朋友硬是把我先拉到了贡嘎山海螺沟。

翌日八点，一行人急匆匆走出成都的雨雾。这雨很微，像天空的云掉落的一声叹息，又与雾混在一起，确是难以分清的。

翻越二郎山之前，雨雾渐渐变了脸色，高山尽头，隐约看到雪白的影子。长安说，山顶下过雪，风景错不了。还有，这二郎山蛮神奇，山的两侧，天气多是绝然相反的，现在的雨雪雾，一旦穿过隧道，那边可能阳光正灿呢。

越往上走，积雪越多，已不再是这一堆，那一块了。透过瞬间散开的雨雾，北方的素裹银装，依稀分明。内心开始骚动，双手不自觉地摆弄起相机来。打开天窗，迎着冷风，周遭的样儿，难逃我镜头的追捕，直至二郎山隧道跟前，我们停了下来。长安再次提醒，山的那边，可能一丝雪花也没有，等我们几天再回来时，这雪又可能溶化了。谁又能放过眼前的雪白呢？我们就那样滞留在这雾气笼罩的雪色之中，久久不愿进入隧道。

还未跑出这四公里多的隧道，却见前方一束灼人的光芒。正如长安所言，山的那边，太阳正开心地笑呢。雨未见，雪无影，雾溜了，恍若真的穿越时空隧道，来到了炎炎夏日。

在泸定县城前，下了川藏公路，已过中午，先前的景致无法填饱肠肚，恰好路边有小餐馆，平常、憨朴，与他背后的大山，没有二致。几样农家小菜，清新嫩绿如滴，吃在嘴里，就不仅仅是好吃这般简单了。那种乡野韵味，再合着一盅烧酒，我差点忘了要到哪里去。要不是长安一再催促，我们可能真要发呆犯傻至擦黑。

去海螺沟前的那个山谷，没有我想象的俊美，几许荒芜，缺少生机，大抵是春意还未来临。

车至景区大门，我们开始采购上山的必需品：长靴棉鞋、泳裤、手套、墨镜，其报价低得我们不好意思还价，甚至怀疑这里是不是旅游点，在我的潜意识里，景区购物，多是要被宰的。

下午四点左右，车子抵达了当天的终点——二号营地。几排别致的木屋，随意坐落在山沟的石坎上，云雾与温泉热气在我头顶嬉闹，把天空遮掩得严严实实的，不见太阳。大片大片的积雪，成了这个山区的主人和外罩，连杉树也不得不低头弯腰。温泉划过的山涧，铺了一层青绿的毯子，与涓涓溪流，尽情地蜿蜒在沟谷，全然不顾这个三月的忧伤。即便有胆大的游人跨跃，也一点没有搅乱他们的欢乐。也有娇小的泉瀑，从山腰吊将出来，像在雪的肚皮，缠了根灵动的腰带，我们一天的路途劳苦，随它一同跳进了小潭，轻轻地流走了。

服务生引领我经过吊桥，穿过大大小小的泡池，爬到顶端的木屋，我的内心竟脱离了温泉的怀抱，感到丝丝孤寂和冷漠。但雪地映衬下的温泉，着实诱人得很。

“春寒赐浴华清池，温泉水滑洗凝脂。侍儿扶起娇无力，始是新承恩泽时。”这是我对《长恨歌》，印象最深的几句。其实，海螺沟名声在外，一半是因为冰川，一半是因为温泉。尤其是二号营地的雪地温泉，已成为都市人的梦幻。

打发走服务生，放下包裹，宽衣时才发现，刚才买的泳裤忘在车里了。裸泡的念头立马从雪地站了起来。犹豫片刻，还是穿上内裤吧，在门前这个独立的池子里，应无大碍。吼~

碧绿清澈的水，暖暖的，散发着一股淡淡的幽香，几乎没有硫磺味。被这样的温暖包裹，舒服而惬意。露天的池子，淡蓝色的温泉流向层层叠叠的池子。我躺在池边，向下望去，温泉里人头传动，大多数懒洋洋地享受这冰凉世界的短暂温暖，偶尔有人会低声聊天，清净温和。温泉淡淡的水汽被轻柔的山风吹拂，仿佛人在仙境。

我的池子不大，极为原朴，基本是就着基岩筑就的，不成方圆，更可以随意扑腾。在里面慢悠悠地游荡，然后在池子边缘躺躺，松弛的有些倦怠，便来到雪地，任由寒风轻拂，雪花在紫红的肌肤上，尽情地吻个不停。

泡完之后，我没有特别的感受。但是，那种全然放松的感觉，却是真实的。就是现在，只要想起温泉，我就想起那无缘一见的蜀山之王贡嘎山主峰，想起海螺沟那水汽缭绕的池子，想起那片宁静的山林和雪白。

夜晚的酒是少不得的，和着哥们的情谊，自然又醉一回。

翌日，睡眼惺忪地醒来，已快八点了，还是记挂那一抹金山的。急急拉开窗帘，只见雾气蔼蔼，能见度很低，想必看不到峰尖，更难于目睹此地有名的“日照金山”瑰丽景致了。几许失落袭上心头，只好点了支烟，站到屋檐下。

也就半支烟工夫，一阵轻风扒开了一片云雾，远处的景色突然清晰起来，树林顶上一座挺拔的高山，兀立在我眼前，我不禁失声叫了起来：“啊！金山。”神秘的贡嘎雪山隐于山雾背后，金红透亮，“犹抱琵琶半遮面”，敬畏之情油然而生。感叹之余，才想起拍照的事儿。可惜只是昙花一现，当我的镜头对准她时，惊鸿一瞥后，眼前的一切又被云雾笼罩了。

八点半，吃完早餐，趁等一个哥们的间歇，我随意溜达，待转身时，赤红色的山峰，又冲破雨雾的阻挠，清清楚楚地展现在我眼前。贡嘎群山从云雾中显露出一角，此时，我没有颤栗，没有激动。贡嘎群山那张由结构严密、质地坚硬的巨大闪长花岗岩侵入体组成的面容，在清晨的阳光照耀下闪闪发光，在终年长久的寒冻风化作用下,陡峭如削。我迅速按了十几下快门,然后,又没了踪影。也许,人世亦如此吧,快乐多是闪现的一瞬,无赖、平常却是家常便饭。

贡嘎主峰,你在哪里?我寻你来了。怀揣这样的企盼,我们的汽车,沿崎岖公路,蜿蜒上山,大约走了5公里,头顶的云雾,便被我们踩在了脚下,真切地体会了"蓝蓝的天上白云儿飘"。一路走走停停,停停走走,心情愉悦而松快,像雪地腾飞的鸟儿,从这个枝头,窜到那个雪丘。

抵达三号营地后,换乘亚洲单跨最长的索道缆车(长度3500米、跨度1200米、距离地面高度165米),直奔当天的目的地——四号营地。黄黄的缆车如橘灯从高山杉树头顶飘过。过山崖,跃山瀑,从长满神秘藻类的红石壁间和石头阵上一闪而过,向冰舌抵近。

离海螺沟冰川(当地人称之为干河坝),越来越近了。海螺沟冰川是亚洲最东的低海拔现代海洋性冰川,冰川舌前端海拔仅2850米。从缆车上看,冰舌上乱石嶙峋,因塌方和泥石流而从山峰上,冲积下来的灰白色石头。冰川床呈U字形,而非流水冲刷出来的V字形。峡谷峭壁上,长满了原始的冷杉,这是世界上唯一能看见冰川嵌入到森林的奇观。森林从沟床低海拔处向高海拔处的蔓延趋势,在刺骨寒冷的舌尖处无可奈何地迟缓下来;而冰川年平均350米的气势汹汹向下挤滑运动,则随着冰川的不断融化而似乎变得停滞不前了。冰川舌根最厚处达300米,然后越来越薄越来越尖,最后只在伸出13.7公里的舌尖处剩余一些冰塔,孤零零地耸立着。但不久也会倾覆消融,直到化为水流或潜水,顺谷地流淌下去。森林冰川在此处相拥共眠,互有渗透,这是全世界绝无仅有的。

年轻的海螺沟冰川还只有1600多岁,但却正在以每年16米的速度灭亡,用不了几十年,整个贡嘎冰川或许都将消融,似乎森林占了上风。然而,当贡嘎冰川消融毁灭,甚至整个青藏冰川都消融,冷杉的森林又将靠什么来滋养?皮之不存,毛将焉附?这也正是当今人类环保面临的大尴尬。

顺着干河坝冰川不断萎缩的躯体往上看,大冰瀑布的雄姿伟态就呈现在我们眼前。大冰瀑布高1080米,宽500米,是我国至今发现的最高最大的冰瀑布。但我想那数据只在现在才有效,夏天的高温会让任何一条汉子汗流浃背,何况这些冰瀑。冰瀑中间部分想必是最近有过局部崩断坍塌,微露神秘的冰瀑内部景观——洁白且隐隐透露出奇妙的雪青色。

再往上就是紧紧缠绕主峰的云彩,传说中的"蜀山之王"贡嘎雪山,就掩藏在那一朵朵纯白的帷幕里。我不知道要等待多久才能见到贡嘎主峰的丰姿。

下缆车,从观景台走向冰舌隆起处。拒绝了冰爪兜售者的诱惑勾搭。我要顺着这条开满雪绒花的小路,越过朝阳一面被神秘藻类染得通红的石头的坡陡,穿过高大挺拔的冷杉森林,走到那个迷幻般的清凉世界里去。

我终于站在了冰面上。近观海螺沟冰川,并非我们所想象的那样洁白无瑕,令人颇有些失望。整个冰川看起来就像个大采石场,到处都是裸露的大石块,冰川运动时夹带的泥沙，在花白的冰上留下道道黑色痕迹，形成了各种图案和暗沟。其实,这也是海螺沟冰川的奇妙之处,冰川在运动中将周围山脉中的岩石、沙砾一起运送下来,冰川上覆盖的碎石,有助于延缓由于气候变暖而导致这个现代冰川在3200米的低海拔下快速融化。

终于零距离触摸冰川,感觉自己似穿越了时空隧道,来到一个冰雪王国,那美丽的公主和王子在哪里呢?我被眼前冰川、原始森林与人和谐相处的奇景所感染,孩童般心性不停地涌动。但我知道,就在这一派不动声色的伪装之下,寒冰在坚持着它的温度与晶莹,而温度与晶莹是没法用言语来表达的。这时,我想到,这南方的冰川更像是我们的现实生活,并不牢固,随时即化。冰底下,有数不清的冰裂缝,一不小心踏进去,可能就是深渊,就可能万劫不复。现实不也如此么?到处都是裂缝,走到哪里,都是在冰面上舞蹈。

我还想,如果可能,我要一把冰刀,把它插进自己的心脏,冻结那里所有的温暖和坏念头;如果可能,我想凝结成冰,就这样被搁置在大山深处,一直到数亿年后,整个地球变暖,连南极的冰也融化殆尽,那把插在心脏里的冰刀,将在阳光下闪闪发光,冰刀融化的瞬间,我的血管重新变热。

同伴的呼喊,把我唤回到了现实。我们需要一碗羊杂热汤去寒。

也许是羊肉的燥热,也许是神山的呼唤,同行的“老大”,居然在众目睽睽之下,对着羞答答的主峰,一件一件脱光了上衣。我这才想起,我在《一抹血红》小说里,男主人公在贡嘎雪山做裸体男模的情景,怎么会这般巧呢?

接着,我们一行的男人,全部赤裸着上半身,惹得游人好奇的目光,大抵把我们当作疯子了。其实,那里尽管是冰雪世界,温度很低,但因为有明净的阳光,我一点没感觉寒冷,反而因为嬉闹,额头浸出微微的热汗,心,更是暖融融的。

我的海螺沟之行,在脱光上衣的刹那,就已结束了,余下的时间,不过是完成回归,穿过冰之树林,踏着残雪,坐缆车下山,然后,钻进汽车,回复到喧嚣的城市。

海螺沟,这个有着童话般的植物王国,这座低海拔的海洋性冰川奇迹,无论是东海龙王的海螺公主喜爱这里的美景来此定居，还是一位叫海螺的美丽善良姑娘和她的爱情故事，抑或是天上飞来的一块海螺石跌落沟内……这些美丽的传说都深深地浸染着我。尽管没能一睹海螺沟最壮观的景致，也没能亲眼看到主峰的奇妙，但海螺沟所具有的震撼人心的威仪和气势、超凡入圣的清寂和空灵，也足以让我肃然起敬。

夜里，我在雅安的客房里沉沉睡去。在梦里，梦见了史前的冰世纪来临，梦见天使在火焰上跳舞，梦见天使的红头发在冰雪之中，醒目地舞动。

从海螺沟回到成都后，我便急匆匆地赶往卧龙。

卧龙的名气与国宝熊猫有关。四川卧龙国家级自然保护区，创建于1963年，当时面积2万公顷，1975年，面积扩大到20万公顷，是我国建立最早、栖息地面积最大、以保护大熊猫及高山森林生态系统为主的综合性自然保护区，是2006年7月世界遗产大会批准列入世界自然遗产名录的“卧龙、四姑娘山、夹金山脉”四川大熊猫栖息地最重要的核心保护区。

三月，南方的春天到了，但我内心的阴霾，仍在阻止春芽的萌发。

上午，出成都取道都江堰，过青城大桥直奔卧龙而去。

车行都汶路间，此时，下起了蒙蒙细雨，公路右边岷江忽现一座大坝，屹立岷江峡谷，腰斩千里激流，我知道这就是紫坪铺水库，汶川大地震时，多次在电视上出现过的。如今，谷深峡幽，风光旖旎，岷江烟雨，万顷碧波，地震的影子难于见到了。

到映秀分路，天色慢慢暗下来，由于修路，破烂不堪。散布的碎石泥浆大坑小凼，真让我怀疑走的路是否正确。此时雨越来越大，道路上不时出现一些散落的石块，和着呜咽的皮条河水声。终于，熟悉的道路又出现在我的车轮下，钻入隧道经木江坪检查站过耿达乡，熟悉的味道随着沁人心脾的空气溢满胸腹，熊猫的故乡——卧龙要到啦！

高耸的大山张开臂膀，一下就把我揽入它的怀抱。举目四望，壁立的、葱郁的山峰将我环绕着。山风吹过，凉意阵阵。山的肌肤散发着清香，直入肺腑。山谷中的溪水翻起洁白的水花，拥挤着、推攘着，向山外奔腾而去。道旁开着一丛丛粉白色的野花，像扬着笑脸欢迎我似的。山上的树木越过寒冬和地震的摇晃，依然浓绿茂密，莽莽苍苍。公路顺着山势转过一弯又一弯，我沿着公路欣赏着徐徐展开的一幅幅大自然雄浑的美景。看到震后的深山依然多姿，我的内心多少轻快了些许。

一路上丰茂的植物不断变化，让人倍感大自然的恩赐，想那熊猫，虽仅剩的栖息地已是区区几小片，但在这中国最早的自然保护区里，我以为它们还是生活在一个大自然的天堂里。但我不是来观赏熊猫的,卧龙镇只是我路过的标识。但我还是在那里住下了,我要调整心态,去除这场春雨的湿气。

翌日晨起,昨夜那场寒气逼人的春雨了无影踪,高原特有的清澈阳光撒满了眼中所见,山坡,河谷,树木,道路,建筑,人的身上,灿烂的笑容写在每个人脸上,明媚的高原阳光使人感觉到春天真的来临,卧龙醒来了,卧龙皮条河谷张开了它那悠长的双臂,迎接着每一个到来的客人。

车出卧龙关英雄沟后,路上便没那么多人居住了,巴朗山脚下卧龙皮条河谷两边山上,目所能及之处浓密的植被却间杂着斑斓枯黄由高到低,层次分明地从山顶秀到河谷,竞相争胜。

车上至邓生,回首远望,清澈透明的皮条河水,带着雪山高原特有的清纯一路欢歌而下,远山近景,异常秀美,遍山春意遍山尽染,处处奇石弄景,我相信,我是在最恰当的时间,看到了春天这里最美的景色。悄悄的,像精灵一样滑过身边的丝丝流云,带着缕缕凉风迎面拂来,我贪婪地吸着清爽的空气,心旷神怡。

心中的乱丝也已随那盘旋而上,翱翔蓝天的苍鹰,消失在湛蓝天空!

汽车不能直接抵达响泉小学,我停车后,在附近村庄找了一个向导,他听说我想去响泉小学参加重建工作,二话没说便爽快地应了。

向导说,步行去响泉大约要一个小时左右,全是山路。

沿途溪流纵横,散布大大小小的瀑潭。这里的水,很清,很蓝,就连山上的冰,透出来的颜色,都是一种淡淡的蓝色,好漂亮。

我们走了半个小时,就遇到了一大片的鹅卵石滩,堆了整整一座山,路没了。一翻过这堆石滩,世外桃源展现在我眼前。那是一大片很开阔很平坦的沙地,本来很湍急的溪水,在这里变得非常地平缓,水清澈得发绿,发蓝。

我喜欢水,所以一看到卧龙的水,就觉得很舒服。这是没有经过污染的高山雪水,清澈得使水呈一种淡淡的蓝色,但是在溪水跳过石头的时候,又变成了水晶般透明。真想夏大能来这里游泳,肯定很凉爽,也很舒服。在山间又常有瀑布,有的如一匹白练,很霸道地从山头狂泄;有的又如白纱,欢快地在山间跳跃;有的又如薄雾,轻轻地,缓缓地,在空气中散开。只可惜没有太阳,不能使它们变化出更多的色彩。

终于,我走进了位于半山腰的响泉小学。准确说是响泉小学废墟,尽管被清理得差不多了,但我只能在北京的拆迁现场才能看到的景象,原朴地赖着不走。

站在响泉小学背后的山峦上，微风轻摇，我却装满了晶的影子。晶为啥要留在这么偏僻的响泉小学呢？我百思不得其解。

我在那里逗留了三天，没有打探晶的事情，说不上是为什么。然后，回到了成都。

晶已是名人了，因为汶川地震，而不是因为她是乡村女教师。报纸、电视、广播已有诸多报道，尽管她自已的言论很淡然，多次表示，任何一位老师都会像她那样。但所有的报道无一例外，都在美化她。这使我犹豫了好几天，最终也没有到医院去探望晶。心想，过去的就让它过去吧。但晓飞呢？他在哪里？她知道晶与网友冰的事么？

42

一恍，2009年五一节到了，海南的朋友小谭同学相约，爬五指山，我已然没了游山玩水的兴致，但想散散心，就去了，还叫上了何彪。回来后还是写了一个激情洋溢的游记：

在五指山找寻雨雾妆点的诗句

浑身湿透，沾满泥土，沉重的双脚，踩在曾经景仰的五指山顶那一刻，雨停了，雾渐次散开，15分钟，就15分钟的停歇，恍若一生的等待，我的内心与山尖的石头，还有古朴的枯干，磨蹭、撕扯、嬉戏。这就是2009年五一那天，一路雨雾陪伴我们登上五指山一峰时的刹那。

在海南岛的东南部，横亘着南北走向的五指山，峰峦起伏成锯齿状，形似五指，故得名。其主峰就像五根分开的手指，直插蓝天，是海南第一高山，海南岛的象征，也是我国名山之一。五指山中的最高峰为二指，海拔1876米，在一峰二峰之间，山势非常险要，攀登更难，有一座由天然巨石架成的“天桥”，传说是座“仙桥”，神童仙女还常到桥上云游玩耍。二峰之后是三峰，原是五指山的最高峰，后被雷劈去一截。接着四峰、五峰。这5个峰虽然峰巅分立，但5个峰却山体相连。

这里群山连绵，峰峦叠嶂，覆盖着热带原始雨林，层层叠叠，逶迤不尽。海南主要的江河皆从此地发源，山光水色交相辉映，构成奇特瑰丽的风光。自古以来，除了当地的黎族苗族土著居民和偷猎者、盗木者以外，外人罕有进入，是海南岛的一片纯洁净土。如今,这里成为户外爱好者的乐园,徒步旅行、雨林穿越、攀岩、漂流,各项户外探险运动,都在这里找到了自己合适的位置。

五指山林区是一个蕴藏着无数百年不朽良树的绿色宝库。进入原始森林,落叶厚达50公分以上。空气里充满了一种独特的树脂香味,薄雾像一条透明的纱巾,环绕着深深绿谷之间,轻轻地飘荡,五指山还是珍禽异兽的王国,这里生活着的动物,计有两栖类、爬行类、鸟类、兽类等等……

这是登山前,刘老师告诉我们的,他可是徒步穿越的老手!

4月30日下午,我们一行人驱车抵达山脚下的水满园酒店,便急慌慌地来到了华夏第一漂。漂流的惬意,甩到身后的响泉,扭摆的水草,两岸的青绿,还有原态的山影,以及飘动翻滚的云霞,不时落下的几滴雨珠,成了五指山迎接我们的第一声问候。但我的内心还是被山巅的五指,紧紧地搅拌,一缕泥土的芳香,在脑海升腾,和着热带雨林的体香,勾引我从这蜿蜒的激流中站立,满脑袋只装一个想法,想尽快触摸指尖!

但,夕照唤醒的黑夜,把我眼前的五指,严严实实地遮掩,一丝落寞袭上心头。不知谁叫了一声:开晚饭喽,把我从夜的黑,拉了回来。

晚餐是淳朴香甜的。饭前的野生水满茶(产于五指山水满村)味道独特,令人回肠;还有风味独特的五指山野菜,又叫革命菜,因当年琼崖纵队游击队员吃过而得名。当然,生长在海拔600米以上丛林中的野牛肉,肉质结实、纤维细嫩、柔软爽脆,用作清炒、油煎、烧烤各有特色。还有五脚猪、灵芝山蟹、小田螺、水满石鲮鱼、五指山水库福寿鱼、泥巴烧鸡、农家肥鹅、营养丰富的竹筒饭等。

酒是少不得的。我们都知道,这等乡村景致,不混合点酒气,是无论如何也说不过去的,只是想着来日的跋涉,谁都想一醉方休,却谁也不敢喝高了,那种微醺的感觉,倒是恰恰好,这使我记起了,来的路上,划过窗际的田园思绪——这里的5月,完全不同于北京的了,苇塘、荷田、鸭群、竹林,将一路的风景连缀起来,不时出现的令人惊喜的香蕉林,硕果累累的木瓜树,挺拔高大的苏铁,更有无数的槟榔、椰树点缀其间,一派令人目不暇接的热带风光。

五一的清晨,是五指山的雨雾,把我喊醒的。一夜雨声合着我的声声梦呓。简单洗漱,推门而出,站到走廊的尽头,远眺细雨滋润的五指山,只见林木苍翠,薄雾缭绕,青绿一层压一层,盘旋而上。

雨仍下个不停,看来没有停歇的迹象,我的内心是矛盾的,既想体会与五指山一同被雨雾浇湿的痛快,又担心自己的体力,是否可以应付被雨水湿滑的山路。但刘老师可没一点动摇,只问了句:有雨衣么?便说了声,准备出发!我先前的犹豫,没了藏身之地。稍做准备,我们冒雨冲向了雾霭中,睡眼惺忪的五指山。

去登山的路上,开车的友人很有情调地放着萨克斯曲,那略带一点忧郁的曲子和我身边不断变换的颜色呼应着、交织着,一点一点地浸透了我的整个心灵。零零落落的几座茅屋,懒懒地躺在山脚下,几柱袅袅炊烟和晨雾弥在一起,四散飘开,将淡淡的饭香送入鼻中;过了一座小桥,溪水也无力地流着,冲刷着尚未苏醒的岩石,发出哗哗的水声,仿佛更增加了这湿润的气氛;几头早起的水牛悠闲地走着,或者停在路上,看着我们从身边驶过,发出被骚扰的不安的哞哞声;几堆新鲜的野粪散落在路上,让这路似乎有了几分亮色。

8点20分,登山开始了,心情格外兴奋。铺在草丛里的光滑石板路,让我觉得似乎征服五指山只是时间问题,这点细雨,正好是一首好诗的韵律。可是好景不长,还没有走出200米,我们面对的就完全是另外的一个世界了:四周拥过来的树干枝丛,几乎封堵了我们前行的道路,脚下的石板也莫名的变成了由树根、藤条、碎石和泥土混合而成的天然山路,我们消失在丛林之中,心底生出几许亢奋,脚板轻快,我们都想早一点到达山顶,谁都明白,这种雨天,可能会有意想不到的困难,在等着我们呢。

在莽莽的青绿中穿行,除了雨声、脚步和我们之间的闲扯,忽然多了哗哗的流水声,想必那里必然会有溪流,来“玩山”的我自然想去瞅瞅,但大队人马正有条不紊地迈开双脚,我只能远远地倾听,这条白色巨龙的欢歌了。前方,又是一段相似的山路,在快要转弯的时候,眼前突然一亮,多么壮观的瀑布!一条百米长的银龙咆哮着从山腰窜了出来,在绿色的画布上,舞动出一道优雅的蜿蜒。

随行的小谭同学提议,像我们二十几年前在课桌前端坐那样,45分钟一次小歇,这样顶好,把这一长长的山路,自然地分割成,一小段一小段的征服,反而没有了漫长的担忧,心里生出几许轻松,可以松快地环顾周遭的景致,才发现和我印象中的那些山,完全不同了。

泰山很规矩,是专门为人攀登而建造的;黄山太杂;衡山过于小气;庐山又显得很模糊;只有这里,不时倒下的树木给你的前行路上,设置了一道道关卡,水洼泥路又让你绞尽脑汁去琢磨,如何能“既要往前走,还能不湿鞋”。垂下的藤条或者横伸的竹枝,让你要看清上面有没有旱蚂蟥才敢过去,树桩上大片的蘑菇、一些野果野花和千奇百怪的叶子,让人总要想想,应该将它们归入哪个门纲目科。或者说正是这里的自然,完全没有人工的雕凿才让人觉得她的与众不同了。

两节跋涉课后,有三三两两的游人迎面下来了,我禁不住问,还有多久?他们说,雨太大,路又滑,没有登顶,是半道折回来的,我投去不屑。此时,我的想法开始高涨,登顶的渴望,把脚底的湿滑和崎岖不平,丢到身后了。

路越来越难走了,陡峭而艰险,好在,修了好些人工天梯。但这是怎样的阶梯呀,待我转身时,顿觉浑身战栗,在哆嗦中找到一块很大的岩石,接下来爬上了更大的一块石头,上面的铁链和铁柱已经锈蚀,我们也只好把生命暂时托付给它们。

不知过了多久,我已走得双腿酸痛,浑身湿透,鞋里全是泥水,从额头滴落的水珠,模糊了我的双眼,更分不清,那些是雨水,那些是汗珠。在爬完一段陡坡后,上气不接下气,体力出现了第一次的呐喊。

的确累了,每人来一段笑话吧,解乏,何彪说,某人有一鹦鹉,此鸟善于打架,且未逢敌手。一日,这人将一麻雀放入笼中,次日来看,鹦鹉无事,可麻雀羽毛全光。此人嘻嘻笑焉,又将一喜鹊放入笼中,次日来看,鹦鹉仍无事,而喜鹊羽毛全光。旁人惊奇,赞不绝口。这人为了显摆,将一老鹰放在笼中,次日来看,老鹰死,鹦鹉羽毛全光。立刻将鹦鹉取出问之,鹦鹉答曰:“这老鹰太厉害,TMD,不光膀子还干不过他!”听完,众人笑开了花。

快看,好大的板根,这是刘老师的声音。遁声望去,一棵约80公分直径的古树,在它与山坡厮磨的地方,长出巨大的三角形板根,我知道,这十分有利于这棵巨树的稳固,大自然是多么的奇妙,这种力学上最稳定的支撑方式,在这里巧妙地融合了。待我往右看时,好壮美的空中花园,在密林的缝隙中,是那样的灼人眼眸,这些倔强的生命呀,只不定只是一抹微风,把它的种子,遗落在树干的伤疤上,它便生根发芽,在半空中,笑呵呵地嬉戏,顽强地看四季变迁,月落日出,有时还会对着天空的星星,说几句煽情的废话。这时,刘老师说,要是能看到绞杀就好了,这样,热带雨林的三大典型特征,就聚齐了。

时间过去了2个多小时,下山的几个学生模样的男男女女,站在我头顶的斜坡,给我让路,我急切地问,还有多久?一位乖巧的女生说,快了,半个小时就到了。就这句半个小时,仿佛给予我疲惫的身心,注入一剂兴奋,脚板轻快了,心儿唱着曾经的歌谣:“我爱五指山,我爱万泉河。”但,后来的事实表明,这半个小时,只是理论上的,当我最终站在一峰山顶的时候,这样的半个小时,已有四拨折回的人,友善地说给我听!

快到山顶了,近看五指山,雨雾中,隐约看见5个“指头”由西南向东北,先疏而后密地排列。眼前这座郁郁葱葱的山峰,便是五指山第一峰,海拔1300多米,峥嵘壁立,那顶峰倾斜指着天际。昨天下午仰望这座山峰时,整座山峰好像一座硕大的金字塔,那山巅则像啄食的鸟嘴,但是登上来后,却是一大块只有10几平方米大小的岩石。

一行人马,全部抵达了一峰,咦,雨是什么时候停的?怎会这样巧?刘老师说,休息一会,吃点东西,肠肚早已闹革命了。大伙坐了下来,感受这亲吻云朵的石头,原来它的内心,也被这场雨浇湿了,冰凉!

置身于峰峦,四周望去,雨雾从我们身下向上涌过,景象万千,仿佛我们已经到了仙境,其余四峰偶尔在雾幛中显现本色,让人觉得“犹抱琵琶的感觉”。

我要说,这里有清清楚楚、明明白白、坦坦荡荡的美丽;我还要武断地说,一切闭月羞花和沉鱼落雁,在遇到这个地方的时候,都会有些自卑。我知道这里的春末,很诱人,是令人挂怀的。我也早在摄影作品里,读懂了好色之徒,对这片山水的钟情,并在他们那么神情又那么激情的色彩里,感受到了这里的超凡脱俗和博大、安宁。但是在我和这山、这水、这雾相逢的时候,我的思维和感慨却全部凝滞了……我能体会到的是自己在那块绝对的净土中,灵魂升腾的很忧伤的快乐,我看见自己被洗涤的魂魄很自在飞翔的样子……

山中飘荡的薄雾,居然散发出很轻很轻的歌声,是我们轻轻扣在自己膝盖骨上的和弦?是恬静的流水,无意间荡漾在我们心底的浅浅的哀愁?是那些悠然着慢慢踱步的野兽的嘶鸣?或者还是那满山的生机里暗藏的袅袅炊烟…….我不知道。

倚着没长青苔的岩石,我安静地坐了下来。让自己和山融为一体。那一刻,我是那么执著地渴望自己就变成山上最小的一块顽石,不过当我下山时,经过小桥的时候,我突然觉得,自己最好可以作为人类之外的一种生命存在,顶好就是在桥下流溪里,做一条很小很小的青鱼。

上天的眷顾,只有15分钟,然后,又是淅淅沥沥的雨,风也来了。我们没了休养之地,刘老师问向导,从这里到二峰,来回要多长时间?向导说,差不多2个多小时吧。雨、冷风、天黑得早,一帮徒步的残兵败将,这就是摆在我们面前的实事,从安全角度着想,刘老师决定下山,就让二峰与我们失之交臂吧,留下些遗憾,留下些企盼,也许更好。

下山依然不轻松。这么长时间的雨水,把山路湿滑得步履艰难,只好手脚并用，但比之爬山而言，粗气不见了，相对省些力气。

走到约一半的时候，绞杀出现了，也就是我们俗语的藤缠树。我们看到那棵树，只有碗粗，被粗藤缠绕，树已枯死，留下干瘪的沧桑，而紧紧缠绕的藤条，却枝叶茂密，生机勃勃，顶端已沿着树干，穿过这片密林的封锁，和来日的阳光说着情话，全然不顾及老树的悲凉和痛楚。当然，绞杀的结果，也有不少绕藤枯死的，只在树干烙上螺旋上升的勒痕。但更多的还是，彼此簇拥着，互相依恋而又顽强地撕扯，与四周的灌木丛争夺阳光和雨露。这多么像我们人类呀，大树般的男人和柔情似火的女人，彼此缠绕的一生，不也跟热带雨林的绞杀类似么？

假如，今天没雨，只有静静的苍翠和山梁，怎能令人忘怀？还有这死缠烂打的雾，把个山影以及从崖边矗立的树枝，映照得诗意蒙蒙，我是笑着滑下山的，轻盈而畅快！

假如，我们就这样轻松地下了山，那也是不能令人忘怀的。雨，既然下了一天，我们怎会这般轻快地走呢？比如摔屁股墩呀，大雨迷茫了双眼什么的，此起彼伏，还有湿滑的泥地，把小腿肚子绷得紧绑绑的。

假如，我就这样下了山，五指山也会生气的。我知道，她是想我多待会的，她悄悄地跟我说，她冰凉的酮体里，有一抹“等我”的火焰在燃烧，但，我的体力已达极限，怕是难于看到她夜色里火样的眼神了，这时，我想到了诗，进一步想起了诗人红茶，我可怜地向她求诗，结果，结果，一直到山脚下，也没得到她说要送我的情诗，但这样的期盼，又是另外一番滋味了，就算一杯五指山水浸泡的红茶吧！

43

从五指山回到北京后，我在“红茶游”论坛上，收到了红茶写给我的情诗：

给阿飞的情诗 文/红茶

若我飞奔而去，也不过是劫个初秋
黄叶子在梦想中摇晃
五指山之于大海的蔚蓝，广阔
赫然一个破碎而高大的倒影
我之于你的片刻和瞬间

将会有诗陨落

可念及你，我还会发出非诗歌的巨大颤音
和抖动，来证明，我的袖间
暗藏槐花，那些路过的落魄才子
或是富贾豪绅，都将怀上
细雨和信仰，他们都指望着春花
却讨厌秋实
他们下注时的身段好看
却从不在乎，衡阳雁去
木子花绽放后的身世
无限悲凉

所以，以凝望的方式，走进夜晚
走进你，走进一个男人的盛世
就不必理会，黄叶子凄然落下
窗子里寒气逼人
炉子中的火星子
灼人的光芒和火热
我多么庆幸，在你的典籍里
未曾有过
我的名姓

这首诗朦朦胧胧，算闹着玩的，依照这种思路，我又开始和红茶在论坛“调情”。拿她写给我的情诗开刀：

红茶给阿飞的情诗解读——朦胧篇

诗是红茶写的，写给了阿飞，这不废话吗？但，为啥写这首诗？我想，缘起是阿飞在徒步五指山的路上，累得快趴下了，阿飞期望得到红茶诗歌的鼓舞，但不一定非得是情诗，大家知道，励志的诗句不少！结果，红茶的诗，标明了是情诗，待读完，才发现，里面缺失了男人和女人的绵绵情意，更不是一个人写给一个人的。

写诗的红茶，依我看来，有三种身份和心境，红茶、木子(《一抹血红》里的女猪脚)，还有诗里那个“我”；阿飞呢，也至少是三种混合体，阿！飞、阿飞(《一抹血红》里的男猪脚)，当然还有诗里那个“你”。对不？红茶。

好了，这样展开的诗，必定有得品了，这正是红茶的高明之处，于无声处，绽放惊雷，震得我耳膜疯狂舞动，想停也停不下来。

第一段，点出了时间和缘由，拿大海和五指山来衬托我和你。中间用虚实过度，现实与虚拟呼应，其本质是指责男人的，也点中了诗里那个“你”的命门——缺失真爱的品行，天啦，红茶对这样的男人，还会动情？

最后的段落，表面看，只有在黑夜和另一个世界里，“我”和“你”，才能挨近，但这也正是红茶的心思，毕竟这是网络，是以红茶这个代号写给阿飞的，这虚拟的白天，正好是现实的黑夜，网络的典籍里没有，却在现实里了。

当然，这首诗有很多的细节处理和遣词造句，是可以慢慢解析的，作为开篇，先就说这么些，各位诗歌大佬，给点意见的说，且听下回。

说实话，此帖基本满意，但突然想到，这种网络胡闹，要是她老公看到，会作何感想？便给她发了短信：

“我和你在网上这样乱来，你老公上网不?他看到不好吧?我是不是该收收?”

“没事，他对我挺好的。”红茶很快回了短信。

“那就好。我再来点猛料？”

“随你便，不过……”

“咋哪？”

“其实，我正跟他闹离婚呢，都三个月了，唉，什么心情都没有。”

“啊?真的假的?你可别像网络那样，乱说哈。”我很惊讶，内心被什么东西扯了一下。

“这种事情，骗你干啥？”

“考~~你出轨了？傻妞，这是网络呀，别被网络语言迷惑了。”我无论如何也得劝劝她，俗语说得好，劝合不劝离，何况，我并不完全相信她说的话。

“去你的，你才有外遇！跟你说不清。”

“那就不说了，郑重建议：一定要想清楚，尤其是你们的小孩！”

“我知道。谢:)”

44

几个月后，红茶终于决定离婚，并写下离别赠言：

离别赋　文/红茶

冬夜冷酷，霜打后的叶子
一堕落便是四年。
今晚，我多么想成为
一个会掉眼泪的人
想起我娇嫩的女儿，想起豪饮欢笑的乡亲
想起你无可奈何的母亲，想起一个面包分两半的故事
想起八里桥那个坏心肠的房东
想起出租屋里不断流泪的那个孕妇
想起那个在病床上期待丈夫的女人，咬牙切齿的恨和耻辱
呵，那一年，我走过死亡
走过一个会说故事的年轻人
走过北京，走过你
走过那张鲜红的纸
和那场祭奠婚礼的大暴雪

那年新婚　文/红茶

这婚纱盼了四年，而今终究用不上了
我依稀记得我们在小阁楼细数礼钱，算计我母亲的
悲哀和细小。我也永不忘却那一夜陡然有雷声响起
元月2日。新婚。你问我肚子里的宝宝是谁的
就这样，我轻易就输掉了青春和人格
也输掉了爱和信仰……

新婚夜，泪水滂沱，这为小生命铺设的婚礼
不值一文

我以为生命短暂，我可以坚持
我可以为自己的轻率付出长久的代价
我以为我可以走到尽头
我以为你的猥劣只是暂时，以为是你太过爱我
以为你太过爱我呵

这些年　文/红茶

这些年，我想过堕落之后的继续堕落
我想过苟且，想过为宝宝放弃自己的梦想
想过遭遇一个好人，足够爱我
信我，容忍我

这些年，我一直被鱼骨头哽着
没有泪水也没有欢笑。拼命行走江湖
写下无数的美梦和经过

这些年都过去了，明日我将远离
或许我偶然间会想起那个会为我做饭，洗衣
却从不懂得爱和承担的男人

看完红茶的文字，作为朋友，我还是想劝她几句：

给红茶同学的闲言

（一）
你早就告诉南归的燕子
把《踩月集》叼给我

直到这个腊月，五粮液的醇香，才慢慢
从 101 页歪歪斜斜的段落里
抖落。“怀疑”不该是
生活的标题

手捧你的文字，时而温暖
时而冰凉
秋天的日子大抵如此
中间的过程，很漫长
其实，只隔着一扇明亮的
窗户

（二）
狂风暴雨雷电，白天黑夜
男人的世界里，一样不缺
你只要一息尚存
就离不了。无论心中
或晴或雾或阴
感谢造物主吧，否则
你的诗句，何以会呈现这般多彩的
生命

（三）
码字这堆货色里
诗人的情感，最不落扣
往往，一个精彩的标点
就是泪水与贱骨头
混合浇筑的

（四）
薄命红颜，倾尽一生来冲刷

也擦不掉罩衫的漂亮
内衣的深刻，以及
裤头里的多愁善感
要那么多干啥？赤裸裸地过日子
走时，有一个段落留在人间
就好:)

红茶的婚姻破裂，我心里并不舒坦，我和她之间，更像是哥们，没有进入男欢女爱的境界。

一天，红茶发短信给我，叫我在百度搜“恰恰”的文章，与她的过去有关。我便以“恰恰”和“红茶”作关键词，结果发现一大篓，都是前几年的旧帖。

我认真阅读了红茶和恰恰之间的文章，却不能从这些网络文字里，读出现实中的恰恰和红茶，会发生怎样的故事？但既然菡菡要我读，必然是有用意的，绝不可能是让我来欣赏他们的调情文字。

我只好电话菡菡：

“不知道你们发生了什么？”

“猪头。”

“你们相爱了。”

“哎。你平日那股聪明劲哪儿去了？”

“哦，恰恰是你老公。”

“笨猪。”

“你们真分手了？”

“……”沉默。

“说话呀，菡菡。”

“唏…唏…”菡菡忍不住哭了起来。

后来，菡菡告诉了我，她和恰恰之间的事儿。

其实，恰恰这个ID后面不是一个人，是几个哥们。主笔的叫安哥。那段时间，他们每天晚上最大的乐趣，便是就着啤酒花生米，分享网络战果，以及恰恰与红茶的私聊记录，共同探讨下一步的策略。

当他们确认红茶上钩以后，安哥退缩了，因为他有自己的心上人，而他本人除了笔触言语的痞性，真实生活却很自律。倒是文笔最次的帅哥马儿来了劲头，私自以恰恰的名义，单独约会了红茶。安哥的文笔与马儿的帅气组合在一起，大抵说来，没有哪个文学女子，能够逃脱得了的，何况马儿见到红茶之后，还真心喜欢上她了。

问题是马儿虽然写不出痞文，却能干痞事，仗着自己魁梧的身躯，游走于家庭与风月之间。作为敏锐的红茶，怎能觉察不到呢？但为时已晚，木已成舟。

红茶天真地希望，用她真诚的爱，打动马儿，俩人平平常常地过日子，但终究失败了，还特凄凉，虽没有红茶的文字中描述的那么凄惨，但也十分悲凉。这就是红茶为啥忌恨男人的本质。

其实，红茶这几年在论坛混，能成为网络红人，与她不幸的家庭生活有很大关系。以下这篇文章，最能反映她内心的矛盾和撕裂。

大 H 和小 H　文/红茶

小 H 是我的姐妹，我是大 H。小 H 很善良也容易坠入爱河，大 H 则总是泼她冷水，永远睁大她那双怀疑的眼睛。当然大 H 也喜欢男人，甚至也沉迷感情游戏，只是大 H 她最爱的总是自己，所以她总是不肯让自己受一点点伤。从这点来讲我觉得小 H 要比我迷人，我喜欢她的热情，疯狂，乐观，可爱。我也讨厌自己的刻薄，敏感，甚至多疑。

小 H 是与我同一天结婚的。我知道她并不幸福。因为她不幸福，所以我总是原谅她一次又一次地投身爱情，虽然在我看来，她总是在玩火想要自焚，想要毁灭，可我并不想批评她，因为我也爱她，当然我决非同性恋，我的爱很真诚，因为她值得爱，所以我爱她。

小 H 和一位只有一面之缘的男士相爱了。那位男士我也认识，在我和小 H 看来，那是一个近乎无懈可击的男子。我，大 H 认为他们的爱情无根无底，无枝无蔓，什么都没有，甚至不可能有未来。可小 H 在某个深夜突然哭着告诉大 H，她想要离婚，她想要努力挣脱，也许这是她在这个人间最后的机会了，她爱那个男人，爱他的努力，爱他的漂泊，爱他的单纯善良，爱他完美无缺的面容，爱他赋予他干净的，毫无肉体瓜葛的爱情和想念。那一晚小 H 给我看了那位完美男士给她的短信："在这世间，在此刻，在将来，我都只爱一个人，就一个人而已，那个人是我的小 H。"

"小 H，你是弱智啊，人家一个未婚男士凭什么爱你这个有婚姻约束的女子啊？你是王昭君还是貂蝉啊？去洗个冰水澡清醒一下，我不认为那个品学兼优，睿智的小H会相信这样的鬼话，你赶紧从梦中醒过来，要不然我就以你为耻。”

“大H，我也不知道他爱我什么，那些都不重要，我只知道我爱他，这是最大的现状和事实。”

“小H，你既非绝色，也不是比尔盖茨的继承人，你凭什么犯傻，漂亮话谁不会说，反正又不用兑现又不付钱，没所谓，信不信，你给我十张一百的，我十分钟后就叫大街上一群人说，只爱你一个人，说说而已，又不犯法，是个人都会。胸大无脑的人，好好反省。”

“大H，你是我的姐妹吗？说话咋这么损，怪不得朋友们都说你这样现实刻薄的人是不配得到真爱的，你只爱你自己，总认为自己是对的，你的眼中只有自己，没有事实，没有信任，总是怀疑和猜忌，相信别人，相信爱，相信这个世界很美好，这有什么不好，为什么总是习惯虐待自己贬损别人，这样很快乐吗？我要和你断绝往来，以后你不再是我的姐妹了，因为我恨那些诋毁爱情，诋毁我爱的人的自以为是的人。”

小H和我绝交了，我很难受，我觉得我只是说了事实而已。怀疑和警觉，总是第一位的，我一直这样认为，也许会一直错下去，可我知道小H总有一天会认为我是对的。也许我会带着这固执而荒谬的品质爬进坟墓，也许有一天我会找到小H诉说关于我的迷情故事，这世间的事，谁知道呢？

只有小H和大H并存于我的体内的时候，我觉得我才是完美的。可有时候我赶走小H，有时候又恨大H。大家一定有些莫名其妙，其实我更莫名其妙。

45

对于女人来说，离婚总是悲凉的。我想，红茶的心情必定不好，便与红茶相约，到乌镇西栅发呆。其实，我的内心隐现一抹激动，假如在此之前，我与红茶之间在网络里调情是闹着玩的，而今因为她和我的自由，多少在我的情感深处，激起一点涟漪，我开始想红茶了，是带有那种味道的想。

我是从北京开车去的，一路的心情极不平静，脑海总是游离于眼前的景色之外。在中午休息的时候，我给她发了几首诗：

(一)
你在书里说,带我下江南
在宋朝那个婉约的润雨时节
一朵桃花里,暗藏西塘的
门票

酒窝,傻笑,高高挂在
灰黑的檐角。小河旁的柳枝下
一双迷离的小眼在
张望

(二)
北京。12月。寒潮肆意,北风号叫
连窗户也发抖,身体凉透。但我的心思却
暖融融的,总想在键盘踱步,给春芽发出邀请
和劝告,挺过这没有星星的暗夜
来春,花香更浓

风声急,心儿慌

(三)
一遍,又一遍,狠狠地拽住指尖
内心吼吼:(打死也不再拨动,这该死的手机
但想法却犯贱,趁太阳睡懒觉的时候
偷一叶北风,扑哧扑哧,掉在
被寒意侵扰的小阁楼上面了
小小的眼珠子,趴在翘檐
平心静气的紧张

(四)
昨天说,她不是你的。今天的告诫

她不该是你的，把我从梦乡叫醒
明天的短信：你走不进她，早就等得倦了
但我却固执，正劲的寒风就是为了我们的风筝
来的。只是，我不知道，你是我的风筝呢
还是我是你的风筝？
还有，在没有一丝柔风的天空
我们该怎样放飞？对望的长度
会在宋朝么？

（五）
我不会借着酒兴，对你说肉麻的话
或者我爱你，连我想你了，也不会钻进你的耳际
只有一丝淡淡的挂记，不管太阳和月亮怎样交错
总是明明白白清清楚楚摆在心底
坏、丑、可恶、麻烦——一大堆自欺欺人的
关税惩罚壁垒，但
我还是想毫不犹豫的签下
我的名姓，在
我们之间的肮脏买卖上
无论甲方或乙方

在上海接上菡菡后，我们直奔西栅而去，不巧却碰上修路，等待、绕道的片刻，菡菡的诗意从车子里窜了出来：

路障　文/红茶

此路不通，十二月的雾气与你的嗅觉般
半是暧昧，半是冲动

转道羊肠，悬崖迂回
野朴的村道无人看管

路有山蒿丛生
枝节上满缀露水

而此时的阳光必是个温柔杀手
轻易说破:那人妩媚
如波似水,像苔痕
若轻露。

我这有些年头的草
多么想蓬勃地
年轻一回

是的,我和菡菡都想蓬勃地年轻一回。

抵达西栅,已近中午。西栅的墨色,与菡菡的韵味相混合,本身就是很美的句子,何况是在寒潮轻袭的腊月,阳光浓浓的正午。

我怀揣一种企盼的情愫,走进了西栅,仿佛履约我千年的夙愿。从西栅服务中心码头乘坐乌篷船,便进入了西栅景区,只一下子,就跌入梦中。被一种古老的氛围撕扯,空气中弥漫着缥缈、虚幻。但我却是真实的,身边站着菡菡,还有实实在在的小桥、流水、人家。

十字形的内河水系,将乌镇划分为东南西北四个板块,当地人分别称之为“东栅、南栅、西栅、北栅”。东栅开放最早,西栅则是翻新做旧,刚刚扯下羞怯的红盖头。满打满算,西栅也只有1300多年的历史。

那里的“人家”前门是街,后窗临空于水,有“中国最后的枕水人家”之誉。花岗岩铺就的长条石板路,幽暗狭长,岁月悠悠,乌镇人千年走过的脚印,把石板锃亮,磨出不朽的篇章,木板房里,仍散发着幽香。

一弯弯碧绿的河水,从小镇中心逶迤而过,悄悄的,如幽兰吐秀,轻缓柔媚,而又细腻精致。她因水的宛转,而绵延悠长。我不由屈身掬一捧清涟,看它从指缝间流转滴下,如珠落玉盘,“叮当”清脆爽朗。而我更想掬一捧放进我的梦乡,不离不弃而惠泽至老。

泱泱碧水,乌篷船载着我的悠思,驶入这水上街市,轻轻晃动,恬静且委婉,如丝般柔滑。“吱呀吱呀”的橹桨声响切千年,我仿佛见到了诗人笔下的丁香女子，依旧有着秋水盈盈的双眸。不同的是，不是在雨巷，也没有齐腰的长发，而是临水而立，一方蓝印花布帕挽起她的乌发，朴素和端庄间，难掩天生的典丽。就在她垂眉低首的那一瞬，河里倒影就随着粼粼微澜，扑哧扑哧飘向远方，渐渐的淡了，只留下纤瘦的背影，和乌篷船一并定格成水墨丹青，映在我眼眸里，直到另一座石桥的桥洞，方才隐去。

鳞次栉比的民宅，临河而筑，河上几座明月般的拱桥，把隔水相望的两岸人家连结在一起。白墙，瓦灰黑，翘角的屋檐左右相牵，灵动亲切；岸边仍有绿意轻摇，苇丛也刚染白了黑发；回廊古朴淡雅，曲折有致；亭台楼榭，雕梁画拱，处处都吟诵才子佳人的诗风词骚。随手往空中一抓，满把的文人墨客史话。

菡菡问我住哪里？我说就临水的客栈吧，像这里的人家那样，守着蜿蜒的河流，数太阳。

菡菡定了两间。我想，一间就好了，但我们之间仍然隔着那层窗花。

中午在客栈吃的。清蒸河鱼、炒芹菜、红烧牛肉、一盘泡菜，外加榨菜肉丝汤。我们对坐在临窗的四方桌，中间隔着饭菜的热气。灿灿的太阳，惬意而慵懒。我要了一壶当地的“三白”酒，尽管口感不适，但几杯下肚，我们对视的眼神，多了几分迷离。

阳光从湖面转身，酒意正酣
倾听的眼神，挂在古朴的窗前
一张四方桌子。恰巧
湖心漾过一舟冬天
看破：春天正在萌芽
一直端坐了这么些年的户门屏风
轰然倒下

我和菡菡就那样随意地说说，没有特别的主题，也没有一句暧昧的话语，不经意间，我已醉意蒙蒙，菡菡的脸儿，在酒精的烘烤下，也红红的。

酒后的我们回到客房，没有话语。看波光粼粼数橹声桨响。

灯光与轻风，说着情话
怀里的温度，燃尽了披在肩头的

有些年头的虚伪，还顺带扯下了脖子上的
限制。就一个下午的太阳
几声橹响。模糊的波光
在天花的洁白上
跳舞。没什么留下
除了急促的翻身

然后，菡菡哭了，伤心地哭了，我不知道缘由，无从安慰她。也许是之前的生活辛酸，也许是西栅的闲适，也许是对未来的迷茫。

撕夜 文/红茶

如果将湖水拨回多年前的傍晚
轻纱子慢拢薄面
她该是那耐读的灯光或者星子
招摇而恍惚

而今，这半是雾气半是光亮的路途
该以何面目应对小镇的
清澈和优雅，我该以什么样的姿态
怀念那个温婉多情
身世漂白的女人

那一枚不合时宜的腊月烛火
不该赠我一个轻薄的梦幻
梦中人抱紧头颅
数落发，撕寒夜
至今伤口隐约，还有些
无家可归的蝴蝶
飞啊飞

翌日清晨，高挂的太阳，穿过厚厚的帘布，一遍又一遍叫我起床，但我就是懒得动身，被子里装满了昨夜的酒气，令我骨肉松软。一直挨到中午时分，我才极不情愿地从梦中醒来。当我站在客栈门口，仍久久不敢把脚踏上石板小路，我怕我的脚步声，惊扰了昨夜西栅的梦。是的，我也看到西栅的梦了，昨夜，也许是风，也许是月色，也许是晨鸣的鸟儿，西栅的梦就化成几片树叶，安然躺在树旁的石板上，阳光透过树影，给了它一个红彤彤的拥抱。这叶子，在春天发芽，丰满了夏天，绚烂了秋意，在这个寒冬的清晨，它带着西栅的四季，走向一种回归。

到了西栅，总该出去走走的。我和菡菡出了门。

站在通安桥上，我遥望远处，逆着光，我看到自己的身影，这个影子企图把石板紧紧抱住，企图把这千年文脉传承的，连空气都侵润着的墨香，一股脑儿吞进我饥渴的心灵。是的，我的眼睛不够用了，我的脑子也空空的。

小河包裹的街市是鲜活的，迷宫般让人找不到头尾。徜徉在长长的石街上，空气中摇荡的是女儿红的醇香。前方没有尽头，许多小小岔弄，短长宽窄不同，都通向神秘之处？其实不，只是通向我的心，引我务必去走一走，短的，几步便遇见了流水；长的，只是通向别人的庭院——这个习惯养成已久，探寻不知名处，细枝末节地搜寻，扪心自问，或许只为搜寻一种醇香。幽静的巷子，藤蔓葱郁、盘根错节缠绕宅壁，古韵悠悠，踩一脚好像迈进历史。一排排的木门，一间挨着一间，鲜有喘歇，就是需要如此的亲密无间。砖木结构的房子，声音无隙不钻，哪家的私情也挨着一间一间地流传，只有细水不闻，幸好在我眼里，此处原本是因清淡到坐门栏阶仰首看云的游移才可打发日子，没有起伏跌宕的人生，这是安排好了的故事，老去的青春留给后人去回忆惆怅。

临街的高大木板门，咬着铜环，门前挂着酒幡茶号或者客栈。满脸静谧祥和的老太太，守着自己做的精细手工饰品，有土布衣服、蜡染帽子；有自制的"金不换"毛笔、皮影戏；更有原汁原味的叫花鸡，热乎乎、香喷喷的姑嫂饼……这些传统工艺坦然迎向过往游客，并非以其特色来讨好你的眷顾，却是乌镇人引以自傲的一种古老而悠然的生活方式，只是到了现如今，多少变了味道。

抬头望见别致的雕花镂空窗户，或大大方方地敞开，或羞羞答答地半掩着。不知里面藏着多少陈年旧事？楼上的香闺里，不知静坐着多少纤柔婉约的怀春少女，凭栏托腮枉凝？又有几多着一袭蓝印花布的女子，素心洁面，用缜密的心思在编织发辫呢？也许，我的那个她正在伫立窗前。

满屋绿色关不住，几株吊兰出窗来。当路过半开的木门时，瞥见青幽的天井、旧式的土灶，那老式的八仙桌还闪着喑哑光泽。有时会看到三两个姑娘在做手工活，将剪裁好的蜡染布，正一针一线地缝制成布艺品；有娴静的少妇在挑花刺绣，脚边还蜷着一只花猫；还有穿着藏青色的对襟衫，脖子上搭着皮尺，坐在藤条椅上打盹的老裁缝，那一派悠闲自得的神情，仿佛门外的喧哗和嘈杂与他们无关。抑或是那河水充满神奇和魅力的缘故，使得西栅经历了世事更迭，沧海变迁，仍不改初衷地沿袭着它的古朴与厚重，朝朝暮暮。

也有时尚的金陵女子，迎面飘来，风情万千，洒落一地丁香，又随“咯咯”鞋跟叩击石板声渐去渐远。

直到圆月映于水面，西栅迎来了最好的时光。昨夜的忘情，使我没有来得及观赏。石板下面是水，石板之上呈光润的蟹青色夜凉，尘土也染不上。凭栏望去，远处的小桥、流水和人家一一蛰伏在夕阳里，熟睡般安谧。静静品味着这一窗的淳朴、秀美与幽静，我想起了《似水年华》里的一段话：乌镇永远是乌镇，在这江南水乡最美的一隅，那么温润，如黄昏里的一帘幽梦，又如晨光中一支摇曳的蔷薇。这是一种与生俱来的美丽，自然而纯朴。

街西头的古戏台上还飘着渺茫的歌声，在微醺的空气里，悠扬的丝竹声，有几分飘逸，几分闲适，和几缕乡愁。

月光下，灯影里，三三两两的乌篷静静地泊着，幽美得如一阙小令。枕河而眠的人，是否在梦里还会听到那乌篷过后的欸乃之声？

闭上眼睛，但见身着蓝印花布衣裳的女子，伫立船头，自远远的那端，穿过曲桥，水灵灵的飘来，携着满身月光……

晚风袅袅，如水的月华洗去了浓厚的夜色。索性叫店老板温一壶女儿红，却不小心把江南的影子，朦胧于杯底。捧起来，还未咽下，便有一滴相思滑落，荡起满怀涟漪。是记起了人比黄花瘦的婉约词人，还是在追忆二十四桥明月夜的箫声呢？我想，有些地方是有灵魂的，比如西栅，她的幽、柔、静，凝固了历史，将我带入另一个世界，一个我向往已久，尘封多时的记忆。难怪茅盾要这样来写乌镇：“人家的后门外就是河，站在后门口，可以用吊桶打水，午夜梦回，可以听得橹声，飘然而过……”

几杯女儿红下肚，眼前的景色变了样——看桥，桥是醉的；看水，水是醉的；看西栅，西栅也是醉的。那时，我不承认自己醉了，却试想着她的过去，尽管我不知晓，也不想打探和阅读，而呈现在眼前的样儿，却是柔肠寸断的。斑斓的灯光从翘角、窗棂、木台，吊将出来，迎着微风，倒影在水中。但我总觉艳了，多了，浓了，倒是挂在灰白的天空那张浅淡的笑脸，和着手中的这盅酒红，丝缎的柔滑，从我的指尖滴落，锦帛划过陈旧的故事，在妩媚的小河，涟漪散开，飘向远处沉睡的人家，没有橹声，静寂空灵。那一刻，我僵住了，宛若掉光黄叶子的法桐，斑驳的躯干，突兀在窄巷尽头的暗黑，惊呆的小眼珠子，泪光莹莹。

我从喧嚣中，进入了梦乡，这片宁静，给了我心灵上的洗涤。我宁愿自己就是一缕阳光，一滴雨水，一抹浅雾，一阵轻风，一片落叶，一株不起眼的小草。

我在西栅看晨光，我在乌镇观日落，我在西栅数星星。

假如是在春花烂漫，假如是在烟雨蒙蒙，假如是如织的游人，假如我不是和菡菡在临水的那家客栈，背倚门槛发呆数日，我走过那里，也只是匆匆过客。现在，我的西栅，我已记不起她一块石板、一格木窗、一声桨橹，甚至我住过的客房，也已模糊。但，那夜的女儿红，却是把我灌醉了的。是的，我醉得找不到回家的路了。从湖面转身在屋顶的波光，我醉了；清晨的橹响，我醉了；落日与月儿拜拜，我醉了；女儿红的味道，怎可一个醉字了得，那一刻，我憎恨自己，干嘛要启封哩，即便散开，闻闻酒香就是了，却禁不住诱惑，吞进肚里。

内心有一个约定：当我走不动的时候，就在西栅，品读这墨色的晚年，手把一壶女儿红，就一壶。

46

我和菡菡在西栅待的时间不短，又是那样的惬意，她不可能没有诗意的，还是浓浓的诗意：

我没有眼泪
并不想控诉芝麻和槐花
况且他们也并不知道
十二月的天空是如何掉下来的

——红茶题记

十二月的天空是如何掉下来的 文/红茶

她路过庙门，并打下诳语

却不想流露半点愧疚
好像佛是虚设的,好像那些暗香和迷梦
都是虚设的
好像她从来都不曾说过
一句谎言
好像十二月的天空爽朗
那些往下坠落的黄叶子
都怀有向往
圣洁无比

她几乎是要原谅所有人了
她几乎是要原谅苍蝇和蚊子的肮脏和嗜血
她几乎是要相信所有人的无辜和善良
像原谅自己一样地
原谅所有障碍物

十二月烟雾蒙蒙,没有冷透的
江南不够轻贱,柳絮儿伤人
咽不下一水柔波
满嘴巴富含鱼腥的往事
吐也吐不出来

兔子情事 文/红茶

那人好看,媚赛斜阳
过路人一回头,便成了乡野的篱笆桩
兔子们爱上了娱乐和赛跑
它们深知:
有些罗网金光闪闪
有些过路人拥有骄傲的盘缠
有条路叫未来和远方

它宁可它的同伴里有:螺蛳,蚂蚁,蜗牛
甚至乌龟
它宁可劳累至死
也决不触摸那非诗意的
篱笆桩

旧契约 文/红茶

“我们一起烤火,撕全羊,痛饮二锅头
我要扮成最美的愚公,咒骂长江,秦岭,还有
罪魁祸首的太行。

我要伸手摘下北斗七星,并教会他们,夜以继日地
说爱你。”

这是一封书信,我将寄往唐宋的十字路口
如果多年前你也曾爱过我,莫犹豫,我借你十里霜花
借你赤兔马,趁酒醉情浓,务必在黎明前
劫下这美丽契约。契约里:我们无限恩爱
且发誓:生死相随。

接着,红茶的情感和内心又涌现了她一贯的尖刻和矛盾,她写道:

乱语 文/红茶

无非是搬走一条街。和毫无知觉的路人
一一别过。
无非是关上一扇石门
再开启另一扇。
无非是吹灭一盏有鱼腥味的灯
再点燃另一盏

这人世异味是去不掉了的
犹如那白衣上的锈斑
如此醒目

那个在浮云之上
一边骄傲一边堕落的人哪：
“墙外雨声凌乱，可是那个掳我的人，
那些长翅膀，声音嘶哑的路人呵。
他朝你必弃我如菖蒲，如苇
如絮，如烟。如你梦里的那个
女巫。”

而我如此慈悲地想起你
又忘掉你。有流星的速度
和做作。

不规则的快乐 文/红茶

(一)

或许我彼时存在的意义，只是一杯温酒的力度
当下让你温暖，迷醉
而你陷落在腊月的身姿如此恍惚
那些坚实甚至够不上轻薄的雾
和离散的梦境

“我醉了，倒在某只垃圾筒附近，
这里没有收拾我的人。我需要你的目光
来重新培育这些陈旧的山河
我需要重新恋爱一次
我需要死去又醒来的力量

我需要酒
我需要陌生女人,不必对她说爱
说明天
甚至说声
再见”

M,我并不需要你
这多么悲惨,这种惨烈胜过
雪地里的禽兽
温情地交媾,并且
相互残杀

(二)

我的悲哀在于:站在真相面前
谈笑风生地活着

这让我想到终于活不下去的
不再洁净的范岛爱
这让我想到这个慈爱的人间
有人割腕
有人跳楼
还有人站在审判席上
滔滔不绝地陈述
罪行

我的悲哀在于:我不能告诉任何人
我的所作所为,连自己都
羞于提及

我的悲哀在于

你就是我的
真相——那些
不规则的快乐

(三)

靠衣物遮羞是远远不够的
我们之间需要斑马线和红绿灯
需要一些人物的背影
需要用无止境的冷来反衬一场
自远而近的火

我们之间需要一个失明的上帝
来高歌:友谊天长地久

我们之间需要废话
来调节越来越危险的气候

靠距离遮羞是远远不够的
苍蝇会飞,蚊子嗜血
犹如我之投奔你

我不像她那样犹豫,内心没她那么多撕裂,我回她:

(一)

现在,你若问我,“最想去哪里?”“西栅!”如果你再紧问我一句,“去过之后,最想再去的地方?”还是乌镇西栅!水乡古镇不止乌镇西栅一处,而我何以对她如此情重?我的脑海闪现一个词——30年的女儿红!历经陈香的酒色熏染,风姿正浓,又懂人间世故。

而今,离开西栅有些日子了。我是在听着乌篷船下的桨响,想着她的;我是在墨色的记忆里想起她的。那种淡淡的墨色,让西栅显得格外古朴风韵。我想,她还是从唐诗宋词里姗姗走出的婀娜女子，撑着一柄油纸伞，流眸顾盼，望尽车溪河。抑或是“吱呀”的棹歌，惹得我眉心结着丁香一样的愁怨……

（二）

古人编织的精美纸盒，内装小桥桥流水人家。还有，烟花小巷油纸伞。门头上书：吸烟有害健康。但我的烟雾，还是稳坐在河坎上，数斜阳，听橹声。

诗句作衣，酒窝含情，小眼珠子，黑脸膛。外披大妈头饰。额头上书：我是坏女人。但我还是抱紧了你，不松手。

（三）

只为了等候南方那场雪白的离别
我才昧着良心，搬来了席卷中国的寒潮
没有雨滴落下，不见雪花飞舞
你转身的叹息，模糊的背影，消失在了
乌镇西栅

说好了的，但忍不住的泪
还是咸了嘴角
又一段放不下
在等春天萌芽

47

从西栅分手后，我和红茶之间，不再只是简单的网友了。恰在此时，一个砖贴不合时宜地出现了：

痴人说梦 文/树叶

这已经是莫菲第二次梦到他了。

上次的梦在年前，很短。印象极其深刻：他把莫菲带到一片长满荒草的空地上，说这就是当地政府划给他的那块，准备建造一个工作室，建筑必须与周边风格协调统一，因为这里都是艺术家集中的地方。莫菲很激动，想想以后可以到他这里感受艺术的气氛。

他的声音是那样迷人，男人的沉稳的被烟草过滤后的声音略微沙哑。语速不快不慢，那是性格坚毅的男人才具备的。当莫菲两年前第一次听到那种特别音质，就再没有忘记过。

莫菲把他的书放在自己枕头下面，每天看上一点。读他的日记、诗歌、随笔……看他的照片，仿佛这厚厚的一本书是为自己一个人而写。

莫菲喜欢精力充沛的瘦男人。他瘦，他的脸没有多余的脂肪，眼睛很有神（他说他的眼睛虽小，但让下属感到威严。）莫菲不理解，一个久经官场和商场的男人，为什么没有在身体上积累成一堆脂肪？他鼻子高高的，下巴被剃须刀修理得很干净。莫菲经常盯着他的脸，想象着女人如果贴着那干净的胡茬子摩擦会是什么感觉？

莫菲对他说喜欢有知识的男人，他提示应该是有“文化的”男人。有知识的人未必有文化，至今莫菲也不理解“知识”和“文化”为何还要仔细区别？在莫菲心里，知识越多，层次越高，素质应该更高。也许有知识的人未必有文化，或者有知识的人未必是高素质的人。莫菲模糊了知识的概念，在她看来，大凡高学历的男人，都是她渴望、崇拜的有文化的男人，她身边没有。

他是有知识的，更是有文化的。他是学者，是商人。他可以做教授，也可以当老板，无论做什么，他都是成功的。他挣的钱，资助过不少穷人。莫菲闲得无事的时候就琢磨他的善良算不算博爱？

昨天，莫菲又见到了他。这次见面的时间很长，还是那块土地，荒草全部消失，工作室基本建设完毕，他请了许多朋友去参观。众多的男女老少中，莫菲站在人群的最后，看他和大家招呼着，谈笑着，莫菲可以清楚地记得他说的每一句话。突然，在人群中，莫菲看到了一个美丽的女人。他捧着一大束鲜艳的玫瑰走到那女人面前，女人在众人的注视下幸福的接过红玫瑰……莫菲张大了嘴巴，难道，他们相爱了？怎么可能呢？

莫菲醒了，两滴泪珠从莫菲的脸上滚落。她打开手机看了下时间，凌晨3点。

（后记：莫菲天天可以看见他，却从来没有见过他。他是书里的文字，是电话里的声音，一切都是逝去的梦而已。）

我看到这个帖子后，心怦怦乱跳，这个“树叶”会是谁呢？也太直白了，他（或她）和我与红茶只是网友，但我相信“树叶”说的是事实，她讲到的那本书，应该就是我的《徒步建筑山，趟过岩土河》。而红茶呢，看到这个帖子后，认定文字中的男主人公就是我。她很生气，把我当成泡妞的男人，愤怒之余，给我发来短信：“我恨自己。你有莫菲，别再找我了。”我无话可说，简单回了：“你个猪头。”红茶最后下了绝交短信：“请别再联系我了，珍重。”我只回了两个字：“天啊。”

我知道，这多多少少是伤红茶自尊的。红茶记恨我。她不理睬我了。

一天，一个成都来的陌生电话，我懒得接通。第二遍再打来的时候，我想到了晶，犹豫了一下，还是接了。

“喂。”我内心不平。

“是阿鸿吗？”一个沙哑的男中音。

“你是哪位？”

“我是晓飞。”

“晓飞！你怎么到了成都？”我惊讶得说不出话来。

“说来话长。我打算投案自首，这种东躲西藏的日子真受不了。”

“这样也好。我马上飞过去陪你，我们一起到昆明好吗？”我真的好想见到他。

“不用了。那谁，网友冰，不，她叫晶，你还记得吗？我见到她了，她在地震中受了伤，现在差不多康复了，她陪我去。”

“你怎么找到她的？”我的心怦怦乱跳。

“说来也真巧，我逃到新疆的时候，正好看到了报纸上关于晶的文章，上面的照片太像她曾经发给我的照片，我就跑到了成都，在医院找到了她。”晓飞停了下来。

“后来呢？”我着急了。

“我告诉了她我的真实情况。她说她已在北京和你见过面，已经知道了我的事情。她原谅了我。”

“你怎么不早点跟我讲？”

“是晶不让我告诉你，她说不要牵连你。”

“我们可是最好的哥们呀。”

“我知道,可为了她的身体,我就依了她,也是想安安静静照料她。我今天跟你打电话,是她提醒我的。我们要结婚了,她说完婚后就陪我回去。”

“什么时间的婚礼,我要去参加。”

“不用了,我们也不举行仪式,我俩到时候一起回到响泉小学就行了。”晓飞的话很兴奋。

“真的不用了?”

“真的别来。”

“但我们总归该见个面吧?”因为我和晶过去的事,也不想直接面对他们。

“等我到了昆明,我们聚一次吧,把何彪也叫上。”

“好吧,到时一定别忘了通知我。”

“嗯。”

“对了,还有个事,我想问问你?”我这时才想起小柔的事来。

“啥事?”

“你还记得网络上那个竹馨吗?”

“记得呀,一个普通的网友。”

“你知道她是谁吗?”

“不知道。是她联系的我,我们只简单地聊过几次,你应该在QQ里看过。”

“就QQ里那些吗?”

“是呀,没别的呀,那段时间我正和冰聊得开心,怎么会顾及别的人呢?怎么哪?发生什么事了?”

“没有,我只是好奇。”

“好了,我得去医院了,我们在昆明见吧。”

“好,真心祝福你们,晶是一个好姑娘,好好待她。”

放下电话,心乱如麻。小柔为啥要骗我呢?她在哪里?

48

春节前的响泉小学,风和日丽,地震后的废墟不见了,晓飞和晶的婚礼正在进行,而我也参加了。

他们的身边,没有鞭炮和鲜花,也没有多余的人,晓飞的手上,是秋风吹落的残叶。晶一身素裹,淡妆,新装的假肢被她刻意掩藏在深色裤腿里。

他们手牵着手，站在曾经的废墟前，静默，共同许下了今生的愿：我爱你。这时，我流泪了，面对天空中最闪亮的那一束光芒，许了一个愿：白头偕老，相爱一生。然后，他们拥吻，旁若无人，自然而畅快，连树梢的鸟儿也停止了鸣叫，一切静得像座没有生命的荒岛。

手机电话铃声把我从遐想之中，带回了现实，我正坐的办公室里发呆，我懒洋洋地接通了，电话那端的声音很不客气：

"是阿鸿吗？"

"哪位？"

"阿三。"冷冷的。

"阿三，哦，有事吗？"我心里紧了一下，阿三是小柔的同学，我们以前见过面，也是黑道上的人。

"下来！我在你公司大门口。"不容分说的口吻。

"有啥事，来办公室说吧，外面正下雨呢。"

"你还知道下雨呀，甭废话，赶快下来。"

"你这是怎么哪？我没有得罪你们呀。"

"下来，快点。"

"好吧。"

我极不情愿地来到他的车旁，开门，坐进车里。我着急地问："什么天大的事？要这样。"

阿三没说话，一脚油门，车消失在细雨里了。

阿三始终没有说话，我也懒得再问他，由着他得了。但心跳却没那么听话，忐忑不安。

车疯狂向东驶去，过京通快速路，过北关环岛，继续往东。

最后，停在京东的陵园门前，这雨天，没人来这里。

阿三下了车，很不客气地揪我出来。要我跟他走。我只好由了，在后面跟着。雨很快淋湿了我的头发，顺着衣领，流进脊梁，一阵凉意袭来，我打了一个机灵。

心里猜测，到底会是啥事？我想了万般情况，也没想到的事情，就发生在我眼前。

一方柏树围成的墓地，黑色的墓碑上，有一张我再熟悉不过的笑容——小柔。

我提高嗓门，质问阿三："这到底是怎么回事？"

阿三全然没了刚才的怒气,轻声说:“她死了,就在12月。她没了,丢下我们……”阿三还没说完,眼泪与雨水就分不清了。

我瘫软地坐在满是雨水的地上,天旋地转,一时没了知觉。

待我缓过神来,阿三很同情地想扶我站起来,结果,他也没了力气,跪在了墓前,倒在碑上,失声痛哭。两个男人的哭声,止不住的泪花,这点细雨哪能淹没,回响在墓地上空,是那样的悲戚,痛切心扉。

我记不得是怎么回到家的。只晓得是阿三把我弄回来的,我们看到念鸿在床上玩,眼眶又湿了。阿三甩下一封信,连招呼都没有,跑了。

我连忙拣起那封信,空白的信封,急急地撕开,小柔凌乱的小字,多么熟悉的小字,展在我的面前:

鸿:

念鸿还好吗?

请原谅我以前的一切,我是爱你的。当你读这封信的时候,你应该明白一切了。

字写得好乱,我的状况非常不好,很想念你们,无论白天黑夜。但我不敢去看你们,我的归属早已天定,我的病是治不好的,当时医生断言最多活三个月。我不想你与我一起受煎熬。所以就狠心离开了你和念鸿。

但我很欣慰,因为你的爱,给了我力量,还有我日思夜想的念鸿,让我在世上多活了一年,医生说是奇迹了。能和最爱的人,在同一个城市的天空下,多呼吸一点同样的气息,我知足了。

鸿,感谢你给了诚挚的爱,尽管这份爱给你带来了很多磨难。原谅我的自私,好吗?你的爱,你可能觉得是残缺的爱,我很满足了,上帝没有亏待我,让我在短暂的人生中,做了一个完整的女人。

鸿,我知道你是真正爱我的,疼我的。我们在一起,你总是宠着我,事事依着我,你应该感受到我的快乐和幸福。我也一样,看到你在我面前像个小孩似的傻乐,我的心就快迸出来了。

我最喜欢你看我的眼神,是那样的清新纯净,我很高兴带给你深爱的滋味,要不,依你做人的准绳,万万不会与我发生这段情的。我还行吧?是一个可爱而又招人喜爱的女孩,是吧?尽管你从不在我面前说起,但我没猜错吧?

好痛，我得停一会。

鸿，医生刚给我打了止痛针，是我强烈要求的。

我心乱如麻，有好多话想对你讲，鸿，别嫌我太啰嗦，我的思维有点混乱。

我这病，是从怀上念鸿以后3个月体检时，查出来的，那段时间，我总是身体不好，我骗你说是从小就体质差，其实就是这病闹的。

生念鸿是很危险的，医生建议我放弃，你想想，我都那样了，只要有一线希望，我都会去努力争取，我的命多一天少一天，已无所谓。

我好开心，顺利地生下了念鸿，我们的乖女儿，她是那样的可爱、俏皮，她融入我们两人的优点，这是我最高兴最高兴的。

我困了，暂时不写了，睡一会，等醒了再给你写。

鸿，我晚上的食欲很好，为了有精力给你写信，我吃了一大碗饭，还有鸡蛋西红柿，你知道我爱吃的。

鸿，别记恨阿三，好么？他真的对我很好，一直爱着我，这我是知道的，但我以前不喜欢他，还有点看不起他，常常表现出对他不屑一顾。但他对我从未改变。

我离开你以后，就是他照料我的生活，他那帮兄弟，在人们眼里是最没有良心的东西，全都对我很好。真的，要不是我亲身经历，我怎么也不会相信，他们也会为我落泪。为我献血，个个争先，还为我送饭，他们自己买菜做的哟。想起来，我就想笑，他们像我的儿子那样，为我做一切。

欢儿的事，我不怪你，就她那个疯劲，没有哪个男人不拜倒在她的石榴裙下，你做出那样的事，表明你是一个正常的男人，我真的不怪你，何况她就是为了体验生活，闹着玩玩而已。

我知道自己没有多少日子了，就希望通过网络，感受我不可能感受的人生体验。那段时间，我过得很快活，很记挂网友呢，嘎嘎。

离开你以后，我重新注册了网名，你可能已经猜到了，那个给你送了很多礼物的"树叶"就是我。看到你和红茶在网络闹得那么火热，我既高兴又犯酸，那篇《痴人说梦》影响你和红茶的感情了吧？我也给菡菡写了一封信，给她解释了这件事。

鸿，菡菡是个不错的女孩，我很了解她，从你们之间的交流来看，她对你还是有感觉的。我有一个建议，要么你与前妻复婚，要么就把菡菡追到手，我想，菡菡

知道我们的事以后，会原谅你接纳你的，何况你们本来就有共同语言，她还很喜欢念鸿。我还是有点酸哟，嘎嘎~~

我住院以后，由阿三陪着，偷偷去看过你们好多次，后来，阿三还专门去你们阳台对面的楼房租了一套房子，我在那里住过一段时间，那是幸福又痛苦的日子。有一天晚上，念鸿从床上掉在地上，把我吓晕了过去，你还记得吗？是9月2号晚上12点27分。后来，听到她的哭声，我那颗悬着的心，才落地。哦，对了，应我的要求，阿三在你们房间装了摄像头和窃听器，现在应该取掉了，我相信他对我的承诺。鸿，对不起，我侵犯了你的隐私哟，你和念鸿的隐私。嘎嘎。我真的好想你们。

我又有点难受，先不写了。也就这些零零碎碎的小事情。

哦，我与晓飞，唉，好难受……

信就写到这里，没有落款，想必小柔是再没有力气写一个字了。

我恨自己的木讷，竟然相信了小柔的谎言，居然还恨她……看着皱皱巴巴的信纸，被泪水浇透了的模糊的小字，小柔的泪痕又被我浸染，咸咸的痛，滴血的心，我找不出文字来了，一片空白……

后 记

2006年,我在商海扑腾了几年后,有些倦了。手头也有了几个铜板,对现实生活提不起精神,公司业务懒得打理。不知道哪根筋作祟,重新激发了我码字的冲动,然后就丢不下了。

2007年初,完成了长篇小说《一抹血红》(2009年待出)的初稿。那段时间,自个儿沉浸在小说里,日子匆忙而愉悦,晚上很难入眠,故事里那些人物和情景,总要和我在床上争抢地盘,我拿自己没有办法。

为了摆脱小说的纠缠,我开始整理日记,以前自己随性而为的那些破烂,最后结集出版了《徒步建筑山,趟过岩土河》(中国城市出版社,2008年),算是对自己的过去,做了交代,但内心却空空的。

依旧对生活缺乏激情。时常自己一个人开车,到山里发呆。也就在那一年,我真正开始了网络历程,开了博客://afeiphd.blog.sohu.com。在网上,的确找到了不一样的快乐,也结交了虚拟中的网友。应该说,网络对于我的写作,是有很大推动的。

2008年,对于码字,也有些倦了,开始鄙视自己留下的那些文字和思想。前后花了3个月时间,自己一个人开车,跑了好些地方(大多游记都收录在本书中)。还喜欢上了高尔夫和摄影,这对于我的心境调节,大有益处,少了几许烦躁和不安。

年末的时候,码字的躁动,又随那场寒潮袭来。但写点啥好呢?恰巧红茶给我寄来了她那本《踩月集》,这勾引我的想法,在小说、诗歌和散文之间跳动。习惯于取巧的我,便想用小说来串接诗歌和散文。这使我又睡不踏实了。结果,就有了目前这部《此生如借》,以小说手法连接的我和红茶的散文诗歌集。

其实,这种小说写起来,也是很难的。毕竟我和红茶都是现实中的人物,彼此之间本没有啥吊人胃口的情事。不过,毕竟是写小说,不在我们之间整点事儿,显然不合情理,但这个度很难拿捏。假如因为这些文字,对红茶的现实生活造成危害,我在这里先说声:抱歉。

阿 飞

2009年4月27日